徽州月潭朱氏

朱世良 编著

北京师范大学出版集团
安徽大学出版社

图书在版编目(CIP)数据

徽州月潭朱氏/朱世良编著.—合肥:安徽大学出版社,2013.1
ISBN 978-7-5664-0593-7

Ⅰ.①徽… Ⅱ.①朱… Ⅲ.①家族—历史—研究—徽州地区 Ⅳ.①K820.9

中国版本图书馆 CIP 数据核字(2012)第 231687 号

徽州月潭朱氏

朱世良　编著

出版发行：北京师范大学出版集团
　　　　　安 徽 大 学 出 版 社
　　　　　(安徽省合肥市肥西路 3 号 邮编 230039)
　　　　　www.bnupg.com.cn
　　　　　www.ahupress.com.cn

印　　刷：合肥远东印务有限责任公司
经　　销：全国新华书店
开　　本：184mm×260mm
印　　张：18.25
字　　数：275 千字
版　　次：2013 年 1 月第 1 版
印　　次：2013 年 1 月第 1 次印刷
定　　价：40.00 元
ISBN 978-7-5664-0593-7

策划编辑：李　梅　姜　萍　　　　装帧设计：朱　静　李　军
责任编辑：姜　萍　　　　　　　　美术编辑：戴　丽
责任校对：程中业　　　　　　　　责任印制：陈　如

版权所有　侵权必究
反盗版、侵权举报电话：0551—65106311
外埠邮购电话：0551—65107716
本书如有印装质量问题，请与印制管理部联系调换。
印制管理部电话：0551—65106311

《徽州月潭朱氏》编委会

主　　任：朱世良

副主任：朱典仁

委　　员：(以出生年月为序)

　　　　朱典郊　朱典尧　朱典智

　　　　朱典试　朱清平

序 一

张脉贤

世良同志是我的老朋友。18年前组建黄山市朱子思想研究会时，他就是积极分子。他做事认真负责、锲而不舍；他年过八十，始终不渝。这三四年时间，他钻进了一本古书，入情了，入心了。现在他出"道"了，写出了这样一部洋洋50万字的《徽州月潭朱氏》史书（注：包括《徽州月潭朱氏》和附册的《月潭朱氏世系表》），呈现在徽学研究的朋友面前，呈现在国内外的朱氏宗亲面前，大家都为他高兴。而他提供给大家的一份徽文化大餐，是值得人们坐下来仔仔细细品味的。因为族谱是中华民族的传统文化，是我国的宝贵文化遗产。姓氏文化，历来是中华文化的重要组成部分，是文化生态的现存，是我国社会发展的写照，现在仍是我国亟待发掘的文化遗产。世良认真做了这项挖掘工作，把其成果贡献给大家。我们会在阅读中，看到他编撰的艰难与辛劳，也看到他取得成果的兴奋与喜悦。

我接触月潭的朱氏族谱，是一次去月潭看望年轻有为的朋友聂圣哲时，他兴致勃勃地介绍了这本族谱。我如获至宝，一天时间通读了一遍，留下许多记忆。此书对我的这些记忆，是详尽的展示，准确的诠释，合理的升华，它会有效地引导我们去再读、读懂、读深。

朱氏，是中华民族最古老的姓氏之一。轩辕黄帝战胜蚩尤之后，中间之国已稳定。庄子说，他得道升天了。黄帝认为"人乃天帝之子，有德者升上天"，"至德安天下"，有德之人，追求升天是必然的。五帝中之颛顼是黄帝的孙子，其第五子封曹国而姓曹，后被封邾国而姓邾。楚灭邾后，部分改姓朱。可见朱氏出自三千多年前，一些朱氏族谱在追述其姓渊源时皆说："朱氏，黄帝之后。"是把轩辕黄帝都认作自己的祖先。

唐时，朱师古避乱到歙之篁墩，其子朱瓌又即统兵戍守婺源。宋时，婺源朱姓后裔移居月潭。800多年，绵延不断，薪火相传。朱氏本乃徽州望族，月潭一支尤踔厉风发，魁硕迭出。这是由于徽州宗族，秉承中原古风，带来中原望族励志励学传统："非学无以成才，非志无以成学。"月潭朱氏兴教倡学，代代重教办学育人，以学进仕。一个村落、一个家族中出现进士13人，举人20人，在最高学府国子监就读过的达200余人。文风鼎盛，人文荟萃，这是受益于朱氏祖先朱子的"诗书不可不学"、"穷理之要必在读书"、"尊德性以道问学，道问学以尊德性"等教诲的缘故吧！为学，目的在于修身齐家治国平天下。修身，学会做人是第一位的。朱熹60岁以后还为构造和谐社会做了许多事情。家有家规，族有族法。宗族立谱的主旨，就在于家族的和谐共进，没有规矩不能成方圆。本书中介绍了许多乡规民约细则，这些细则的制定正是为了宗族的大团结。"仁者，人也。"中国一人，天下一家。中华民族由宗族的大团结扩大到国家民族间的大团结。本书也从一个角度，说明崇文敬德、礼贤孝悌、和谐团结是中华民族的传统特点。

宗族兴盛，靠的是一代一代成就事业。"智者顺势而谋，愚者逆理而动。"事业成就首先是顺"势"而行，要先符合国家、社会、民族的发展大势。从本书中可以看到：朱氏聚族而居八个世纪，人才辈出，修内行、秉高节之士比比皆是。如朱为弼，当过运漕总督。在担任顺天府尹时，江苏巡抚林则徐赞扬他"清操如于成龙"，以后还与他多有书信往来。他为民生曾单骑深入实地考察，下级要拉开排场接待他，他说："我为蝗灾而来，岂能为蝗虫"，拒绝了任何接待。这个"蝗虫论"，可谓是切中时弊的，以行动召唤大家为百姓灭"蝗虫"。还有朱燮，政绩卓著又文才俊逸，官至刺史，精通武术，为人行侠仗义，而且教育子女要当儒官。本书中大量反映了朱氏宗族，与徽州其他宗族一样有仕商同等的观念，能为官则为官，能为商则为商。这与徽州人历来遵循的"入则为相出则为将，不能为相为将，八仙过海各显神通"是一致的。所以入官之外，徽州人的事业道路也极为宽广，多种人才并举。如在医学、工艺、教育等领域，都涌现了许多杰出人物。更多的是徽州人审时度势，把入贾看做形势需要，自觉从商，学儒做商。"十大商帮徽商居首"、"无徽不成镇"，这是因为徽商传承民族优秀思想文化,实践民族优秀传统的结果,是文化的力量使徽商具有强大的生命力。从本书中可以看到,在朱氏商人心中,最中心的就是一个"善"字:"宝善堂"、"守善堂"、"积善堂"、"庆善堂"、"崇善堂"、"荫善堂"、"乐善堂"等。可见,朱氏商帮,是以仁义为本做人从商的,所以才出现一批置义仓、义库,赈贫乏、灾民,造桥修坝、建楼阁、设义田等义举。不是一个人,而是一批人;不是一代人,而是代代如此。

由于家风的相传,一批社会栋梁之才的出现,也是朱氏宗族的显赫之处,这是发展之必然,如有当代著名建筑学权威的朱自煊教授,电子学技术领域有重大创造的朱敏慧专家,统计学界前沿领域研究获重大成果、已成为国际最重要统计学家之一的朱力行教授等。生长在月潭的朱氏外甥聂圣哲,商业上是大亨,文化上又是跨理、工、文三学的大学者,也是难得的人才。

学史明智。从家谱可以清晰看到一个宗族兴旺发展的脉络,会给人以更多的启迪。我们中华民族越来越兴盛,是什么原因?以人为本,以文为根,这也是今天社会发展、人民进步的共同法则。

匆草于 2011 年 10 月 4 日深夜

(作者于 1994 年担任首届国际徽学研讨会的执行主席,主编了《徽学论文集》第一集,曾应比利时根特大学中国文学院邀请讲学一个月。)

序 二

刘伯山

当下的中国正处在一个伟大而深刻的历史与社会发展的转型时期，完成好过去与未来的交接是当下我们每一个人的重要历史使命，它的重点是如何对待历史文化的传承与发展问题，关键在于如何深入挖掘与抢救，根本在于如何实在传承与保护。其要求是多层面的，实现的路径也该多样化。

徽州文化是中华传统历史文化宝库的重要组成部分。它有一个重要的本质特征，即它不是帝王文化、仕宦文化，也不是市井文化、学院文化，而是乡村村野文化、民间布衣文化，展现的是中国封建社会乡村平民真实的一面。中国本就是个农业大国，农村社会是中国社会的主体，农村人口更是占了人口的绝大部分。徽州就属于农村，并且是典型的山区农村。徽州文化就是徽州这一山区农村老百姓在自己真切和实实在在的生产、生活和社会交往等实践过程中自然产生和自我生态的发生，它反映的是中国乡村社会与文化发展的真实情况。它尽管具有典型性和辉煌性，但这种典型是一种真实基础上的典型，其辉煌也是一种根植于平民百姓的辉煌。徽州文化是千千万万的徽州老百姓立足现实的创造，其最初的动机，与其说是为中国封建统治阶级服务，不如说是为自己的生存与发展服务；创造的目的，也不是为了追求一种永恒和伟大，而只是在于保持一种适意和平凡。

山区农耕社会的主体构成就是村落。徽州文化无论表现形式如何多元、多样，究其原初的发生，还在于村落。徽州的村落应该是徽州社会与文化的基本发生体和最主要载体。而徽州的村落总是由一个个的徽州宗族占据与统治,宗族是徽州社会的基础。传统的中国社会基本就是由两种秩序和力量构成,其一是以皇权为中心的、自上而下的官制国家秩序和力量,其二是以宗族为中心的、人们聚族而居形成的各个自然村落的乡土民间秩序和力量。作为以血缘关系为纽带而形成的社会组织形式,宗族及宗族制度早在我国的原始社会末期就已经存在,在漫长的社会发展进程中,我国的宗族制度经历了三次大的发展变化:春秋以前是族权与政权合而为一的宗法式宗族制度、魏晋南北朝至唐代是世家大族式宗族制度、宋代以后是祠堂族长式宗族制度。徽州是个移民社会,今天诸多的名族大姓皆为东汉末年以后由北方迁徙而来。据明嘉靖刻本《新安名族志》记载,徽州历史上接受外来移民的高潮至少有魏晋时期的"永嘉之乱"、唐末的"黄巢之乱"、两宋之际的"靖康南渡"三次高潮。这些迁居来徽州的"客人",先世多居中原,有些是直接从中原迁入徽州,有些则是先从中原迁到江苏、江西、浙江等地,然后二次或三次迁入徽州。他们大多是世家大族,再迁者也多为仕宦之家,迁徙主要是因避难等因素,迁居徽州后,原先的政治特权和经济优势已经失去,于是为了宗族的生存与发展计,他们就聚族而居,努力将汉唐世家大族式的宗族制度直接移植于徽州,一方面是恪守中国传统宗族社会的原本,强化宗族的血缘性,并严格管理,由之就导致所谓"家乡故旧,自唐宋以来数百年世系比比皆是。重宗义,讲世好,上下六亲之施,无不秩然有序"。① "新安各姓,聚族而居,绝无杂姓搀入者。其风最为近古,出入齿让,姓各有宗祠统之。……新安有数十种风俗胜于他邑:千年之冢,不动一抔;千丁之族,未尝散处;千载谱系,丝毫不紊。主仆之严,虽数十世未改,而宵小不敢肆焉"。② 另一方面徽州宗族聚族而居式的生存方式受徽州地理环境的影响,必然凸显了徽州宗族的地缘性特征,由之就导致在徽州一姓一村、一村一姓的现象十分普遍,正如清代黟县人沈奎在《黟山杂咏》中所说:"朱陈聚族古风存,一姓从来住一村。"清代乾隆年间歙县商人方西畴在《新安竹枝词》中更是指出:"相逢哪用通名姓,但问高居何处村。"徽

---

① 明嘉靖《徽州府志·风俗》。
② 赵吉士:《寄园寄所寄》卷一一《故老杂记》。

州社会与文化的一切都应当是源自和出于这种血缘性宗族和地域性村落,进而扩张,在本土,各系列、单元互动和相互影响,从而整治了各自的自身,形成对内的共同性;由之于外,就保持了自己的整体,形成对外的差异性。徽州文化的特色就是如此形成的。

休宁的月潭就是这样一个典型的融血缘性宗族和地缘性村落为一体的徽州古村。它是新安朱氏的聚居地。关于新安朱氏,《新安名族志》载:"朱出颛帝之后,周封曹挟于邾,为楚所灭,子孙去邑,以朱为氏。至唐曰师古者避巢乱,由姑苏始迁歙之黄墩。"①朱师古,名涔,有四个儿子,"瓌公迁婺邑,乃文公之祖;瑭公字鼎臣,居鬲山,号鬲山;珉公名玉,居句容,不入徽州谱牒;璋公迁香田,离婺邑城里许。"②而月潭的朱氏,据《新安名族志》记载:"月潭在邑南四十里,出婺源香田派,茶院府君瓌之十一世孙曰兴始迁于此。"③迁徙的时间当在宋淳熙年间。再据嘉靖《朱氏统宗世谱》和民国《新安月潭朱氏族谱》记载,新安朱氏始迁祖朱涔之子朱瓌由篁墩始迁婺源后,传五世曰振,生四子,其中曰绚的即为朱熹曾祖父,曰举的则是月潭朱氏始迁祖朱兴的太祖父。因为月潭始迁祖朱兴的祖上与朱熹的祖上是六世同胞兄弟,朱熹与朱兴只相隔六代,所以月潭的朱氏一直自称是"紫阳世家",自诩与朱熹是同宗同族之人,并以之影响到自己的宗族生活和伦理教化。"月潭始迁祖朱兴,低朱熹两辈,对于这位集理学之大成的宗长极其崇拜。所以月潭朱氏的后代,一直恪守朱子理学之教,传承紫阳世家之风"。在月潭的"朱氏宗祠的内墙上,原嵌有一块刻有族规家法条文的青石碑,宗祠被拆除,后已不知去向。而在宗祠的入门处,分置左右的两块祠规牌,虽然也已不见,但老人们还清楚记得是:'不忠、不孝、不仁、不悌,勿许入祠';'无礼、无义、无廉、无

---

① (明)戴廷明、程尚宽等:《新安名族志》后卷"朱",明嘉靖刻本,日本东洋文库藏。

② 《休宁首村派朱氏文书》之《清光绪十一年仲秋月朱应溥(瞻原)撰〈新安朱氏宗祠记〉》之六,刘伯山:《徽州文书》第三辑,桂林:广西师范大学出版社2009年版,第4卷第486页。

③ (明)戴廷明、程尚宽等:《新安名族志》后卷"朱·月潭",明嘉靖刻本,日本东洋文库藏。

耻,勿许入祠'。24个字囊括了忠孝节义的伦理道德信条,以及修身、齐家、敦本、和亲之道,可谓是月潭朱氏族规家法之纲要"。① 而署名为茶院府君三十四世孙的朱华淞在民国十八年(1929年)重修的《新安月潭朱氏序生堂家乘》中载有家规10条,其第10条"字行"是规定族人以"'家、传、孝、友、世、笃、忠、贞'八字递世命名"。② 月潭的朱氏宗族世代繁荣,人文郁出,村落建设蔚具规模。清末翰林、歙县人许承尧在为月潭朱氏第四次修谱所作的《序》中就称:"朱本吾徽望族,而月潭一支尤踔厉风发,魁硕迭出。其进而树令名,登贵仕,覃泽民社,经纬邦国;退而修内行,秉高节,型于乡而可礼于社者,踵武相望。"③ 此风至今一直延续,村庄的变迁,虽然至今天传统不再如过去,但村的规模依在,村的结构大致保存。实是不幸中的万幸。

其实,像月潭这样的村落在徽州古代很多很多,它是古代徽州乡村构成的正常与普遍状况,只是在近代化的进程中,特别是在现代化发展的冲击下,许多村落不再是原来的样子,它们或消失,或变换,或不再保持原本原味的传统。黟县的西递与宏村在古代的徽州乡村也就是极为普通的村庄,只是由于曾经的闭塞与落后,受近现代进程的冲击较少,所以在今天成为世界文化遗产——其实在今天,可望纳入世界文化遗产箩筐的徽州古村落还有很多。即使这样也改变不了传统徽州的村落在整体上要接受不可逆转的现代化冲击,于是这就存在一个在转型期的当下如何实施抢救的问题。

一说到抢救历史文化遗产,通常的看法就是要保护,即老建筑不能拆、老村庄不能动,云云。这当然是极为重要的抢救手段,但绝不是唯一的手段。我想说的是:对待传统的历史文化遗产,其抢救的路径该是多元、多样的;实物的原本保存是抢救,精神文化层面的记述也是抢救,结

---

① 朱世良:《我所知道和调查的月潭朱氏宗族的宗法礼教》,《徽学丛刊》(《学术界》增刊)2009年第七辑。
② 民国十八年仲冬月朱华淞重修《新安月潭朱氏序生堂家乘》,手抄本。笔者藏有复印件。
③ 民国二十年《新安月潭朱氏族谱》许承尧《序》。

合现代科技进行数字化都是抢救——最佳的方式该是这三种的结合！

《徽州月潭朱氏》史书就是一部试图在文化层面上对徽州休宁月潭村予以抢救的著作。该书作者朱世良就是月潭人,他系婺源朱氏始祖朱瓌的三十八世孙,1929年1月出生于月潭,曾任《徽州报》、《黄山日报》编辑、记者、部室主任、副总编。作为月潭朱氏宗族的族人和后裔,朱世良先生当然地要担负自己宗族历史文化梳理、挖掘的任务,努力以自己的能力廓清月潭朱氏宗族发展至今的基本脉络与大致状况;同时,作为一个"文化人"和"新闻人",他又自觉地要禀赋起月潭古村落历史文化整理、抢救的责任,记述月潭村曾经有的和现在仍然有的村貌与风情。如此结合的结果,该书的篇章结构就是以宗族繁衍、村居构建、宗法礼教、历代人物、村风民俗、艺文述事而展开,洋洋30万言,并另有月潭朱氏世系表附册。最近十几年来,有关徽州村落介绍宣传的书也编写了不少,仅我所见,就有四五十部,其中一些村志类的书,真是精品,但也有一些是综合泛泛叙述的。披阅《徽州月潭朱氏》史书,该属精品之作。据我的了解,该书作者作为一个耄耋老人,为写此书,不包括之前的积累,专门花的时间就达五六年;为了资料,他一方面到处查证、抄录、收集文献、文书,另一方面就是经常深入地开展田野调查。基础夯实了,加上作者本来深厚的语言文字功底,由之拿出的书稿就显得厚实,内容丰富、翔实、规整,文化抢救的意味厚重,本身就构成第一手的资料书,该有较高的学术引用采信率。

我与朱世良老先生认识很早,他一直是我尊敬的徽州本土学界、新闻界的前辈,早在20世纪80年代中期,我给《徽州报》投稿,许多就是由他修改、编辑和指导的。1992年他退休后还从事黄山市老新闻工作者协会工作,而我当时在黄山市担任市社科联秘书长、副主席,工作上有联系。2000年我调到安徽大学,但与朱老先生在情义上和文化上的交往还一直保持着。2007年12月23日,黄山市程朱理学研究会在屯溪召开成立十周年大会,我参加了,并被推选为名誉会长。会上,我做了一个讲话,其中谈了如何具有责任感和紧迫感地开展徽州乡村田野调查工作。朱老先生当时在场。会后,他找到我,告知:他想写一写关于自己家乡月潭的事情,一是要对得起祖宗,二是要为徽学留下一点资料。我闻知很高兴。之后他又曾多次邀我与之讨论书稿的写作。至2009年5月,朱老先生将写就的关于月潭村宗法礼教的一章预先发送给我看。果然文字不俗、内容丰厚。忍耐不住,在做了简单的编辑修改之后,我就将此章以"我所知道和调查的月潭朱氏宗族的宗法礼教"为题,发表在我主编的《徽学丛刊》第七辑上。文章发表后,反响很好,学术界有诸多引用。到了2011年底,朱老先生又约见了我,告知书稿已经全部完成,正在考虑正式出版事宜。我为之高兴、祝贺。未曾料想,他竟以长辈之尊,嘱我这个晚辈为此书作序。着实惶恐啊!然百辞不允,无奈,唯写如是,仍是汗颜。或由于感慨,似有感而发,内容有些冗杂了,惭愧!

2012年3月14日于安徽大学

(作者刘伯山,出生于1962年6月,安徽省黄山市人。曾任黄山市社会科学联合会秘书长、副主席。现任安徽大学徽学研究中心专职研究员、安徽省黄山文化书院院长、安徽省徽学学会副会长兼《徽学丛刊》主编。先后在《学术月刊》、《新华文摘》、《光明日报》、《文史哲》、《历史档案》等报刊发表学术论文70余篇,有6篇被翻译成韩文在韩国学术刊物上发表;编著出版《徽州文书》四辑共40卷。)

月潭春色 胡守之

作者原任休宁县县长、县委书记,现任黄山市政协副主席

目 录

前 言 ··· 1

开篇概述 ··· 1

第一章 宗族繁衍 ··· 1
 第一节 朱氏原姓考述 ·· 3
 第二节 新安朱氏渊源 ·· 5
 第三节 月潭朱氏蕃盛 ·· 11
 第四节 先农后商兴业 ·· 13
 第五节 族丁徙居四方 ·· 20

第二章 村居构建 ··· 33
 第一节 叶形村落 ·· 35
 第二节 恢宏宗祠 ·· 40
 第三节 众多支祠 ·· 43
 第四节 特色民居 ·· 49
 第五节 广设店铺 ·· 62
 第八节 楼亭寺庙 ·· 69
 第七节 环村八景 ·· 78

第三章 宗法礼教 ··· 83
 第一节 族规家法 ·· 85
 第二节 祠祭墓祀 ·· 90
 第三节 建会助治 ·· 95

第四节　兴教倡学 …………………………………… 99
　　第五节　行仁尚义 …………………………………… 105
　　第六节　奉孝守节 …………………………………… 107
　　第七节　乐善好施 …………………………………… 111

第四章　历代人物 ………………………………………… 115
　　第一节　古代人物 …………………………………… 117
　　　（一）传　记 ……………………………………… 117
　　　（二）简　介 ……………………………………… 131
　　　（三）名　录 ……………………………………… 133
　　第二节　现代人物 …………………………………… 140
　　　（一）传　记 ……………………………………… 140
　　　（二）传　略 ……………………………………… 151
　　　（三）简　介 ……………………………………… 175
　　　（四）名　录 ……………………………………… 186

第五章　村风民俗 ………………………………………… 201
　　第一节　节日时令风情 ……………………………… 203
　　　传统年节习俗 ……………………………………… 203
　　　元宵双龙闹春 ……………………………………… 207
　　　立夏时令吃俗 ……………………………………… 209
　　　端午龙舟竞渡 ……………………………………… 210
　　　青苗立节祭天 ……………………………………… 211
　　　中秋香龙舞月 ……………………………………… 212
　　　靖阳祭神演戏 ……………………………………… 214
　　第二节　婚丧喜庆礼俗 ……………………………… 216
　　　男婚女嫁礼仪重 …………………………………… 216
　　　隆丧厚葬祭亡人 …………………………………… 220
　　　祝诞庆寿俗风盛 …………………………………… 223

第三节　其他习俗撮要 ·················· 225
　日常行止规矩 ························ 225
　践行"会做人家" ···················· 227
　祭天求雨救旱 ························ 230
　上梁拜神祈福 ························ 232
　打会助人解难 ························ 234

第六章　艺文述事 ······················ 235
第一节　大事记述 ······················ 237
　八个世纪　四修族谱 ················ 237
　动员民众　抗日救亡 ················ 240
　东鳞西爪　几桩史事 ················ 242
第二节　民间传说 ······················ 244
　颜公山上奇宝 ························ 244
　月潭沍中传说 ························ 245
　朱元璋帝封神 ························ 247
　伦堂亭里见闻 ························ 247
第三节　古诗　民谣　乡谚 ············ 249
　古　诗 ································ 249
　民　谣 ································ 257
　乡　谚 ································ 261

后　记 ···································· 263

前 言

　　古徽州是"程朱阙里",又誉称"东南邹鲁",积淀的文化博大精深。作为徽文化一个重要方面的志谱文化也十分突出。早在南宋,徽人罗愿就编撰成《新安志》10卷。明清徽州各县均修有县志,徽州聚族而居的村落编修族谱、家谱也蔚为风气。如今黄山市(徽州地区)及各区县仍持续修志,不少村落也已续谱或修志。

　　月潭村是朱氏家族的祖居地、聚居地、发祥地。近900年的建村历史,以其优越的地理方位、优美的自然环境、独特的村落形制、众多的才俊贤达、深厚的文化积淀,以及以"仁"、"和"为主轴的人文精神,使月潭村成为古徽州的名村望族。月潭村早于700多年前的元乙巳年(1305年)就开始编修《月潭朱氏谱》。尔后,又在明、清、民国期间三次修谱。

　　徽州历史上的族谱、家谱体例,主体一直是宗族世系表和人物简介,只有首卷与末卷形式与内容有些变化。月潭朱氏第四次编修的族谱,虽然内容也较充实,谱末所增《文翰卷》,设有记述重要人物事迹的"传记"、"行状"、"墓铭",并选载较多族人的诗与文。但是限于谱牒体例,附于世系表中记述的人物皆极为简要,宗族中许多有价值的事与物也未记述入谱。

　　月潭朱氏第四次修谱是在民国二十年(1931年),距今已逾80年。在这期间,随着社会的演进和变革,村中原有的徽派文化遗存,诸如祠堂、楼阁、庙宇、水口、民居等大多坍圮或毁损;非物质文化遗产也多有流失或失传,宗祠档案及族中各派支与各户的文书资料,几乎丧失殆尽;加上朱氏族人为谋生计已五分六散,行踪遍及全国各地以至海外,有的在外已生息数代;知根知底的老者又大都故去,月潭村的风貌也已今非昔比,宗族历史上人、事、物、景的方方面面情况,年轻人几近一无所知,年长者也知之甚少。有鉴于此,编者决定撰修一部与族谱体例有所不同的《徽州月潭朱氏》史书,既具体详细地记述月潭朱氏宗族数百年的历史兴替,时代更迭,社会变迁中人、事、物、景的发展变化,也附册继续编排维

1

系和延续宗族的世系表,让散居四面八方的宗亲族友能从文字上全面了解月潭朱氏的辉煌历史,发扬和继承朱氏宗族的优良传统文化和人文精神。同时,也为有志于徽州文化研究的专家学者,以及其他爱好者提供一些具体真实的有"存史鉴今,鉴古知真"价值的宗族文化史料。

新修这部史书的体例,突破了"族谱"的框架,是一项浩大繁冗的文化工程,也是一件"前无古人、后无来者"的大事。按照这次收编史料要求,上限追溯到南宋淳熙年间朱兴徙迁月潭,下限定在共和国建立前,有近900年的历史,而"历代人物"一章史料还突破此限,故需占有大量的历史、自然与人文资料,这就要在有限的时间内抢救遗留的文字资料,特别是收集口碑资料,更是迫在眉睫,时不可待。为此,我们从2007年冬开始,即不顾寒冬酷暑,四处奔波,查阅府志、县志,遍寻家谱和祖先留下的文书残页,分类抄录和复印了大量文字资料。其间,又曾先后给各地宗亲族友发了四次"致宗亲的信",期望族人用书面或口语形式提供有关资料或资讯;并且三番五次地登门访谈,反反复复地打电话询问,从年迈的宗亲族友和农、工、商等客姓老村人中,广泛地挖掘口碑资料,有疑点的还经多方考证。经过4年多的不懈努力,终于获得大量有关史书所需的资料,其中不乏鲜为人知的极为珍贵的史料。

新修的史书分为两册。主册的形式与内容,始为"序"、"题词"、"前言"、"开篇概述",末为"后记",主体是采取以事分类、横排综述、以横为主的方法,就宗族繁衍、村居构建、宗法礼教、历代人物、村风民俗、艺文述事等六章共二十七节分述。"开篇概述"写总貌、大势及津要以引读。各篇内容分类如实记载历史事实与来龙去脉,具体翔实,述而不议。总的说来记述的宗族文化内容多为精华,但也不乏有糟粕,因史书需反映历史的本来面貌,故不予评论。编成的"历代人物"一章中,所载人物古少今多,是由于过去的族谱记载大都简略,有不少的人物史事又已分述在第三篇的几节中,所以不再重复。附册为《徽州月潭朱氏世系表》。过去族谱世系表只排男性族丁,这部史书编排的朱氏世系表,从当代开始,朱姓男丁的妻子和女儿女婿,也与男丁一样排列在世系表中;朱姓女儿出嫁后所生子女,有从母姓朱者,还视同朱家男丁作为后代排列。这种世系表排序上的创新盖原自认知上的突破。

这次参加修史收集资料和编撰的大都是耄耋族人,多数还有病痛相扰,面对困难,克尽劬劳,修纂成书,上不辱祖宗,下有益子孙,还有利于社会,甚感自慰矣!

开篇概述

朱氏聚族而居的月潭村,位于休宁县西南40华里,古为29都千秋乡辖地。南宋《新安志》记载的休宁千秋乡八个里中,还未称月潭的里名。后人为何改称"月潭"?相传是:率水自西北转东,从两山相揖、对峙如门处入口的"深潭形圆如月而得名"。又说是:"月宜于水,潭则静,深莫测,而尤有取于月者也。"

月潭前挹天马山,后倚天柱峰,村北傍率水。一条长长的溪水由西向东,从起点码头溪口,东行至商业重镇屯溪,与横江交汇成新安江,俗称"三江口"。沿横江北上,可经休宁万安、黟县渔亭,汇入新安江后,流经歙县南源口、深渡,东南流向浙江淳安,在建德梅城入钱塘江至杭州。月潭村枕山、面屏,还为层峦叠翠的群山环抱。南宋淳熙年间,朱兴慕月潭山水之胜,风水之佳,自休宁率水河上游的临溪(今改名为琳溪)迁徙至此。但是,当时此处平地少,有些祖先的房子,是建在离月潭二三华里的伦堂山(如今仍有些屋基遗址)。明嘉靖年间建造的承志堂,据族谱记载,还是"依山劈石"而建。后来随着村居构建的不断发展,这座厅堂竟居于村的中心。可见月潭朱氏聚族而居,繁衍子孙,是经历几代祖先精心在河滩上营造了一条很长的高大堤塝,才建成一个人与自然和谐、又功能齐全的偌大叶形村落。

最早居于月潭的姓氏,无历史资料可考。程氏居此虽早,前半期人丁尚旺,建有程家祠堂。而据《程氏族谱》(手抄本)所载:"始迁祖程岳,字惟申(原居龙湾),于元代娶月潭奉训大夫、同知朱公女,遂家焉。"这比朱姓徙迁月潭的时间要迟几十上百年。20世纪50年代前,村中定居的还有陈、黄、李、吴、范、俞、余、方、洪、邹、项、王、巴、张、詹、姚、章、周、汪、许、胡、刘等23个姓氏的村民,或务农、经商、做工、从教而定居,或沾亲带故而徙迁,或被卖给朱姓为仆而来此,因而形成一个朱氏主姓中又有诸多客姓聚居的大村落。在客姓中,程姓是月潭朱氏始迁祖第四代同知公之婿,有着亲戚关系,村里的事常能合作互帮,如共建"永宁匣"造新殿,又合办防火救火设备。农工商等客姓与朱姓也唇齿相依,不仅友好相处,还组建了一些民会协助进行宗族社会管理。所以客姓虽多,却能在村里和谐生活数百年。

月潭始迁祖朱兴,其婺源六世祖朱举与朱熹六世祖朱绚是同胞兄弟。他低朱熹两辈,对这位集理学之大成的宗长极其崇拜。所以徙迁月潭的后代,一直恪守朱子理学之教,传承紫阳世家之风。在经济建设上,先兴农穑后振商贾,构建村落天人合一。在培养人才上,倡导读书育人,褒扬科举入仕。因而人居环境,山林美、建筑宏、徽韵浓;繁衍子孙,文风盛、德行著、闻人多,成为名门望族。清康熙四十六年(1707年)提督江南学政、詹事府左春坊兼翰林院修撰魏学诚,为月潭朱氏第三次编修族谱作《序》称:"月潭朱氏,休宁望族也。……其推扬义节,足令后之顽懦自立焉!其山川景物,足令卧游者神往焉!其起居风俗,足令披读者兴起焉!其宦于四方,德政皆有考焉!其官于京师者,文采皆可传焉!"民国十九年(1930年),清末进士、翰林院编修、民国甘凉道尹许承尧,为月潭朱氏第四次修族谱作《序》亦称:"朱本吾徽望族,而月潭一支尤踔厉风发,魁硕迭出。其进而树令名,登贵仕,覃泽民社,经纬邦国;退而修内行,秉高节,型于乡而可祀于社者,踵武相望。"

第一章

宗族繁衍

婺源始祖朱瓌府君像

婺源六世祖朱绚像

婺源六世祖朱举像

婺源九世祖朱熹像

朱熹曰："问渠那得清如许，为有源头活水来。"本篇前三节分别考述了朱氏原姓、新安朱氏和月潭朱氏渊源的"源头活水"；后两节则记述了月潭朱氏兴业历程和族裔徙居外地概况。

紫阳旁裔

第一节　朱氏原姓考述

木之千枝万叶本于根,水之千溪万流溯于源,姓之千派万支始于祖。

朱氏,是中华民族最古老的姓氏之一。据一些学者考证,最早的朱姓,起源于远古时代的古天子朱襄氏。他是一个民族部落的酋长,生活于伏羲时代,其后裔是中华朱姓中最古老的一支。除此,还有诸多朱姓起源的记载,如上古尧帝的儿子丹朱之后的朱姓;舜帝的大臣朱虎之后的朱姓;古东夷族首领少昊金天氏白帝朱宣之后的朱姓;周代宋国君主微子启之后的朱姓;春秋曹姓邾子国之后的朱姓;古代少

朱氏始祖黄帝像

数民族渴烛浑、可朱浑氏改为汉姓朱氏,等等。在这众多的朱姓人中,以邾子国的后裔改为朱氏,繁衍最为兴旺发达,形成当今中华朱姓的主体,这已为多家学者所认同。

宋时朱然(朱熹的堂弟)与朱隐(朱熹的九世孙、婺源阙里世袭五经博士),分别撰写的《朱氏源流》、《朱氏原姓论》两文,以及当今江西学者吴长庚编著的《朱子先人世系略考》,搜集不少史料,进行多方论证,也都认为江南朱氏主要出自曹姓,又可追溯到颛顼帝之后。大约是虞舜时期,颛顼高阳氏陆洛的第五子晏安,被封到曹地(今河南灵宝市东曹阳一带)创建曹国,当时是以地名为国名,以国名为姓氏,晏安因此以曹为姓。在夏代,曹国因受夏人征讨,被迫东迁到今河南滑县南的古曹城。到商

代,又徙居于今山东定陶县西北。约在商代晚期,曹国被灭,曹氏族人便散居各地。

曹姓又如何演变为朱姓？据史书记载,西周武王姬发克商后,实行分封制,大封同姓诸侯于各地,同时也分封了一些异姓王侯。他把弟弟姬叔振封到古曹国旧地,寻得当地苗裔曹挟,将他封到古东夷邾族的邾地（原辖有今山东费、邹、滕、济宁、金乡等县地）建邾国,曹挟便由此改姓为邾。邾国原是个很小的诸侯国,附属于邻邦鲁国,经过数代经营,到周宣王时,曾一度发展为中等强国。当时在位的是曹挟的第七世孙邾颜。他多次为周王室出力建功,曾得到周宣王奖赏,后因其干预鲁国内政,又被周宣王诛杀。邾国从此衰败,传到十五世仪父,终于在战国末年被楚国并吞。楚灭邾后,邾君及部分王室迁到楚国之内地——邾城,其他邾氏遗族则四散他地。后来邾姓去邑为"朱",有两种说法：一说仪父弃爵避居沛国,传至十世邾茣鸿,将"邾"字去了右边的邑（阝旁）,改为朱姓。一说邾茣鸿（因曾封于茅邑,原称茅茣鸿）眼见邾国日衰,名存实亡,深感绝望,弃官离邑,率家室到鲁国的沛邑隐居起来,为保存邾国余脉,隐姓埋名,将"邾"去"阝"旁,表示自己是离开邾国失封邑的邾人,许多邾姓也都随之去邑为"朱"。两种说法虽有所不同,但朱姓为邾茣鸿所改是一致的。后来朱茣鸿的后裔大都徙居沛国相县（今安徽濉溪县西北）,随着时代的变迁,子孙逐渐蕃昌,不断向外延伸、扩展,到汉代已发展为朱氏望族,成为朱姓在全国最早最主要的发祥地。南方朱氏大都出自沛国朱氏后裔。

以上的发展演变过程,说明朱姓出于邾姓,邾姓又出于曹姓,曹姓则源于颛顼。

第二节 新安朱氏渊源

新安,系古徽州的别称[该地秦设黟、歙二县,汉设新都郡,晋改为新安郡,唐改为歙州,宋徽宗宣和三年(1211年)改为徽州]。有山水之美甲南邦之誉。但人烟稀少,山峦阻隔,地势险要,原为土著山越人所居。西汉以后,逐渐有了程、汪、吴、黄、胡、王、李、方、洪、余、鲍等外来户,多为中原及江北一带因战乱、灾荒等逃徙而来。朱氏师古,于唐僖宗乾符五年(878年)因黄巢战乱徙迁徽州歙之黄墩(篁墩的原称,今属黄山市屯溪区),成为新安朱氏始祖。

篁墩始祖朱师古像

朱师古,乃朱涔之号,朱禹一之子,朱介之孙。唐太和四年(830年)登第,官至殿中丞。他为官四十四载,持己庄严,莅官清慎。宗谱有像赞:"游心礼乐,脱累尘埃,蹑云梯而探月窟,推日毂而上天阶,功名驰于四海,爵位近于三台,是诚朝中之伟器,天下之奇才也。"他在垂暮之年,为避战乱,率家人自姑苏洗马桥徙迁黄墩,居富仑山下朱家巷。是否一直居于黄墩?殁于何处?葬于何地?因第二代起子孙散居各地,又因战乱流离,碑志无存,而无定说。朱熹于宋淳熙年间,重修婺源茶院朱氏世谱,只曰:"吾家先世居歙州歙县黄墩(即篁墩)。"是因当时还未曾考及先祖师古之墓。

明万历四十年(1612年),有歙县太学生赵滂回篁墩扫祖墓,感于朱子敬祖之情,深入访问村中老人,终于找到朱子祖墓两处三穴。他随即查对本县篁墩地税册籍,证实了确为朱氏祖墓:一为短字壹仟玖佰肆拾捌号,土名刘家门前;一为壹仟玖佰捌拾捌号,土名朱家巷。但是其中的部分墓地已变为孙姓和李姓执业,他便捐款易契送邑大夫验印认准。赵滂此举,为诸多社会名流赞许,并得到歙县知县刘伸的支持,当即修复先茔,立碑于墓。由于历史资料缺乏,只判断了刘家门前为朱瓘的余、陈两夫人之墓,碑题"朱夫子祖墓",下题"歙知县刘伸、二尹潘高梅、里人胡祖诒、潘允升、赵滂合立"。而朱家巷一穴,由于还未证实先祖是谁,碑上便含糊题为"朱氏祖墓"。这次的朱子祖墓查访、修复经过,均撰写于赵滂编辑的《程朱阙里志》中。

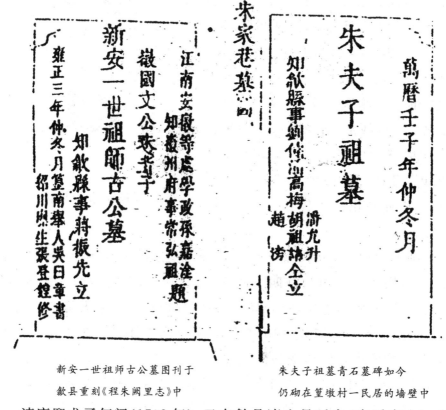

新安一世祖师古公墓图刊于
歙县重刻《程朱阙里志》中

朱夫子祖墓青石墓碑如今
仍砌在篁墩村一民居的墙壁中

清康熙戊子年间(1708年),又有歙县诸生吴廷彦(南溪南人),会文于篁墩方氏家,课余访先贤遗迹。他查阅了《程朱阙里志》,后又意外获得一册古本《朱氏桂溪派族谱》,见到"师古墓葬长沙里"的记载,经查典籍:"汉时篁墩属长沙里(系因吴姓先人吴黄芮封长沙王而得此名)。"因而认定朱家巷一穴为朱师古墓。吴廷彦在徽州知府、歙县知县的支持下,又于清雍正三年(1725年)仲冬月重立墓碑,题为"徽国文公一世祖师古公墓",碑下侧署有"江南安徽等处学政孙嘉淦、徽州知府常弘祖题;知县蒋振先立;篁南举人吴日章书;绍川廪生张登铿修"等名。事后,吴廷彦还主持编辑《重刻程朱阙里志》,详细记载了此次清理、修复师古及朱瑰两夫人墓的始末。遗憾的是新安始祖的墓穴墓碑均已无影无踪,朱瑰两夫人之墓地只略见些遗迹,仅存的墓碑却砌于篁墩村中一程姓的厨房墙壁上。

随师古及夫人张氏来篁墩的有四子:次子朱珉,又名古训,任南唐幕下将,后又复迁金陵。四子朱璋,又名古祝,官幕下承旨,家迁婺源香田,称桐川府君,生有三子,未见谱牒,后裔不明。据徽州内外多家朱氏谱牒和一些朱姓史料记载,新安朱氏基本是长子瑰、三子瓌的后裔,大都聚族而居,居地遍及徽州六邑。

朱瑰,又名古祐,始号黄墩主人,后号鬲山居士。生于唐宝历二年(826年),大中二年(848年)进士,授修职郎,后授监军总管。咸通二年(861年),裘甫犯浙东,授监军使,平定裘乱,升河南节度使。乾符三年(876年)敕牒马步军总管。其时,黄巢军占领歙、池十五州,瑰奉命平黄巢,戎战五年,收复十五州。广明元年(880年)敕授马步都总管兼宣歙讨击使,遂筑室歙县篁墩家居。景福元年(892年)制封银青光禄大夫大宪御史爵,授江南领将歙州开国亭英侯。年七十五,隐居休宁鬲山(今属屯溪区)。乾化元年(911年)卒,享年86岁,葬鬲山。

瑰生五子,先后从篁墩外迁,主要分布于休宁的首村、霓湖、朱村、霞瀛、双溪、回溪、新潭、伦堂、星洲、隐塘、黎阳、巴庄、小川、石句溪、梅田、南渠、回口、南塘、溪口;歙县的徽城、俞村、潭渡、石门、松源、宋村、榻子山、溪上、贵溪;绩溪的八都;祁门的朱溪等地。他的主要支派如下:

长子朱逢,字邦用,号春。乾符二年(875年)进士,授庐州刺史,为官三十六年。天祐三年(906年)致仕还乡,往鬲山请父回黄墩同居。曰:"时有奸雄僭窃,乾纲弗振,欲混于汹涌,宜当星散隐逸。"逢听从父言,遂归。后至休宁二十六都,见一山,名瀛峰,山川秀丽,水绕山回,遂隐居于此。其十一世孙彦思、十四世孙文质,迁居休宁朱村;十三世孙应侯,迁居歙县徽城;十九世孙伯达、二十一世孙厚迁居歙县溪上;又二十一世孙得迁居歙县潭渡;二十四世孙莹、子章迁居歙县俞村。

次子朱远,号满,迁居江西浮北城门都朱家营(今明溪诸派之祖),长子四世孙文盛迁居休宁忠孝乡。

三子朱通,字济川,号园,性潇洒,见县西五十里地曰霓湖,东有谷林,西有金村,南有乌接,北有凰冲,而荆山复绕其北,湖居其东,如霓湖,遂居之。后又沿湖造田,隐不仕。十二世孙锐,因居址狭隘,遍观四方,见距霓湖四里的双溪,其源发自龙井,复会谷林、梅山二水入双溪,遂徙迁此地。

四子朱达,字邦显,号林,见父兄皆离篁墩,遂迁休宁回溪。十八世孙朱升原居回溪,入赘歙县石门陈氏,遂迁石门。朱升19岁考中秀才,就在故里开馆讲学,46岁考中第二名举人,因丧母守孝,52岁方任池州学正,讲授有法,学者云集。他退隐石门后,元至正十七年(1357年)秋,朱元璋入徽州,以大将邓愈荐,召问时务,朱升献"高筑墙,广积粮,缓称王"九字策,后成明代开国谋臣。

五子朱迁,号秀,自幼随父征讨,勇略过人,袭封英亭侯,先居休宁忠孝乡。后因征讨途经江西鄱阳湖浮北濑滩,喜其形胜,故居浮梁。他以兄朱远次子文豪为嗣,生文强、文辅、文盛三子,文盛仍迁居休宁忠孝乡。二十一世孙皓,明初迁居祁门朱溪。

师古三子朱瓖,又名古僚,字舜臣,唐乾符年间随父避乱至黄墩,隐居不仕。天祐中(904~906年),婺源人汪武为抗歙州刺史陶雅暴赋重敛,率众拒守。武死后,陶雅命朱瓖领兵三千戍守婺源,负责巡辖浮梁、德兴、祁门、婺源四县。朱瓖到婺,多方安抚,民赖以安,官制置茶院,遂成婺城始祖,因祖籍歙县黄墩(今称篁墩),还诰封为黄墩忠武侯。卒,与夫人杜氏同葬婺源万安乡千秋里(后改松岩里)连同山。

瓖生廷杰、廷隽、廷滔三子,为茶院二世。他们在徽州的后裔,主要分布于婺源的长田、潋溪、阙里,以及休宁的临溪、月潭、首村、伦堂、休城、西门、资村、杨家源,歙县的环溪,祁门的福洲,黟县的屏山等地。

朱廷杰,南唐时官任拱卫上将军,歙州团练使,后徙居休宁城北。九世孙朱晞颜,宋封休宁开国男。

朱廷隽,谋略过人,壮貌雄伟,后唐庄宗李存勖"奇其壮貌,拜为徽州刺史兼番汉总管",后又升为节度使。生二子,昭元与昭享。昭享过继给堂伯廷集为嗣,徙居河南。

长子朱昭元为茶院三世,荫袭父职,任侍卫指挥使。后契丹入侵中原,弃官归隐,自号抽闲翁,又称歙溪府君。夫人冯氏,生二子:惟则、惟甫;继配金氏,也生二子:惟赞、惟节。均为茶院四世。

朱惟则,字一美,迁婺源长田,隐居不仕。

朱惟甫,字全美,迁婺源潋溪,隐居家乡,尊德乐道,不喜仕进。其孙贵纳,字伯财,居开封。时值金兵南侵,贵纳抗金有功,历任西京左藏库使、莱州刺史、醴泉观察使、武泰军节度使,赠开府仪同三司等显职。后长女为宋钦宗皇后,次女又为郓王妃。父以女贵,贵纳被封为恩平郡王,成为新安朱氏后裔唯一封王之人。

惟甫生振,振生绚,绚生森。森以祖上皆不仕,读书为乐,也不科举。曾对长子松说:"吾家世儒,积德五世,后当有显者,当勉励谨饬,无坠先业。"在这样的熏陶下,其子朱松成为学者兼官吏,任福建建州政和县县尉。森随子赴任,卒逢方腊起义,道路梗阻,遂葬当地。松守父丧,为庐墓计,入籍建州,也就迁居于建阳尤溪。其子朱熹,以后成为孔孟之后集理学大成的一代宗师。

朱惟赞,因官镇守徽、饶两州,遂迁居江西浮梁明溪。

朱惟节,官任礼部员外郎,徙居金陵句容县北街巷(后改为朱家巷),系明朝开国皇帝朱元璋的句容始祖。朱元璋与朱熹,同祖婺源茶院第三世祖朱昭元。湖南平江岑川《朱氏宗谱》、湖南湘阴载阳堂同治壬申《朱氏族谱》、湖南宁乡念慈堂《黄金园朱氏六修支谱》、湖南长沙晋山朱氏玉奇堂光绪《朱氏四修支谱》等谱牒,均有此相同记载。茶院第三十世孙,明代南京御史朱吾弼所撰《(丰城)社山朱氏世考》,也考证金陵句容的朱元璋始祖朱惟节确源出朱熹所在的婺源茶院朱氏。

朱廷滔,南唐时也官补常侍承旨,致仕后居休宁首村,一说其子允元迁安徽宣州。

茶院府君第二代,分布徽州六邑的,几乎全是廷隽支下后裔。主要始迁地,有十二世孙朱济迁婺源阙里,六世孙朱瓒迁休宁琳溪,十世孙朱珀迁歙县环溪(今浯村),十一世孙朱兴迁休宁月潭,十三世孙朱莱(朱熹曾孙)迁黟县屏山下,十七世孙朱仕贞迁休宁杨家源,二十一世孙朱奇清迁祁门福洲(今凫峰)。居于黟县石村的朱氏,系清道光年间,授任黟县训导的苏州人朱骏声,卸任留居的后裔,非新安朱氏。

从以上记述,可见新安朱氏几位杰出的历史名人,按朱师古二子在婺源与休宁为始迁祖的世系脉络列表于下:

朱瓀——四子朱达——十八世孙朱升

朱瓌——次子朱廷隽——孙朱昭元 ┌曾孙朱惟甫——九世孙朱熹
                              └曾孙朱惟节——后裔朱元璋

新安朱氏唐末迁入徽州,前400年大都在本州六邑择地移居,宋淳祐年间,才逐渐出徽州迁徙,下面是各支派迁徙情况。

宋代,回溪派十世孙朱龙迁浙江建德铜湾,十二世孙朱遵再迁江西龙兴。

元代,首村派十四世孙朱龙迁淮,朱十三迁金陵;十五世孙朱万九迁亳州,朱万十迁淮;十六世孙朱千六迁繁昌平沟、朱显迁青阳;双溪派十五世孙朱达、十六世孙朱员迁淮;朱村派十五世孙迁江阴、十七世孙朱万迁浙江;黎阳派十六世孙朱八一迁溧阳朱村;巴庄派十八世孙朱祐迁桐城三十里岗;沟溪派十八世孙朱十二迁浮梁;回溪派十八世孙朱肆迁六安州,朱汰迁长沙益阳县。

明代以后,随着徽州外地经营的兴盛,朱氏向外迁徙大量增多。据明嘉靖《朱氏统宗世谱》、清乾隆《朱氏正宗谱》记载:新安朱氏往外迁徙,嘉靖至明末约占60例,清初至乾隆约占90例。迁徙地主要在江南,安徽46例、江苏53例、浙江40例、上海17例、湖广7例、江西7例、山西4例、贵州3例、广东3例、山东2例。散布在海外的新安朱氏也非常多,据有关资料记载,在韩国和中国台湾的朱熹等后裔有近30万人。

第三节 月潭朱氏蕃盛

月潭始迁祖朱兴,生于南宋绍兴二十九年(1159年),殁于宝庆二年(1226年)。他"幼卓异有志,为时伟人",系朱瓒(朱瓌七世孙)自婺源阙里徙居休宁县临溪的玄孙。当时,临溪(今称琳溪)始迁祖虽只四传,但居址隘,难以扩建。所以,早有朱兴的堂叔公朱时迁居于距东10华里许的月潭,其子朱垍经营木材,感觉此地河边不宜为木材大堆场,又选居歙之浯村(今属屯溪区)发展木业。尔后朱兴

月潭始迁祖朱兴像

再卜地月潭,见前挹天马山,后倚天柱峰,环境奇丽,又听风水家称:"此地益秀,必昌其后。"于是在淳熙年间迁徙至此。元大德九年(1305年),朱汝贤纂修《月潭朱氏谱》,尊奉朱熹编修《婺源茶院朱氏世谱》的世系,不称朱兴为一世祖,而称十一世祖。

朱兴迁月潭,第二、三代均是单传,其孙朱应崧,生有汝贤、汝清、汝弼、汝辅四子,仕为提举、同知、县丞、宣使。他们都生有儿子、孙子、曾孙、玄孙。于是雁序分行,形成四个五服圈,支丁年多一年,十五世13人,十六世17人,十七世14人,十八世27人,共达71人。月潭朱氏宗族因此更加枝繁叶茂,从此分有"四门"和"支房"。

提举汝贤派：十八世朱善一支称为"里门"，支下十九世朱异、朱文、朱播、朱采，分为文房、行房、忠房、信房；到了二十四世朱自然、朱天然、朱介然、朱高然，又分为大房、二房、三房、四房；其中二房二十五世朱梦龙、朱齐龙、朱季龙，再分孟德房、仲德房、季德房。孟德房二十六世朱肇周支下三十一世朱安仁，其后代朱鹏翼支下还分九个房头，三十三世朱仁衡支下又分心逸五个房头。仲德房二十九世朱之菁支下，还分敦厚四个房头；朱之荄支下，也分敦和十四个房头；四房二十五世朱廷龙、朱世龙、朱颐龙，也再分伯房、仲房、叔房。里门到三十一世，已有217支。另有十八世朱闻、朱师昆仲两支称为"外门"。支下十九世朱拯、朱援、朱托、朱撰，分为长房、二房、三房、四房。外门到三十世，也有51支。

同知汝清派：十六世朱泽、朱壁两支，分为上门南房与上门北房。二十一世增到15支；三十一世，上门南房只1支，上门北房有3支。

县丞汝弼派：十六世朱正为上门东房，二十一世也增为11支，到三十一世只有4支。

宣使汝辅派：十六世朱廉、朱颜昆仲两支，为上门西房与中门。二十一世，上门西房有11支，到三十一世，增为12支。中门后裔分支情况谱中没有记载。

从以上月潭朱氏宗族繁衍情况看，提举汝贤派支丁繁衍最为兴盛，在至今的800多年中，已发展有30代。月潭朱氏按族谱已续到四十一世（世系表列于附册）。但需要说明，上述各派、各门、各房、各支中，一些宗族支丁从少到无，其原因并非全是断后，当时由于一些族丁在外入仕、经商，就在当地徙居或留居，很多已长期失去联系，每次续谱又相隔二三百年，所以很难收集到宗族繁衍的全部资料载入谱中。新中国成立后，更多的年轻族丁，走向全国各地从军、从政、从教、从工、从商……并且很多已失去联系，这使得更难收集到他们的资料。

第四节　先农后商兴业

朱兴迁徙月潭，繁衍一代代子孙，聚族而居800多年，在支丁蕃昌、山多地少的情况下，也为跟上社会商品经济的萌生发展，走了一条"先兴农、后振商"的道路。

先兴农稼

朱氏开山建房定居月潭，较长时间以发展自给自足的小农经济为主，既产粮油，又产桑、茶、果、菜。他们耕读结合，不仅占有田地，而且多数从事农业劳动。清代雍正年间朱之惠建的住宅，专为子孙读书设有学堂，还高高挂着"耕锄书屋"的匾额，教育子孙莫忘"农之本"。朱承清在咸丰年间写有这样的诗句："家居南潭数百秋，躬耕北岸二三丘。"（北岸于月潭村的溪之北）这说明朱氏迁来月潭的一段漫长时期，一直把农业生产看成赖以生存和发展的前提和根本条件。

元代在建造灌溉田地的大水渠上架起的石拱桥

朱氏始迁到月潭,因到第三世均是单传,故人丁不多,兼之月潭是个大山区,发展农业受一定限制。又遇宋理宗朝国舅、右丞相贾似道当国擅权,行"量田法"于江东(当时徽州也属其范围内),强行买"公田"。据《宋史》记载:"田

村居边高大堤塝下与河滩之间有多个这样的俗称"小边湖",热天耕牛常在湖里泡澡。

亩有值千缗者,似道均以四十缗买之。"(注:千钱一串为一缗,相当于一两银)隐居不仕的三世祖朱应崧,甚感此法扰民,书联"田无半亩方为贵,家有四男定不贫"悬于室。由此可见,那段时间,月潭朱氏经营农田相当有限。

宋元之际,应崧所生四子,果以入仕显于世:长子汝贤,举进士,权浙西常平提举,有政声;次子汝清,举进士,明州同知;三子汝弼,出任瓯宁县县丞;四子汝辅,为湖南宣使。四兄弟的家室同居一门无闲言,"有万石君风,不言而躬行,内笃友于恂恂"。宋度宗朝旌其家风赐为"紫阳义居"。他们成了赫赫一时的闻人,在家乡大兴土木工程,大置田地山场,并且重视水利建设,除在本村挖有树木塘、石壁冲塘、中央塘等蓄水灌溉外,还于元代大德六年(1297年),投巨资凿断前岭山(又名果山岭),建造了一条九道坝的大水渠(也称言堨),使南水(岩川之水)北调。水渠长达10余华里,经过里村、言田、杉木干、藕塘、甘

独轮车

干等地至月潭上村头田畈。有了这条大水渠,逐渐扩大了水田面积。据明嘉靖《休宁县志》记载:言堨灌溉面积为75亩。清道光《休宁县志》记载,已达445.5亩。

月潭朱氏宗族,原来多是置耕地山场兴农,随着商品经济的发展,又因面临人增地少的问题,逐渐转变为兴商者居多。许多宗族子弟外出经商,兴旺发达后,都回乡建屋置地,走了一条"以末致富,以本守之"之路,直到民国末年皆如此。但是,这个时期已买不到本村附近的田地,只是族内买进卖出。如:抗战期间,仲、季两房的景生和仲镕,在称为"小上海"的屯溪,开煤油公司和布店盈了利,即于民末,在孟房田地最多的一家购进了好几十亩田。

在明清时期,不论是为官者,还是从商者,购置田地多的,并不都为儿孙增添家产,据《新安月潭朱氏族谱》记载:置的山场均属祠产。支丁所置田地中,也有相当数量是捐为宗族的各种公产。其中有宗祠和支祠的祠产、主要祖墓的墓产、民会的会产、寺殿庙宇的寺产、慈善机构的义产。早在南宋,"紫阳义居"四兄弟就置有义田、义仓以赈贫乏,其兄长汝贤,因元兵南下,弃官归隐于颜公山,还为山僧常住而舍田。朱齐龙、朱世龙及诸昆季造承志堂,以奉瀛峰公祀,祠田不充裕,朱世龙"悉出囊以应"。朱瑷"捐田紫阳文昌阁,每年新正晴日,凡子孙之居绅衿者,咸登丘垄而与祭焉"。朱元安"得举公墓于荒垅中,首倡捐赀修葺,又捐举公墓田"。朱元持"与同堂昆季元大、元宁、元宽,慨捐巨资修祠宇,置腴田以厚祠产"。朱任衡"承父行善积德、济贤助学遗志。缩食节衣,经数十年,置田350余亩",办了"周义会"与"培士会"。因而月潭朱氏宗族占有的耕地、山场,逐渐扩展到周围十里八村。据众多朱氏老辈人说:民国时期,上至岩溪、首村,下至西岸,前至巴庄、高堨,在距10华里以内的耕地,约有八成为月潭朱氏宗祠、支祠、民会和支丁所有。村周围的山场,全为宗祠和支祠所有。

朱氏宗族的田,全部实行租佃制。田产权绝大多数"一分为二",即分割为地骨权和地皮权,前者俗称"大买(大买田)",后者俗称"小买(小买田)"。朱氏田主绝大多数只拥有地骨权,佃户拥有地皮权和永佃权。佃户交纳田租,在佃田时与田主签订租佃契约,一般分为上、中、下三个

风　车

等级定租：旱涝保收的上等田，田主六成、佃户四成；收成尚可的中等田，田主与佃户五五分成；交通不便的山坞、冷水下等田，田主三成，佃户七成。月潭附近瀛山下王朝文，留下清代同治十一年（1872年）的一本瑚四房收租账，其中按顺序抄录的11笔：交租最多的一丘，土名师姑潭，佃户长寿种，定产10砠（300斤），交租120斤（午谷）。交租最少的一丘，土名皂干，佃户圣房种，定产5.5砠（165斤），交租40斤（午谷）。月潭82岁老农民陈尚有说："佃好田，每亩交午谷150斤。"这与上述收租账中交租数字大致相同。佃户与田主签订租佃契约，每年按契约交纳田租，如果不是连续三年无故不交租，田主不得撤佃。

管理族田的机构称"庄"。朱氏宗祠设"同仁庄"，宏训堂设"春鹤庄"，宝善堂设"心逸庄"，敦厚堂设"岩溪庄"，分别管理祠产、墓产、会产、寺产、义产的田产与山产，还代管支丁的田产。除此，也有支丁多家联合和独家设的"首村庄"、"协和庄"、"三房庄"。每个大庄设经理一人，总管庄中一切事务；下设司账一人，管理收支账目；司秤一人，负责稻谷进出掌秤；检查一人，负责交租稻谷质量验收，以及稻谷晒干验收入仓。每年稻谷成熟时，各庄都派管理人员赴田间检查稻谷生长情况，遇有水、旱、风、虫、冰雹等严重灾害减产，则由佃户请来庄上管理人员到田间监收，按实际收获量，田主所得不超过一半。

宗祠与支祠经营管理山场，有两种形式：一、村周围的山场，由"同仁庄"、"心逸庄"自己雇工经营管理；二、离村较远的山场，出租给山农经营，双方签订租佃契约，年限20年，山农分三成，祠堂得七成。

后振商贾

兴农积累财富,培养子弟读书、登第、入仕,耀祖荣门,是月潭朱氏开始选择的繁荣宗族之路。但是,随着支丁蕃昌而产生了矛盾。一是山村土瘠地少。村庄两头和溪北田畈,共计不过300亩,周围又无大片平原可扩展大量耕田。在20世纪50年代成立月潭公社时期,辖地从西岸到上岩溪,总共只有5200亩,这使得农业经济的发展受到限制。二是科举入仕极其不易。明清两代乡试与会试,都是三年一次。全国每次乡试中举数千人,会试入围为贡士只有300人,其中考试成绩优良者分为三甲,经殿试一甲赐进士及第,其中前三名为状元、榜眼、探花;二、三甲均只二三十名赐进士出身或同进士出身,第一名均称传胪。因而绝大多数人屡试不中。出于这些原因,经商服贾便成为支丁另选的一条出路。最早走向服贾路的是元末十七世祖朱真,"游商,侨居于楚(湖北)"。明初十九世祖朱异,"业商两浙,名士多交焉"。

自明中期以来,随着商品经济逐渐繁荣,弃农经商,弃儒服贾,成为愈来愈多支丁,特别是生活遇到困难的支丁选择的出路。诸如:朱垲,"蚤岁诵古文词,至丙夜不休,几成矣,乃以贫故……弃去,游于贾人"。朱就之,"丰仪伟貌,气度岿然,好读书,博闻强识,宗人咸以国士期之。因家贫无以养亲,退而挟策乐游江湖,权牟拮据,获赢余以奉庭闱欢志,陶陶然乐也"。朱应策,"甫毁齿而丧父。家故贫,又父客殁溧水。居丧读礼,衣食艰辛。奉其母里居,篝灯荧。母则终夜纺织,子则待

蓑 衣

侧咿唔。膏火不给,昼入松林检落籜以佐燃,然终无以继也。乃弃帖括从事于经商"。朱育沧,"少授儒术,于书无所不通,晓鸡群野鹤,人咸异之,而奉父命,废儒而贾"。朱安仁,"天资颖悟,束发受书,日诵八十行,家贫习商于苏"。清代前期朱之燚考授州同知,例赠文林郎,生有十四子,只有次子朱韶为邑贡生,议叙知府,授中宪大夫。其他十三子皆服贾。清末民初朱懋文,原是书香之家,父与祖父均读书中举人,自己也是郡庠生。在前两代是男丁单传,经济还富裕,他生了四子四女后,家庭生活费用大增,只有长、次二子读书,毕业于安徽省立第二师范学校,还有二子也是未成年就由亲戚带到九江、汉口两地学生意。

月潭朱氏子弟外出经商,也有"十三在邑,十七在天下"之说。也就是乡间流传的俗话:"生在徽州,前世不修,十三四岁,往外一丢。"朱应策从商时就是年十三。当时许多人虽这么年轻远离家门学做生意,但大都是亲带亲、故带故,有同宗同族结伴为伙。这样,形成了商帮,也壮大了力量。诸如,朱钦所"从伯父澜亭治生瓜渚",朱梦龙"也从叔父澜亭修息江南北,业用益起"。朱瀛峰"甫成童,随父楚游,遂业贾。业零陵(属湖南)山中,治薪炭……业骎起"。朱凤翀"佐(父)育沧经理四方,往来南徐、瓜渚、三吴、两越间,与时俯仰,业骎骎起"。朱子修在湖北汉口、黄石当铺任经理,带了几个宗族子弟出去,有缺盘缠钱的,都解囊相助。那时,月潭朱氏经商的区域较广,主要是在湖南、湖北、江西、江苏、浙江、上海、安徽等长江中下游一带,业商的重要都市和城镇有:汉口、黄石、湘潭、长沙、武穴、九江、南昌、景德镇、乐平、南京、苏州、镇江、瓜渚、扬州、松江、杭州、湖州、绍兴、上海、安庆、芜湖、合肥、和县、屯溪等地。经营的行业主要有:典当、钱庄、绸布、服装、茶叶、木材、山货、盐、药等,而以典当业生意最为兴盛,知名当铺有:南京的会济、公济、通济、和济,和县的普和、长和,芜湖的同和,黄石的肇大等。可以说,月潭商人,就是徽州商帮的一个缩影。

月潭朱氏经商很多是"先儒后贾",由于受过或多或少的儒学教育,有一定的文化程度,在经商活动中,他们大都善于审时度势,决定取予;运以心计,精于筹算,形成一套"以诚待人、以信接物、以义取利"的经商儒道,因而大都获得成功,有的甚至成为腰缠万贯、富比王侯的富商大贾。例如：朱肇周"生而颖异，好学不倦，长就太学，文行轶伦，同社奉为楷模……后因家计浩繁，遂从光禄公转运于京江瓜渚间。择人任时，算缗精敏，狙狯不能欺，业日益起。诸兄弟得肆志肆业，也实公之力"。朱圣羽，"生十岁，承训即能文，闭关下键，茹六经子史，毕力呫吟，朝夕匪懈。缘数屡奇，家计日繁，乃慨言曰：'学者不明得失之数，辄以青紫有无为悲喜。倘扪心有获，不大胜于汲汲求荣，掇袭章句以为功名之捷径乎？'乃禀命于澄源公，遂徙业为贾，游于三山二水间，部署率以身任事，蝟集则躬执筹策……久之，家业隆起，赍用益饶。"朱崧阳"驰誉南都，以数奇入彀，复遗念食指日繁，命子钦所从伯父澜亭经治生瓜渚"。朱钦所"协谋议调，异同廉平，和煦妮就如春风，未逾纪累资巨万缗（注：一缗为白银一两），里几称甲"。

在从商的朱氏中，不少人皆贾而好儒，亦贾亦儒，贾儒结合。有的还先贾后儒。朱元爵"天性孤介，不徇时好，释儒服贾，不废诵读"。朱圣羽为贾，"儒心从不少废，暇则布经陈史，肆力于儒"。朱叔子"起茅靡之中，怀绝孝之志，始而贾，既而儒，既而复贾，出入贾儒之中，唯以悦亲承志为兢兢"。朱介然"倜傥有大志，初业贾，善持算，继从儒，文艺雄横有奇气；已又释儒服贾，创业瓜渚，赍用大饶。诸犹子累至巨万，公之力为多"。其中，有些富商大贾，仍不忘读书科第，耀祖荣门。例如，朱瀛峰"五十时，以行贾属伯仲，以为儒属叔季；其后，复贾叔，以专儒季。假馆行修，不遗余力"。朱懋钰因家贫少读书，经商后，还请先生居于店中两年为自己施教。

清末民初朱氏外出经商者虽然未减，但富商已是凤毛麟角。有的人也曾作过发展工业的尝试，如朱子修在汉口办造纸厂，朱羽丰与宗亲合伙在家乡利用山中原料办棉纸厂，都因设备技术落后，规模小，成本高，以失败而告终。抗日战争开始，很多大中城市为日军所侵占，经商更加艰难，很多月潭商人逐渐携眷或送眷返乡。因为朱氏未忘读书育人，虽然有些人是蹲在家里靠收租过日子，但绝大多数人都外出寻找新的从业出路。所以在民国后期到中华人民共和国成立初期，月潭人的从业面在逐渐扩大，在军政、科技、文教、工商、农林等行业都有月潭人。其中任教的最多，仅心逸五个房头的子女，当时在大、中、小学任教师的就有20人之多。

第五节　族丁徙居四方

朱兴于南宋中叶（1200年前后）由休宁临溪迁居月潭之后，其子孙自元开始，就因从商、入仕、传经授道而往外徙迁。仅据民国二十年（1931年）《新安月潭朱氏族谱》记载的资料统计，在修谱前的700多年间，外迁共有270余例。

月潭朱氏外迁的地域面较广。在徽州境内，有祁门县福洲（今凫峰）、休宁县资村（属渭桥）、五城小贺、屯溪、下伦堂、星洲；在省内有池州、宁国、旌德、芜湖、繁昌、安庆、桐城、六安、含山、东流（今东至）、巢湖、亳县、合肥；在外省（市）有江西、浙江、江苏、上海、北京、山东、湖北、湖南、河南、福建、广东、四川、贵州等。

最早外迁始于元代。迁徽州境内的，有十六世朱再童迁祁门县福洲、十七世朱璐迁休宁县资村；迁往外省的，有十七世朱真商游侨居于湖北，后其孙任庐陵太守，也就迁居此地。这一支繁衍较快，后又有子孙再外迁到江西南昌和临川温家圳。其后裔有中进士者，任湖广布政者，任福建开府者、领乡荐者。

外迁者在迁居地站稳脚跟以后，有的还带动族中一些人再迁该地，形成本族在该居地的群体势力。如二十一世朱帅龙于明弘治时迁池州，万历间二十四世朱炫、朱焰也迁池州沟潭，明末清初还有二十五世朱胜顺、朱之顺、朱正顺、朱齐顺、朱志顺再迁池州沟潭殷家汇和梅村，到清康熙时，又有二十六世朱寿弟、朱可通、朱启弟、朱可蓬迁池州沟潭、梅林和殷家汇，使月潭朱氏在池州蔚为大姓。

外省的迁居地以苏浙居多。江苏有扬州、苏州、镇江、瓜州、南京、徐州、南通、宜兴、宝应、松江、丹阳、淮安、常熟、溧水、太仓等地；浙江有镇海、桐乡、平湖、嘉兴、嘉善、温州、余杭、建德、淳安、象山、湖州等地。在有些迁居地，朱氏还成为当地的名门望族。民国月潭族谱撰《序》人——清末歙县进士，翰林院编修、民国甘凉道尹许承尧在序文中称："镇海以商著,平湖以官显"。

镇海是浙盐的重要产地,月潭朱氏迁此多经营盐业。明万历中叶,二十四世朱茂然,字丽阳,后有文称"丽阳府君"。他就因业盐迁居镇海,其子时来、时彰、时聘三兄弟,也随后迁徙经营盐业;二十六世的世字辈并有世镒、世铨、世镕、世爵、世镰等五人迁此;到三十一世,繁衍为学盛、学敏等学字辈32人,发展成为大族,业商也相应拓展为多种经营,一些族丁不仅贾儒结合,甚至还有弃贾从儒者。

平湖始迁者,先是清初二十五世朱嘉乾,后为清顺治间二十六世朱世寿。而子孙繁盛始于二十八世朱英自桐乡转迁至此。朱英之孙朱为弼清嘉庆十年(1805年)进士,累官至漕运总督,其侄辈,也多仕宦且突显政绩,其中知县居多,还有州同、都察院右都御史、兵部武库司主事、淮徐扬海道、福州府同知、通判等官宦10余人。现依据民国《新安月潭朱氏族谱》将元、明、清朱氏族丁往外徙迁情况列表如下:

元、明、清月潭朱氏徙迁外地一览表

世系	姓名	时间	迁居地	备注
十六世	朱再童	元	安徽祁门福洲	
十六世	朱 璐	元	安徽休宁资村	
十七世	朱 真	元	湖北庐陵	后迁江西南昌
十七世	朱 森	元	安徽休宁二十四都世佛	
十八世	朱德止	明洪武	月潭下伦堂	
十八世	朱本大	明	浙江淳安	
十八世	朱建德	明	浙江建德	
十九世	朱小团	明初	江西	
十九世	朱 虎	明初	江西	
二十世	朱永清	明初	安徽桐城	
二十一世	朱奇清	明初	休宁资村	后迁祁门福洲
二十一世	朱海宁	明初	休宁资村	
二十一世	朱存蛮	明弘治	安徽六安	

续表

世系	姓名	时间	迁居地	备注
二十一世	朱帅龙	明弘治	安徽池州	
二十一世	朱帅保	明弘治	月潭下伦堂	
二十一世	朱保宁	明弘治	安徽桐城	
二十一世	朱虎宁	明弘治	安徽桐城	
二十一世	朱府宁	明弘治	安徽桐城	
二十一世	朱玄宁	明弘治	安徽桐城	
二十一世	朱宁	明弘治	安徽桐城	
二十一世	朱光祖	明弘治	浙江嘉定	
二十一世	朱观保	明弘治	江苏枫泾	
二十一世	朱光华	明弘治	江西	
二十一世	朱光荣	明弘治	江西	
二十一世	朱光富	明弘治	江西	
二十三世	朱元学	明	安徽桐城汤家沟	
二十三世	朱杞	明嘉靖	江苏宝应黎城	
二十三世	朱尚球	明嘉靖	浙江建德	
二十三世	朱尚珏	明嘉靖	浙江建德	
二十三世	朱尚鼎	明嘉靖	浙江建德	
二十三世	朱尚瑨	明嘉靖	浙江建德	
二十三世	朱尚助	明嘉靖	江苏淮安	
二十三世	朱桨	明嘉靖	江苏溧水蔡家村朱家巷	
二十三世	朱案	明嘉靖	江苏溧水蔡家村朱家巷	
二十三世	朱采	明嘉靖	江苏金坛	
二十三世	朱本大	明嘉靖	浙江淳安	
二十三世	朱本盛	明嘉靖	浙江建德	
二十三世	朱挺秀	明嘉靖	安徽六安	
二十四世	朱文灿	明万历	江苏宝应黎城	
二十四世	朱文麟	明万历	江苏宜兴	
二十四世	朱应鲸	明末	安徽安庆江家咀	
二十四世	朱应鲛	明末	安徽安庆江家咀	
二十四世	朱炫	明末	安徽池州沟潭	
二十四世	朱炤	明末	安徽池州沟潭	后迁池州梅村

续表

世系	姓名	时间	迁居地	备注
二十四世	朱景铣	明末	安徽休宁资村	后迁寿州
二十四世	朱景铨	明末	安徽东至八都山	
二十四世	朱景钱	明末	安徽东至八都山	
二十四世	朱景鸾	明末		
二十四世	朱景旻	明末	安徽桐城	
二十四世	朱景冕	明末	安徽桐城	
二十四世	朱景昂	明末	安徽桐城	
二十四世	朱元学	明末	安徽桐城	后迁汤家沟
二十四世	朱时达	明末	浙江嘉定	
二十四世	朱大满	明末	江苏瓜州土桥	
二十四世	朱文燧	明末	江苏南京	
二十四世	朱景钥	明末	梓树里	
二十四世	朱景葱	明末	休宁县城小南门	
二十四世	朱茂然	明末	浙江镇海	
二十五世	朱士龙	明末清初	常德府	
二十五世	朱正顺	明末清初	安徽池州殷家汇	
二十五世	朱胜顺	明末清初	安徽池州殷家汇	
二十五世	朱之顺	明末清初	安徽池州殷家汇	
二十五世	朱四喜	明末清初	江苏宝应黎城	
二十五世	朱时爱	明末清初	江苏宝应黎城	
二十五世	朱时宁	明末清初	江苏宝应黎城	
二十五世	朱留锁	明末清初	江苏宝应黎城	
二十五世	朱淮保	明末清初	江苏来桥	
二十五世	朱日胜	明末清初	庙湾	
二十五世	朱时郎	明末清初	江苏瓜州土桥	
二十五世	朱锺	明末清初	安徽芜湖	
二十五世	朱时聘	明末清初	浙江镇海小西门	
二十五世	朱时来	明末清初	澜浦庙左侧	
二十五世	朱时彰	明末清初	澜浦庙左侧	
二十五世	朱奇	明末清初	江苏金山枫泾虹桥	
二十五世	朱朝纲	明末清初	江西乐平	

续表

世系	姓名	时间	迁居地	备注
二十五世	朱之逸	明末清初	江苏苏州丁家巷	
二十五世	朱嘉福	明末清初	浙江嘉兴府新丰镇	
二十五世	朱国封	明末清初	江苏宝应来安集	
二十五世	朱 胜	明末清初	庙湾	
二十五世	朱士秀	明末清初	安徽旌德	
二十五世	朱宁城	明末清初	湖北武昌保安镇	
二十五世	朱其珍	明末清初	江苏南京聚宝门钦虹桥	
二十五世	朱廷秀	明末清初	安徽六安	
二十五世	朱德元	明末清初	江苏扬州兴化县中堡庄	
二十五世	朱正宝	明末清初	安徽含山铜城闸	
二十五世	朱伯友	明末清初	江苏宝应黎城	
二十五世	朱应寿	明末清初	江苏宝应黎城	
二十五世	朱春龙	明末清初	江西乐平	
二十五世	朱嘉礼	明末清初	江苏金台	
二十五世	朱嘉乾	明末清初	浙江平湖	
二十五世	朱齐顺	明末清初	安徽池州梅村	
二十五世	朱志顺	明末清初	安徽池州梅村	
二十六世	朱叔海	明末清初	湖北英山	
二十六世	朱正谊	明末清初	安徽宁国朱家桥	
二十六世	朱正策	明末清初	浙江嘉善东门	
二十六世	朱泰阳	明末清初	安徽宁国县城	
二十六世	朱旭阳	明末清初	江苏苏州峻关	
二十六世	朱和美	明末清初	安徽安庆	
二十六世	朱和达	明末清初	江苏宝应黎城	
二十六世	朱和贤	明末清初	江苏宝应黎城	
二十六世	朱玄寿	明末清初	江苏宝应黎城	
二十六世	朱世镒	明末清初	浙江镇海小西门	
二十六世	朱世铨	明末清初	浙江镇海小西门	
二十六世	朱世镕	明末清初	浙江镇海小西门	
二十六世	朱世爵	明末清初	浙江镇海岸邱乡	
二十六世	朱世镰	明末清初	浙江镇海岸邱乡	

续表

世系	姓名	时间	迁居地	备注
二十六世	朱朝聘	明末清初	安徽繁昌	
二十六世	朱华裕	明末清初	安徽繁昌	
二十六世	朱朝祖	明末清初	江苏南京沭府西门	
二十六世	朱正升	明末清初	江苏苏州	
二十六世	朱国祥	明末清初	安徽芜湖	
二十六世	朱天宝	明末清初	江西乐平	
二十六世	朱顺时	明末清初	江苏苏州木渎	
二十六世	朱昌鼎	明末清初	江苏溧阳	
二十六世	朱昌绪	明末清初	江苏常熟	
二十六世	朱世寿	明末清初	平湖小南门外	
二十六世	朱昌年	明末清初	江苏丹阳	
二十六世	朱昌彝	明末清初	浙江嘉善	
二十六世	朱昌任	明末清初	浙江嘉善	
二十六世	朱昌漠	明末清初	浙江嘉善	
二十六世	朱国瑞	明末清初	浙江嘉善泾渭	
二十六世	朱廷经	明末清初	浙江嘉兴	
二十六世	朱明行	明末清初	江苏枫泾	
二十六世	朱观保	明末清初	江苏枫泾	
二十六世	朱佛保	明末清初	江苏枫泾	
二十六世	朱廷吉	明末清初	安徽安庆	
二十六世	朱光杰	明末清初	江苏镇江	
二十六世	朱南韬	明末清初	上海松江	
二十六世	朱尚略	明末清初	安徽太平府	
二十六世	朱友鸿	明末清初	江苏常熟	
二十六世	朱寿弟	明末清初	安徽池州沟潭	
二十六世	朱光荣	明末清初	江西南昌	
二十六世	朱光华	明末清初	江西南昌	
二十六世	朱光富	明末清初	江西南昌	
二十六世	朱国封	明末清初	江苏宝应来安集	
二十六世	朱国均	明末清初	江苏宝应来安集	
二十六世	朱世昌	明末清初	江苏扬州	

续表

世系	姓名	时间	迁居地	备注
二十六世	朱可蓬	明末清初	安徽池州殷家汇	
二十六世	朱可通	明末清初	安徽池州梅村	
二十六世	朱启弟	明末清初	安徽池州梅村	
二十六世	朱懋祺	明末清初	江西	
二十六世	朱自明	明末清初	浙江余杭	
二十六世	朱上元	明末清初	浙江余杭	
二十六世	朱信	明末清初	江苏苏州	
二十六世	朱世熙	明末清初	湖北荆州	
二十六世	朱世斌	明末清初	安徽芜湖	
二十六世	朱世奇	明末清初	山河	
二十六世	朱世庶	明末清初	江苏宜兴	
二十六世	朱世荣	明末清初	江苏常州	
二十六世	朱存亮	明末清初	江苏瓜州土桥	
二十六世	朱大满	明末清初	江苏瓜州土桥	
二十六世	朱继武	明末清初	石门县	
二十六世	朱元方	明末清初	上海松江西门外佛阁桥北	
二十六世	朱之鸿	明末清初	汪溪	
二十六世	朱明伦	明末清初	江苏溧阳	
二十六世	朱明仪	明末清初	浙江桐乡	后迁浙江平湖
二十七世	朱龙生	明末清初	江西吉安城内	
二十七世	朱和振	明末清初	江苏枫泾	
二十七世	朱和珍	明末清初	安徽宁国石口	
二十七世	朱和梅	明末清初	关邑至德乡金间门外	
二十七世	朱和楷	明末清初	江苏苏州浒墅关	
二十七世	朱三	明末清初	浙江嘉善东门外	
二十七世	朱意诚	明末清初	休宁县城西门	
二十七世	朱和模	明末清初	江苏苏州关上	
二十七世	朱良心	明末清初	安徽安庆石牌镇	
二十七世	朱万金	明末清初	湖广衡州府衡山县白菜镇	
二十七世	朱良斌	明末清初	江苏瓜州	
二十七世	朱世虎	明末清初	江苏徐州	

续表

世系	姓名	时间	迁居地	备注
二十七世	朱维墉	明末清初	江苏清江浦	
二十七世	朱良蕴	明末清初	兴化西门外	
二十七世	朱国良	明末清初	上海松江府华亭县漕泾镇	
二十七世	朱国英	明末清初	浙江嘉兴石门县	
二十七世	朱元素	明末清初	江苏闵行	
二十七世	朱元肃	明末清初	江苏闵行	
二十七世	朱元祥	明末清初	江苏镇江	
二十七世	朱元隆	明末清初	浙江嘉善	
二十七世	朱 深	明末清初	浙江嘉善	
二十七世	朱国治	明末清初	江苏扬州	
二十七世	朱光琳	明末清初	江苏宝应黎城镇	
二十七世	朱世汝	明末清初	浙江镇海	
二十七世	朱士章	明末清初	江苏苏州	
二十七世	朱祖寿	明末清初	江苏丹阳	
二十七世	朱九子	明末清初	江苏宝应	
二十七世	朱华生	明末清初	江苏苏州	
二十七世	朱正纲	明末清初	福建	
二十七世	朱雄孙	明末清初	江苏苏州	
二十七世	朱得孙	明末清初	贵州	
二十七世	朱靖孙	明末清初	贵州	
二十七世	朱安孙	明末清初	贵州	
二十七世	朱良生	明末清初	浙江湖州双桥埠	
二十七世	朱延大	明末清初	江苏镇江	
二十七世	朱延纲	明末清初	福建	
二十七世	朱道惠	明末清初	浙江嘉兴石门镇	
二十七世	朱干孙	明末清初	江苏六合	
二十七世	朱 杰	明末清初	江苏苏州	
二十七世	朱士缙	明末清初	浙江余杭	
二十七世	朱元昶	明末清初	江苏枫泾	
二十七世	朱元是	明末清初	江苏枫泾	
二十八世	朱必顺	明末清初	浙江嘉兴泖泾	

续表

世系	姓名	时间	迁居地	备注
二十八世	朱必祝	明末清初	上海松江西门周家滨	
二十八世	朱贞志	明末清初	江苏苏州间门外下洋桥	
二十八世	朱贞意	明末清初	江苏苏州上塘国子巷大井边	
二十八世	朱九郎	明末清初	江苏苏州阙上	
二十八世	朱邦标	明末清初	江苏瓜州	
二十八世	朱士魁	清早期	江苏瓜州	
二十八世	朱士钦	清早期	江苏瓜州	
二十八世	朱邦龙	清早期	江苏宝应黎城镇	
二十八世	朱万益	清早期	江苏宝应黎城镇	
二十八世	朱斯烈	清早期	上海松江	
二十八世	朱斯昌	清早期	江苏苏州	
二十八世	朱 太	清早期		
二十八世	朱家佐	清早期		
二十八世	朱斯灿	清早期	江苏闵行	
二十八世	朱之桐	清早期	浙江镇海	后迁定海
二十八世	朱之枢	清早期	浙江镇海	
二十八世	朱必玮	清早期	安徽芜湖	
二十八世	朱之楠	清早期	浙江镇海	
二十八世	朱必瑛	清早期	安徽安庆怀宁江家咀	
二十八世	朱子吉	清早期	安徽巢湖南门	
二十八世	朱枝秀	清早期	江苏枫泾	
二十八世	朱嘉兆	清早期	上海周浦镇	
二十八世	朱 英	清早期	浙江桐乡	
二十八世	朱关通	清早期	江苏乌镇	
二十八世	朱 槐	清早期	王店	
二十八世	朱岐树	清早期	王店	
二十八世	朱亿郎	清早期	王店	
二十八世	朱至郎	清早期	王店	
二十八世	朱士骡	清早期	浙江嘉善东门	
二十八世	朱士騄	清早期	浙江嘉善东门	
二十九世	朱之锦	清早期	休宁五城小贺	

续表

世系	姓名	时间	迁居地	备注
二十九世	朱廷寿	清早期	浙江镇海	
二十九世	朱廷伦	清早期	浙江镇海	
二十九世	朱廷绅	清早期	浙江镇海	
二十九世	朱本志	清早期	江西	
二十九世	朱本仁	清早期	江西	
二十九世	朱本惠	清早期	江西	
二十九世	朱文耀	清早期	江苏苏州	
三十世	朱武曾	清早期	河南祥符县陈桥	
三十一世	朱思祖	清中期	河南祥符县陈桥	
三十一世	朱云玢	清中期	江苏苏州	
三十一世	朱云锟	清中期	江苏苏州	
三十一世	朱志远	清中期	湖北武汉汉阳	
三十一世	朱 然	清中期	浙江镇海	
三十一世	朱 霈	清中期		
三十一世	朱志远	清中期	月潭伦堂	后迁武汉
三十一世	朱云为	清中期	广东东莞南海	
三十二世	朱尚璋	清中期	江苏苏州	
三十二世	朱尚琮	清中期	江苏苏州	
三十二世	朱尚璜	清中期	江苏苏州	
三十二世	朱礽泽	清中期	江苏苏州	
三十二世	朱怀德	清中期	浙西	
三十二世	朱宝雯	清中期	广东	
三十二世	朱宝清	清中期	广东	
三十二世	朱宝翰	清中期	广东	
三十二世	朱宝珍	清中期	江苏海盐	
三十二世	朱德杰	清早期	江苏震泽	
三十三世	朱运来	清后期	江苏南通海门	
三十三世	朱思镰	清后期	江苏乍浦	
三十三世	朱思熊	清后期	江苏乍浦	
三十三世	朱思烈	清后期	江苏乍浦	
三十三世	朱国京	清后期	湖北汉阳	

续表

世系	姓名	时间	迁居地	备注
三十三世	朱国樑	清后期	湖北汉阳	
三十三世	朱茂奎	清后期	江苏震泽	
三十三世	朱景祁	清后期	山东兖州	
三十三世	朱 仁	清后期	江苏苏州	
三十三世	朱椿启	清后期	江苏淮安	
三十三世	朱祖炎	清后期	广东灵山	
三十三世	朱祖来	清后期	广东灵山	
三十四世	朱祥炘	清后期	浙江温州永嘉上河山	
三十四世	朱进发	清后期	上海南桥	
三十四世	朱进泰	清后期	上海南桥	
三十四世	朱伯坚	清后期	江苏苏州	
三十四世	朱伯堃	清后期	浙江温州	
三十四世	朱清均	清后期	浙江温州	
三十四世	朱伯奎	清后期	江苏通州	
三十四世	朱锡龄	清后期	江苏通州	
三十五世	朱承裘	清光绪	上海	
三十六世	朱懋椿	清光绪	上海	
三十六世	朱懋烜	清光绪	上海	
三十六世	朱家源	清光绪	浙江通元镇	
三十六世	朱国保	清光绪	江苏通州	
三十六世	朱锦泉	清光绪	江苏通州	

注:本表仅据宗谱注明外迁列出,难以周全,只能反映月潭朱氏向外迁徙的大致情况。

民国中期之后徙迁外地简况

进入民国中期,特别是抗日战争期间,在国内一些大中城市从商的族人,大都回到家乡或转业。中华人民共和国成立,社会有了变革,村中绝大部分年轻族丁学有所成,都陆陆续续走出家门,在军政、科教、文卫、工商、农林等各界工作,定居在外的越来越多。因此,居于月潭的朱氏日渐减少，如今村中朱姓大概只有30多户。而在休宁县城、屯溪中心城区定居的月潭朱氏都已超过这个户数。定居于全国各地的面又很广，据村里宗亲们说：在黄山市内还有歙县、黟县、太平（今黄山区）；在安徽省内有合肥、芜湖、安庆、宣城、宁国、池州、巢湖、宿州、铜陵、阜阳；在省外有北京、上海、天津、浙江、福建、湖南、湖北、河南、河北、四川、云南、江西、江苏、广东、辽宁、陕西、新疆，香港、台湾等地；在国外有美国、新加坡、澳大利亚等地。已知外迁定居地址的族人，在"世系表"中都有注明，所以不再另列外迁一览表。

第二章

村居构建

高垲上的村居群

一个富有特色的叶形基业在月潭村逐渐奠定,宗族文化也兴盛起来。村中曾经拥有恢弘巍巍的宗祠和众多华堂彩宇的支祠,以及楼亭寺庙等,它们都称得上是徽州古村落公共建筑的翘楚;其环村的新、老八景尤为时人称道。

与 木 石 居

第一节　叶形村落

　　登上溪北岭顶,俯瞰粉墙黛瓦的月潭村居群,形如一片椭圆状的硕大海棠叶,平卧在率水南岸。东边村首一座朱氏宗祠,又似叶柄。整个村落镶嵌于青山绿水之间,极富诗情画意,又契合人与自然的和谐统一,足见先人的匠心独运。

　　今日之月潭,虽村形基本保持原貌,然随着时代的变迁,岁月的流逝,村中祠堂、楼亭、庙宇、牌坊等标志性建筑和古民居,已大多损毁无存。现根据志、谱等史料记载和村中老人的回忆介绍,对 20 世纪 50 年代前的月潭村落风貌作一大致描述,以作一个概念上的还原。

　　如今,叶形村落的山麓下,街南一排店铺已拆除改成大路,村中民居又稀稀朗朗、高高低低。村东形似叶柄的祠堂也已不见,村居则成了一片残缺的"瘦叶"。

村落的东头,是入村的石板大路,构建有独特的美妙水口。通向水口前有条横向水渠架起的拱形小石桥,两侧渠堤挺立着 20 多棵高大苍松,左右排开,好似守卫村落大门的威严卫士。过桥入村的大路左旁,又有一片叶茂枝繁的樟、杨等古树林。站在水口林前左右远望,散落于田畈前和山脚边,有新殿、文昌阁、金佛寺,以及财神、五猖、鲁班等庙宇,还有为明嘉靖四年(1525 年)举人朱存莹立的"一鹗横秋"坊和孝子、贞节坊等牌坊。樟、杨水口林的路右,是一个背面墙壁上嵌着碑刻的东林小止亭,以憩行人。过去亭的附近大概有"柳堤鸣莺"景色,所以俗称"柳亭"。亭的东侧紧接一座楼阁,门额书有"东林别墅"四个绿色遒劲大字。楼旁伸出半艘石舫,舫头一排红漆木制"美人靠",下临石条凳环围的长方形荷花池。池中荷叶青翠,波漾叶涌,红荷亭亭;池旁绿柳轻拂,间植红、黄、白、紫花木,又香气袭人。再沿石板大路向前,约走两华里的田野,才经更楼入村居。西头村口靠近率水入口的深潭,俗称"月潭沍",深潭与村头之间植有一大片苦槠林,成了保土挡洪的绿色屏障。这个村口也有更楼,山边还有五猖、土地等庙。进入村居,先映入眼帘的是一个围砌石栏杆的方形大荷花池,植了一色白荷,花开季节,与村东红荷相映成趣。

形成街道、民宅、学舍、厅堂、楼阁的村居群,南倚蜿蜒的天柱峰(俗称后底山),古树老林郁郁苍苍,树种也繁多,有松、枫、柏、樟、榆、槐,还有红豆杉、银杏等珍稀树种;北临宽阔的河滩,沿村居群之北,是用大石块垒起的二三级共高五六米、长三四百米的大石塝,大石塝成了一道牢固的防洪大坝。数百年来,据休宁县县志记载:明清西南乡曾发生过多次特大洪水,月潭都只有村西头的田畈被淹,洪水从未涨进村内。

村居两头各有一座骑路更楼,用来瞭望、报时、报警和防盗。巡更人,每日早晚开关更楼门,天黑到拂晓串街过巷打五次更。打更工具是竹梆和锣,每打一节更,竹梆敲三下,而锣则是几更敲几下。夜深人静,一节节"笃、笃、笃——锵"、"笃、笃、笃——锵"的更声,护卫了全村的安全和安定,也让村民知道时间,可以放心睡大觉。

月潭村(包括溪北)最盛时有 300 多烟灶。街长超两华里,东西走向,清一色的花岗岩石板路。街南店铺依山而建,开设有百货、山杂货、猪肉、豆腐、面食、药材等商店，以及纸扎、缝纫、铁木竹制作、理发等匠铺，中心点设置的是小学；街北主要是鳞次栉比的民宅，间有"桂花厅"和"观察第"。紧靠民宅的路边，建了一条或明或暗的大沟渠穿街而过，沟宽1米、离地面2米多深。暗渠是为路旁民宅让出大门；明渠边均砌起一尺多高、六七寸宽的石条凳，连成一道道围栏。人们坐在围栏上，观赏渠里潺潺流水，鱼虾嬉戏，令人心旷神怡。渠水是从中

率水南岸偌大的河滩草坪。上图是2009年韩国一群古文化研究专家学者到月潭参观时，看到大片河滩草坪，欣喜地坐下观村景。下图为"靖阳坦"一片大草坪。

段后底山的地下清泉引入，令人称奇的是渠底做得中间高，两头低，形似鱼背，让常年不断的山泉，分流到东西两头的荷花池。

村居有五条南北走向的大巷，全是平整的石板路，前通街，后通河，与20多条长短小巷相连接，纵横交错，四通八达，扑朔迷离。沿巷均为错落有致的民宅和园林，间有一些朱氏支祠和"程家厅"。清咸丰庚申（1860年）年间，徽州是清军与太平军对垒的一个重要战场。在战乱中，月潭朱氏宗族"被掳、被创及瘟疫流行死亡枕藉"，"屋舍亦十毁六七，祠宇为墟"。后经民会和族人不断恢复重建，到20世纪初，遭毁成残砖破瓦的屋基地，已只剩下四处，大部分地区又呈现出往日的村落风貌。但民居大多变为清代的徽派建筑风格，明代建筑已是凤毛麟角。村落北边

沿河滩建的大石塝上,东段的巷口是"墩和厅",西段的巷口是"关帝阁",中段的巷口是民国时期恢复的"星聚楼"。这座楼古色古香,登楼倚窗可远眺青山叠翠,又可俯视率水碧波荡漾,还可观赏"西山晚烟"、"玉峰积雪"、"洪涛奔腾"等景观。

墩和南岸建造的牛舌埠。上图为村妇在埠头洗衣。下图为牛舌埠全景。

村落高高的堤塝上的五条出巷口,沿二三十级石阶而下,是一片长约六百米、宽四五十米不等的大河滩,满目是茸茸绿地。中段一片又高又大的河滩,俗称"靖阳坦",是每年"靖阳节"搭台演戏的场所。平日,则是牛羊的天然牧场,也是青少年白日嬉戏、夏夜纳凉的乐园。在河滩与高塝之间,还有几个俗称的"小边湖",是耕牛热天洗浴的大澡堂。月潭一段的率水河自古禁捕,抗战期间才开禁,从此有时可见"月潭沅"里鸬鹚入水、渔舟追逐的情景。沿河的南岸有四方埠、牛舌埠,是妇女洗衣之处,也是商船停泊的埠头。这两个埠头中间,还有个摆渡过河的码头,古时植的一棵大杨树有近千年树龄,枝丫伸向四方如伞盖顶,遮阳又避雨。对岸重峦叠嶂,林壑深莽,有名为溪北、巴庄、大商的三条石阶高岭通向四乡,岭顶均有凉亭与山泉坑,供行人歇息、解渴。

构建这个古村落历经数百年,是多么珍贵的文化遗产!中华人民共和国成立后一段时间,农村社会经济结构虽发生了天翻地覆的变化,但月潭浓郁的古村落面貌仍未变,到了20世纪50年代后期,由于"左"的思潮盛行,人们保护文化遗产观念的缺乏,特别是"公社化"、"大跃进"、"文化大革命"等一次又一次的政治运动,竟把村中祠堂、楼阁、庙宇等珍贵文化遗产,视为封建糟粕而肆意拆除,依山而建的半边古街也被拆除建为公路,大多古民宅则楼房改平房,大房改小房,所剩已无几。一个古色古香、结构合理、功能齐全的古村落几乎毁坏殆尽。改革开放新时期到来之后,家庭经济日渐发展,村中新建楼房才日渐增多。

四方埠码头

第二节　恢宏宗祠

"创建宗祠,上以奉祀祖宗,报本追远;下以联属亲疏,惇叙礼让",徽州人皆如此秉承朱熹《家礼》之教,月潭朱氏宗族崇奉紫阳世家之礼更过于人。

早在明代中叶,富商巨子朱清泉、朱介然就曾倡建宗祠,因设想规模大、要求高而未成。直至天启六年(1626年),又有富商大贾朱钦所、朱梦龙、朱齐龙、朱世龙"首输多金,以先族人"并"约族老输资创建"。他们或输地,或输金,竭力经营,历十载而祠始成,营造之难可想而知。但其工程之大,用料之精,营造之良,装饰之美,"未可他比","规制甲于郡邑"。不幸在清代咸丰"庚申战乱"中,宗祠被毁为一片焦土。同治九年(1870年),朱任衡学前人"集腋历聚数千缗",再次筹资动工重建,经营七载,一座规模宏大、气势轩昂、富丽堂皇的宗祠,又在旧址之旁崛起,依然是"规模甲于郡邑"、"无可他比"。据族谱载:朱任衡长子朱恩栋,在宗祠落成之时,作有《重建宗祠歌》,以志颠末。歌曰:

劫火庚申中,祠宇毁已久。可怜焦土遍荆榛,莫妥先灵共疾首。哀哉杼抽空,本支皆束手。无米之炊巧难为,公有主张曰否否。祠建天启之丙寅,历今二百卅六春。木本水源意,公欲媲前人。一木焉能支大厦,集腋历聚数千缗。先营寝庙后两庑,五凤楼成次第新。溯自鸠工始,下逮蒇事日。井井殊有条,布置何周密。焕然一旦复旧观,七载经营愿始毕。乃诹月之良,致祭肃冠裳。载奉栗主入,如在神洋洋。(注:入祠神位牌位大洋十元,庶母倍之,入椟二元,建祠之费赖此)微公之仁曷肯构,微公之孝曷肯堂。追远兮报本,春礿兮秋尝,但愿子孙引勿替,年年岁岁胗蠁永无疆。

朱氏宗祠建于村首,坐东朝西,对面一方与祠等宽的八字形大照壁,有八个半人多高的八角旗杆石墩,排列于照壁前。中间一片可容纳千人以上的大草坪,在左、中、右铺了三条石板路与祠堂相连。祠堂呈长方形,五进七开间,占地约 2000 平方米。

朱氏宗祠外貌

第一进大门前的五凤楼,八字墙两边砌贴方块水磨青砖,门楼六柱五间三层高,飞檐翘角。正中梁上,由左而右悬挂"博学鸿词"、"钦点传胪"、"孝廉方正"三块长方形直匾,蓝底金字,边饰蟠龙虬凤雕框,鲜艳夺目。门楼下一色上段涂红的黑木栅栏,居中的栅栏门外,一对七八尺高、神态威严的大石狮,蹲于栅栏门前。入内,迎面两扇中间仪门,门面上绘了两个彩色大门神——多传说是唐代开国元勋秦叔宝和尉迟恭。两扇仪门只在举行祭祖、重要庆典和有功名客人莅临时开启,日常一般人都走左右侧门。仪门前一对抱鼓石竖立两旁,门楣上方高悬颜体遒劲的斗大楷字"朱氏宗祠"巨幅横匾。下方左右两间墙边,平时分置"不忠、不孝、不仁、不悌,勿许入祠","无礼、无义、无廉、无耻,勿许入祠"两座祠规牌,以及"肃静"、"回避"等虎头警牌,以示威严。

过仪门的第二进,是祭祀跪拜之堂。内门楣上方,高悬端庄楷书"紫阳世家"巨幅匾额。距门两米置有大屏风,檐前中间一只雕花木托的铁铸大香炉,一对超人高的铁铸烛台摆在两旁。堂之左右横枋两壁,彩绘中国古代的二十四孝故事图,内容是"卖身葬父"、"戏采娱亲"、"拾葚供亲"、"哭竹生笋"、"尝粪忧心"、"怀桔遗母"、"卧冰求鲤"、"鹿乳奉亲"、"乳姑不怠"、"扼虎救父"、"恣蚊饱血"、"涌泉跃鲤"、"闻雷泣墓"、"行佣供母"、"孝感动天"、"弃官寻母"、"涤亲溺器"、"为亲负米"、"为母埋儿"、"亲尝汤药"、"扇枕温衾"、"单衣顺母"、"啮指心痛"、"刻木事亲"。在二进至三进之间,是一个约30米进深的庭院,两边是廊庑甬道,中间是宽阔的石板甬道,半截处也用石板铺了横过道与廊庑相连,构成祭祖礼生绕场行祭之路。甬道两侧建为4个花圃,间植青松、翠柏、金桂、紫荆和山茶、腊梅、玉兰等花木,常年翠绿,四季花香。

越庭院、登台阶的第三进享堂,也称正厅,是与二进跪拜之堂组成祭祖大典的场所。上下厅堂与左右廊庑外沿36根40公分见方的石柱,及硕大的冬瓜梁衔接,斗拱、驼峰、雀替、柱托等木石构件,皆巧琢细雕。正厅上壁高悬清代探花、户部左侍郎潘祖荫手书"维则堂"巨幅金字横匾,两旁悬挂出自朱熹手书的"忠孝传家远/诗书继世长"楹联。柱、梁之上有琳琅满目的楹联、匾额。其中抱柱楹联有:"子孙虽愚经书不可不读/祖宗虽远祭祀不可不诚";匾额有广东南雄赠朱柳溪的"慈正廉明"匾,江西泸溪县赠朱兆麟的"德媲慈君"匾、浙江嵊县赠朱任衡的"蒸尝攸赖"匾。还有"同胞翰林"、"祖孙父子叔侄兄弟登科"等匾。

第四进是从正厅后壁两侧入内的寝室下堂,天井下左右有天池和回廊。左侧有边门通向相连的四合院式二层楼房,后门通向大片菜园和猪栏,系为管护宗祠的人居住和用于收藏祭品等物。

第五进的寝室,地基高出1.5米,是一座供奉朱氏祖先神主的二层楼阁。楼下寝室前沿,竖立两列雕饰花鸟的6柱青石栏板,有左、中、右三条石阶上下,居中石阶紧靠的石栏板,蹲着一对小石狮,似在守卫寝室。楼上寝室,由左右两边楼梯上下,前面一排木雕花窗,屋顶天花板和梁枋、四壁均彩绘图案。楼上楼下寝室,各设神龛三间,中为正寝室,左右为昭穆室。神主供奉规则是:

  始迁祖以下五世祖先,开创宗族,恩泽长存。所以朱兴夫妇神主供奉中龛正中，朱兴以下五世祖先，按左昭右穆供奉左右，具体排列是十二世、十四世祖先神主为昭，位于左。十三世、十五世祖先神主为穆，位于右。这些神主百世不迁。

荣膺封赠、文武仕宦、甲第科贡、仁贤盛德、忠孝节义者，荣宗耀祖，光前裕后。这些神主按昭穆世次配享中龛左右，百世不祧。

急公捐输、修建祠墓、捐纂谱乘、设置族田者，光耀宗族，贡献巨大。这些神主按昭穆世次供奉于左右昭穆室的"特主"位。这些神主，也永远不祧。

上列神主牌，均高约1.5尺，宽0.5尺，四周雕花，红底金字。一人一主。

一般祖先神主，按昭穆世次供奉于左右昭穆室。这些神主木牌小些，红底黑字。神主入祠要缴纳"入主钱"。未亡的神主，也可事先申请交钱入祠。神主牌由祠堂统一制作，用红布套盖上，按规定置于神龛中。亡故后，于冬至时节到祠堂"点主"，即在原制神主牌上的红"主"字，改为黑字，抽下红套送上牌座。20世纪30年代抗日战争爆发后，经济萧条，民生凋敝，神主入祠之事不宣而止。

1963年，这座朱氏宗祠在"左"的思想影响下也被拆毁，其材料和构件，说是用来建设公社办公楼。一个闻名遐迩的人文景观和具有重要文物价值的徽派古建筑，在月潭村湮灭，也从地球上消失了。

第三节　众多支祠

徽州聚居的宗族，随着子孙蕃昌，家道殷实，众族为追远报本，无不大建祠堂。祠堂虽有三类，而村落中一姓宗族都只有一座宗祠；宅第的家祠（其厅不建居室，楼上需建神龛）也极少有；唯有宗族的派支及其经济发展的盛与衰，支祠才会有多少的不同。

月潭朱氏宗族，支祠建造之早、之多、之大、之精，是其一大特色。自宋末十四世形成提举、同知、县丞、宣使四派,枝繁叶茂,到三十一世,各派族丁虽有盛有衰,但也已达306支(不包括外迁支数)。

早在明代初期,提举派有了里、外两门之后,里门十九世祖异、文、播、采四昆季,率先于上村中心,创建了一座四教堂。外门十九世祖撰、抗、扶、持四昆季,也步其后尘,于上村头建造了一座面对荷花池的彝叙堂。随后提举派里外两门各支还陆续建支祠,里门族丁最盛,支祠也建得最多,外门建造次之。据民国族谱记载:月潭朱氏建的支祠共达16座。其中提举派建的支祠,除上述里门四教堂(俗称老厅)、外门彝叙堂(俗称上宅厅)外,里门还有二十五世祖朱世龙同堂兄朱齐龙建的承志堂(俗称新厅),孟、仲、季三房建的树德堂,仲房先后建的敬和堂、承裕堂(俗称麒麟厅)、宏训堂(俗称墩和厅)、文德堂;孟房先后建的述志堂(俗称九房厅)、宝善堂(俗称五家厅);外门建的支祠有恭和堂、序生堂、蕴玉堂。其他三派只有上门建的慕本堂(俗称桂花厅)、怀本堂、乐善堂。

所建支祠,有不少遭庚申战乱烧毁或年久失修倒塌。后来族丁虽尽力陆续重建,而承裕堂、恭和堂、文德堂三支祠已无力再恢复,损坏的蕴玉堂虽还留有一间祖宗楼,并已备料,但也未修成。到20世纪50年代初,全村朱氏完好的支祠,提举派还有四教堂、彝叙堂、承志堂、树德堂、敬和堂、宏训堂、述志堂、宝善堂等8座。而同知、县丞、宣使派的上门四房和中门,子孙繁衍少,外迁他地多,因而谱牒可考的支祠仅怀本堂、乐善堂、慕本堂,其中只有上门的慕本堂,当时还存于世。

各门兴建的支祠有大有小,建筑形式也不尽相同,而主要建筑格局大都是:外围高墙封顶,大门石库门框,水磨青砖八字门面;厅内二进或三进,多为四柱三间,两边廊庑连接上下堂,中间是个方形天井。上堂为正厅,高悬堂名大匾额,下方挂木制抱柱楹联,左右两壁也挂些匾额或字画。安奉本支祖先灵牌的寝室,都设在后堂或后楼。

支祠也是本支举行祭祖、宣扬族规家法的重要场所,有的支祠还是族丁婚丧喜庆摆宴,以及其他宣传娱乐之地。堂厅一旁大都连建一间楼房或平房,用来提供给管理支祠的人居住和保管支祠祭祀等用品。每个支祠还有或多或少的祠田祠匾,以保障支祠管理和永久祭祖所需的经费。

老厅与新厅

老厅与新厅,是四教堂与承志堂的俗称。前者系明代早期里门十九世后裔为奉祀庆夫祖先而建,乃月潭朱氏最早建的支祠,是为老厅。后者同为里门分衍为二十四世四个房头后裔,为奉祀瀛峰祖先,于明代中期所建,称为新厅。这两个支祠建成后,都逐渐成为村居的中心地带,坐东朝西,间隔两条横巷,有一直巷相通。其主体建筑皆是下堂、正厅、后寝三进,左右廊庑之间,均是方形大天井。降落雨水,地面上建有四围水沟,储泄于堂中地下,也是体现"四水归堂"的聚财理念。

四教堂支祠的形制,大门外也如宗祠竖置一对抱鼓石于两旁,又有显示科第入仕超于一般者的石旗杆墩,分列门外堂坦的前方。大门入内,约距6尺处,还有一排板壁内门,平时只开左旁的边门。堂内三进,第一、第三两进吊有天花板平顶;第二进和左右廊庑,均装饰成青砖圆顶。正厅与下廊檐两对石雕荷叶边的鼓形柱磉,竖立着白果树圆木柱,有两人合抱之粗,架上大冬瓜梁、人字架,高大壮观。全堂铺的茶园石地面,石板长一丈多、宽二尺、厚七寸,平整厚实,极为罕见。正厅上方高挂有"四教堂"匾额。据说是用朱熹在长沙岳麓书院题写"忠、孝、廉、节"之教而取其名。清代中期,有一方保存完好的宋度宗赐予提举四昆季的"紫阳义居"匾额,也移挂在下堂内门的上方,与"四教堂"匾额相对,以让子孙后代常见常忆"忠、孝、廉、节"之教。

承志堂的整体建筑稍大于四教堂,大门外的堂坦较大,石旗杆墩也较多。厅堂内壁、柱梁上的匾额、楹联亦多。正厅上方高挂"承志堂"匾额,两侧木柱上挂有一副"读书商贾皆荣路/遵规蹈矩是福庭"的木刻楹联,左右两壁还悬挂有支丁读书上进,荣获功名的"文魁"、"贡元"、"文元"等匾额。

两堂正厅后进,均有木梯上后寝楼,楼中的神龛台座前,置有一张长条桌,安放香炉、烛台,供子孙燃烛焚香祭拜。民国中期四教堂正厅、后进失修,里门祭祀祖先或集会议事皆在承志堂举行。这两堂右侧皆连建一幢三间偏屋,供管护人全家居住,他们平时看守堂屋、洒扫清洁,节日支丁聚会或办宴席,帮助操办茶水酒席。承志堂偏屋外围,还连接宗祠同仁庄建的一排粮仓和两亩多大的晒谷场。因而也是同仁庄秋季收租之处。

1951年初,月潭小学发展为六个年级和一个幼儿班,原校舍教室不能满足需要,便搬迁到承志堂和靠近的星聚楼。1964年与1987年,这一堂一楼又先后拆建为月潭小学与月潭初中。

连体的两堂

树德堂和敬和堂,是里门三十一世孟、仲、季三房后裔和仲房后裔,选在街南中心依山规划,劈山凿石,建就的两个连体支祠。它们没有以前建造的厅堂那种大梁粗柱和祠前大坦的气势,但两堂连体的木楼、石阁、园林、花台有其和谐巧趣特色。

面街两堂的大门,也是开阔的八字门面,入内两米有一排油漆的木墙遮挡,两旁有边门入内,左右上五级石阶,是个檐前竖有石栏杆的50平方米左右的小厅,从厅后的楼梯可登上木楼;小厅边门入内,左转向上的石阁是敬和堂,向右直进的大厅是树德堂。

树德堂大厅六柱五开间,约20米进深,正中上方悬挂堂匾,两边楹联是"树言树功应归树德/有土有财必先有人"。大厅后壁两侧入内是个小厅,两旁均有小天井,左设楼梯,可登阁上寝室,右通一条巷道,可登阶上石阁。大厅前是个与厅等宽的大天井,筑有高大围墙。靠墙用石块砌成一人高、七八尺进深的一长条大花台,种植着各种花木。

敬和堂建于石阁。出树德堂大厅,左右均有二十多级八尺宽的石阶。但右边一道石阶,到顶是石阁围墙堵道;左边石阶才是上石阁的通道,直步到顶,还要拐弯上登,再经一层垒有石磅的小花园。园中一条石板路把花园一分为二,植有两棵树龄达二百多年的珍稀大树于左右,一为树干抓痒叶动的紫薇树,一为开红花的山茶花树。周围并种有小花木,置有小石凳。再上两级石阶,便是敬和堂大厅。厅前是长长一排木制的花墙、花门、花槛、花窗,抬头可望檐前居中一块"高山仰止"四字大匾。大厅的背后有小厅,厅前的小院,檐下竖立一排石栏杆,下面用石料砌了个半月形的池塘,既可养鱼,又可存储山体的渗水和雨水。紧靠小厅前院的围墙,还沿着池塘建了个半人多高的石砌弧形大花台,台上种植的各种花木,也是四季常青,花开花落。

这两个结合山体自然环境而建的连体大厅堂,结构上独具匠心,第一层,做了两道互为对称的登阁大石阶;第二层,垒了一道石塝建成小花园;上下厅堂还紧靠院子围墙建了两个石砌大花台。这种构建设计,既能保护山体牢固,又成为精巧旖旎的园林式厅堂。

民国初期,族人倡办小学,利用两堂为学舍,只将树德堂大厅两厢,改装成厢房作为老师的办公室和宿舍,除此没有其他变化。经越数百年的风雨侵蚀,也未遭一点损坏。新中国成立后,读书人渐多,因这两堂只能设一个幼儿班和三个小学高、中、低班,不能满足村内外儿童求学的需要,学校为此他迁。可60年代初为办一个农具修配站,这两堂被拆得一无所有。

最后建造的宝善堂

宝善堂,俗称五家厅。这五家的三十三世祖先朱任衡,生前创立"心逸匣",日渐积聚了丰厚资金。民国十六年(1927年),其三十五世孙辈得以从中支出近3万银元,公推朱承谋主持建祠,经请名匠精工细作,为时三载,又在月潭村最后建造了这个朱氏支祠——宝善堂。

宝善堂坐北朝南,建筑格式与其他支祠稍有不同,为六柱五开间,进深也稍长,木、砖、石雕构件又多。在大门门罩上,嵌立的一方青石上,雕制了"同尊五美"四个柳体绿色大字,边框饰以图案砖雕;大门前左右置有一对雕琢的大石鼓。入内是长方形的庭院,种有两棵树,一为雪球树,一为含羞树。步八级石阶,再进入上有砖雕翘角门罩、下置一对抱鼓石于两旁的第二层大门,是个祭拜下堂。往前,两边廊庑约20米长,中间有一条通向正厅的甬道,左右也是花圃,种植青松、翠柏、金桂、紫荆、腊梅等花木,地坪上还有茵茵绿草。

再入内,是个三层楼堂。一楼为正厅,虽没有新、老两厅那种特大梁、柱的气势,但上下堂及廊庑的柱高,并不亚于其他支祠,而且具有木雕工艺见优的特色。根根高柱衔接的梁、枋,以及相衬的斗拱、驼峰、雀替等构件,采用浅雕、深雕、圆雕、透雕等技艺,雕镂的龙凤麒麟、松鹤柏鹿、水榭楼台、飞禽走兽、兰草花卉等图案皆极精美。厅中的堂匾,是清末进士、民国甘凉道尹许承尧手书的"宝善堂"三个隶体大字;柱子上还有朱承谋的二子懋襁雕刻的数副楹联,可惜楹联均已损毁无存,今人也回忆不出其中任何一副楹联的内容。二、三楼都是祖先寝室,前檐为一排格子木窗,后有不同的神龛。二楼神龛内设三把椅座,安放任衡祖先及其程氏、金氏两夫人的灵牌。三楼神龛做成梯形木座,按世序安放五家的祖先灵牌。

紧靠宝善堂支祠,还有一些附属建筑。从进大门的庭院左旁边门入内,是一幢朝北的三间屋,屋檐前一排木雕花门花窗,屋内东西为厢房,中间是客堂,陈设成套的待客桌椅,柱、壁挂了多幅名人字画;屋外的小庭院,还用条石砌垒了一排排前低后高的花台,摆着形态各异的花木盆景。这个典雅清幽的环境,成了本支族长议事、祭祀礼生休息以及接待

村居北边的河滩上,一条从村西至村东的高大石砌堤塝。高塝中段,原建的是"星聚楼"(图中是改建的月潭初中),楼前塝边,还有一排石栏杆,早已不见。

外来宗族贵宾叙谈的场所。在这庭院与支祠廊庑相隔之墙上,还开了个月形的大门洞,恰好面向祠中花圃的小桂花树,站在对面廊庑远望,犹如月中之桂。这种设计,是以圆月暗示月潭,桂又有"折桂"之意,蕴含了月潭朱氏子弟科举及第,成为光宗耀祖的达官贵人。先祖这种暗含美好心愿的构建,真可谓用心良苦。

50年代公社化后,这个偌大的支祠,成为一个生产队的队部,还起了管护作用,可在"文革"中期,却被拆毁作为旧料出卖了。

第四节 特色民居

月潭村东、西两头的更楼以内,一幢幢朱氏徽派建筑民居,大都是两层楼房,只有极少数明代楼房是三层。建筑风格、形制既统一,又有组合的变化,其正屋的构建,有四合院式、三间两厢式、一脊翻两堂式、前厅后堂三间两厢或四合院式、前三间后四合院式,还有两进四合院式、三进三

村中的一片民居群

高大的封火墙上的石框小窗户

间两厢式等。每幢民居的外墙，几乎都垒有多层石条做墙基，砌成高大的马头墙，层层叠叠，既防风又防火，故又称封火墙。出于安全防盗的需要，墙面朝外的窗户皆小而高，并用石块做窗框，一般为长方形，也有圆形、六角形、叶形，有的窗框还刻有花纹装饰图案。

民居中的配套建筑，有厨房、柴屋、粮仓和耕锄工具间等，一般建在正屋的旁边或后边，开有后门，也有封火墙隔离。富裕人家还建有学堂和小庭院，让家人静心读书和休闲。此外，家家附近建有或大或小的菜园，栽培蔬菜、瓜果，有的还种植竹、茶。这表现出在当时徽州耕读文化背景下，月潭朱氏形成了一种淳朴田园式村落的突出特征。

民居的大门，几乎全是茶园石或青石做门框，上部建个门罩。仕宦、富商、书香人家大门上的门罩，还用砖雕装饰得形似牌楼，因而称为门楼。很多人家的外门楼装饰更为讲究，有飞檐翘角，有镶嵌的横枋直柱砖雕；镂刻的花卉虫豸、珍禽瑞兽、山水楼亭、故事人物，形态逼真，秀美飘逸。朱柳溪家的"观察第"大门门楼，两层横枋砖雕是百鸟百兽图，两边连接的直柱间，还有四块戏文砖雕。大门大都用三四寸厚的整块杂木板制成，安上一对虎头铜门环，很是气派。明代附贡生出身的邑内大盐商朱士隽祖先，建造的前厅后堂的三层楼屋，俗称八房厅，厅门还包上铁皮，扎上排排圆头铁钉，既增加大门的牢固度，又寓意"金银堆满屋，年年发大财"。八房厅后有三进，由于年久失修倒塌两进，只有第三进三间屋保存完好，后为朱仁居住，定为县级文物保护单位。2000年，整体搬迁到休宁万安，古民居群后来成为旅游景点。

民居正屋的客厅和卧室，内墙都装上木板壁。客厅中，家家挂中堂、楹联，很多人家还挂堂匾。正壁下设的长条几案，两边摆东瓶（花瓶）西镜（屏风镜），中间放自鸣钟，寓意"终身平安"。靠长几案桌前是八仙桌和太师椅，左右两壁也分摆三椅两几。月潭民居挂的中堂，有不少是用工整秀丽楷书写的朱伯庐《治家格言》，承传朱熹理学思想中关于治家、做人、处事等道德修养。《治家格言》表达箴言化、口语化，全篇516字，句式长短有致，语调音韵和谐，富于节奏感，宜于儿童唱诵和成人吟咏，易于流传。这也反映了主人不忘倡扬紫阳家风、用心教育后人的意旨。

厅堂中，堂匾和对联之多，也是月潭朱氏民居的一个显著特色。据族谱的记载和族中老人的回忆，民居客厅的堂名就有31个之多。所立堂名，具有彰扬祖德、教育后人的意义，或反映主人的情趣志向，也有一定的文化艺术欣赏价值。其中倡守德行的有：培德堂、义德堂、敦厚堂、敦和堂、敦崇堂、敦大堂、存敬堂、慕和堂；教人崇奉孝道的有：思养堂、慕亲堂、志本堂、承训堂、承教堂、慎敬堂、养中堂、介眉堂、正启堂；弘扬行善的有：积善堂、庆善堂、崇善堂、荫善堂、守善堂、联善堂、乐善堂；表达修身明志的有：慎思堂、克己堂、尚简堂、如兰堂、如育堂、惠吉堂、春鹤堂、博雅堂、桔隐堂。民居中，主人自撰对联和其他匾额对儿孙施教的也不少。如二十五世祖朱嘉生建成新居，还以支祠"序生堂"的堂名，自撰对联云："序长幼于一堂，愿人人知诗书礼义，克绍先型/生靖难之时代，须个个习农工商学，毋坠家声。"二十九世祖朱之蕙建的住宅，有一学堂挂了"耕锄书屋"的匾额，旨为教育儿孙要把农业看成立身齐家之本。还有一些祖先有针对性地自书对联挂于客厅，如"世事让三分，天宽地阔/心田留一点，子种孙耕"，"惜时惜衣，非为惜财原惜福/求名求利，终须求己莫求人"，"修身至境人为本/处世良箴礼自先"。

正屋楼下客厅，梁、枋、柱之间的构件，厢房、卧室的门窗，形形色色的木雕图饰，也置人于文苑古朴境界之中。斗拱、雀替、驼峰雕镂的花纹寓意，表现的方法归纳起来有三种：一种是用形象来暗喻或借喻，多以历史典故及民间传说中代表吉祥之意的动植物组合而成，如蝙蝠、鹿、桃喻"福、禄、寿"；芙蓉、牡丹，表示"荣华富贵"；鹿、鹤寓意"鹿鹤同春"。另一种是用谐音来表达寓意，多用禽兽、花卉、器物名称的谐音组合成一种吉祥语，如花瓶与如意，表示"平安如意"；双鹿与芝瑞，意为"双禄之瑞"，又暗喻"路上顺利"。第三种是通过既是谐音，又是暗喻的综合方法来体现吉祥、喜庆,如"和合二仙",一采荷、一持盒,是祈福婚姻和合之意。

厢房的格子门、卧房的格子窗,不只是用来采光与通风,还因为格子造型美。在明代以后造型日渐多样、秀美,如有方形(正方、斜方等)、圆形(圆镜、月牙、扇面等)、字形(万字、工字、寿字)等。格门的栏板、格窗的窗衣、雕镂的人物图,都是有教化作用的历史传说和戏曲故事;图为人物与山水风景、亭台楼阁、禽兽花木融为一体的生活场景,内容丰富多彩,雕镂手法多样,形式更是精致美妙。

楼上的房间,一般与楼下同样设置,但很少住人,多用作什物储藏,所以少有装饰。其中的四合院式楼房,楼上均围天井建凭栏,楼道可兜圈来回走动,俗称走马楼。有些四合院房屋,数幢相连还相通。如敦和的介眉堂、养中堂,是十多家四合院与三间二厢楼房连建一块又相通的,楼道纵横交错,四通八达。抗日战争期间,村内有年轻人逃避抓壮丁,就躲在这些楼房里。一次,本地乡团派了几个乡丁来到这些屋中抓壮丁,要抓的人闻声躲上了楼,乡丁楼上楼下四处寻找,最后还是扑了一个空。

中华人民共和国成立后,随着农村社会经济制度的变革,许多住房已易主而居,朱氏族丁又陆续远离家乡而在外落户,现在仍居村中的朱氏还不到30户,因而有的房子空着无人居住,许多古民居或损、或拆、或改建。在"文化大革命"破"四旧"中,有些古民居中的"三雕"艺术精品,也遭到了大劫难。幸而有机灵的户主,采用"贴标语"、"糊黄泥"、"抹灰浆"等巧妙办法加以掩盖,使得一些"三雕"完好地保留下来。

改革开放以来,仍居月潭的朱氏,按照现代人的生活需求,运用现代技术和材料,建了一些较好的新民居。如朱锡狮、朱用庚、朱有来、朱仁、朱新辉等都建了二层或三层的新楼房。特别是朱当时、朱有福姐弟俩,在河边原址改建的徽派民居门面楼房,有花园、小亭等,成为农村优美人居环境的一景。

敦 和 老 屋

"敦和老屋",是一百多年前月潭人对这处老屋的俗称。它并不只是如今为县级保护文化遗产的一排两幢老屋,原来这里建筑形制特别,有多幢连建又相通的长排楼房。就在这一排屋的左边,如今仍有两幢因年久失修倒塌,尚能见到一些残存的墙体和门面。

经查考:考授州同知、例赠文林郎的二十九世祖朱之焱,生有十四个儿子,为让儿孙们能聚屋而居,和谐共处,遂于清康熙年间,独具匠心地选在敦和这块大场地,分片建了百余间的多幢楼房群,"敦和老屋"是其中的一片。据居于此屋的朱言钰老人说:这屋内门楼的门额上,曾书有"燕翼异谋"四个大字,意为建造这片四幢相连的屋宇,系先祖为子孙做的特别谋划。在大字的后面还有一段小字附言:"此屋造自之焱公之手,清康熙年间建成。在洪杨战火中,吾村被焚屋宇甚多,而此屋仍屹立敦和,乃天意也。先人创业非易,子孙应悉心保护焉。"三十二世祖朱承清也有关于敦和老屋的遗诗曰:"村罹劫毁多无屋,室赖恩勤尚有楼。庆幸生还余虎口,未遭家难荷鸿庥。"诗中又有"曾祖之焱公所遗屋宇百有余间片瓦未毁"之注,这都说明了当时建造"敦和老屋"的缘由及兵燹后尚存的情景。

连成一排有砖雕门罩的"敦和老屋"

现仍遗存两幢连通的"敦和老屋",坐北朝南,正面一排水平形高墙,有两个大门、两个小门。屋内的后进有边门连通两幢楼屋,犹如一家。大门均砌建有水磨青砖雕琢的内外门楼。朝外的门楼,伸出的飞檐,盖有一排花纹瓦当,

长长的敦和巷

下置四只砖雕元宝；门额上下两层浅雕锦纹图案横枋，东西两端为见方的山水人物浮雕。左右砌的两支青砖垂柱，顶端都凸出一块长方形砖雕，上面蹲着母子狮；柱脚和枋、柱之间的雀替，也有砖雕图案装饰。这样的门楼，虽然飞檐不翘角，但也大方精妙，极富装饰美。

"敦和老屋"是前三间后四合院的二层楼房，底楼高 4 米，二楼高 3.3 米，头一进的三间，中为客厅，原挂"春鹤堂"匾额，左右为卧房；第二进四合院有后堂与上堂，四边各有一间卧房。前后两进廊间，各有楼梯登楼，楼上也有六间卧房，在前后两进之间，还建了有边门的板壁间隔，可通也可关，进出都方便。

敦和老屋后堂前的两个大水池

后进四合院天井下，分列左右的两个石砌大水池，各有近 2 米见方、2 米多深。池中竖立的长水管，衔接天井檐前水枧，原来均为锡制，衔接头用桐油石灰所黏，现改为竹枧和金属长管。池子里有泉眼通地下，雨水流入池中不致满溢。水贮于池既能用于防火，又有四水归堂不外流的聚财寓意。两幢楼房的厨房、柴舍、杂间，都在正屋的高墙左右隔巷而建，这种防火功能的设计，可保消防安全。

老屋具有明代建筑风格和特色。一是内部建筑不事雕饰，只有厅堂正梁两端雀替有木雕图饰，正堂梁枋上部并有油漆彩绘，卧房与上堂则是古朴实用的格子窗、门。二是支撑梁、枋的黑色包漆圆木柱（其工艺是先用纱布包着木柱，后用桐油拌石灰涂抹在柱上，约 1 厘米厚，再涂以黑漆），柱下端与柱磉之间加的一层柱垫，还用布拌桐油晾干后，再加胶漆作保护层，以防柱底腐蚀。三是走马楼的凭栏面板也不雕饰，地面全铺方形水磨青砖，可起隔音作用，使楼上走动时无灰尘下落。

三房大宅第

心逸三房宅第的富丽堂皇,在月潭朱氏宅第中,除南宋度宗赐给十四世祖提举四昆仲的"紫阳义居",有廊庑厅馆200余楹之大外,可以说是再无可比拟的了。

宅第主人三十四世祖朱恩湛,贾行儒道,为附贡生,授承德郎、候补州同,是朱士铨(即任衡)的三子,又过继给六叔朱士钊,家产丰厚,于清同治年间,建成这座宏丽的大宅第。

宅第坐落于下村朝南的街面上,高大的墙体,垒砌了5层石条做墙基,大门上有飞檐翘角的砖雕门楼,下置一对雕饰的大石鼓于大门两旁,非节日、大事不开大门。入门约2米,立有一个木雕大屏风,里面是个能摆20多桌酒席的大厅,也是个家祠之堂(祖先灵牌神龛设在大厅楼上)。大厅四壁和柱子均涂有彩色油漆,壁为赫石色,柱为大红色。厅前两根大柱与梁间斗拱,雕镂有代表"太师"与"少保"的两只狮子,寄托主人希望官运亨通、飞黄腾达之意。厅的正堂上顶,四角吊有红木六角框架玻璃灯;中央挂的是一个圆形大玻璃荷花灯,底为黄铜盘托,伸出多片玻璃荷花瓣;芯为黄铜莲蓬,能装煤油点灯,真是罕见。正壁悬挂庄重的颜体大字"崇善堂"匾额,下置长条几案,摆有大自鸣钟、大

靠壁的半月形桌

花瓶和木雕屏风,紧靠长条几案边的中间是八仙桌,两旁是太师椅。而在厅前两根大柱至长几案之间,还摆放对称的三椅两几,大柱外又各添

摆一只大方凳,围成一个接见贵宾和家中议大事的场所。厅的正壁两侧,都靠壁置一张中间设有茶几的榻床,供人坐在这里饮茶、聊天或弈棋。东西两壁又各摆一张镶嵌大理石的半月形桌,壁、柱上除挂对联、条幅,还挂有铁画、竹雕画。厅下两廊庑都有轿子靠壁置放待用,以应主人远行代步。下堂的一角,还设一张长条桌,两条长板凳,据说是专供婚丧喜庆吹打鼓手所用。

厅后的进深也很大。先是三间屋,客厅挂有中堂《治家格言》;下方有一副抱柱楹联:"世事洞明亏有限/人情练达益无穷"。后为四合院,是家人日常活动和休息的地方,楼梯设在上堂后壁。楼上也是六间卧房,家祠的神龛建在大厅与三间屋连接的楼上,要再登高一米拾级而上。大厅的左旁也有三间屋,一边靠外有门通宅外小巷,一边靠内有边门通大厅和四合院,后边还有个小门通厨房。这个三间屋称为学堂,楼上楼下共有一堂四卧房。堂中挂有"春风大胆来梳柳/夜雨瞒人去润花"等对联,摆有几张书桌,与众不同的是房中装的五斗床和壁橱嵌置于壁内。建造这些设施,是为方便家塾先生和子弟读书与生活。

三间屋与四合院四壁也镶装板壁并加油漆,其装饰与摆设虽然没有大厅那么讲究,但木雕之多,在村内也是首屈一指。其梁、柱、枋的雀替,有雕如意、元宝的,有雕梅花、荷花、石榴、佛手等花果的,也有雕狮、鹿、鹤、凤等珍禽瑞兽的。门窗制作的透光格子,有冰里藏梅形,也有"万"、"工"、"寿"字形。卧房外的套间厢房,一排落地槛子门,栏板雕有梅、兰、竹、菊四君子和八仙过海神话故事。三间屋的两间卧房窗衣木雕,东为"郭子仪上寿",西为"刘海戏金蟾";四合院的四间卧房窗衣,则雕为含忠、孝、节、义的"岳母刺字"、"打龙袍"、"武家坡"、"桃园三结义"四折戏曲故事;学堂楼下卧房的木雕窗衣,西为"劝郎读书"图,东为"送郎赴考"图。

宅第的正屋附属建筑也特多。四合院东侧边门入内,里进是养鸡坦,外进是晒衣场;西侧边门入内,右边是大厨房,左边的里进是竹园,园中还建有柴炭间与粪窖间;外进是粮油贮藏室与磨房。正屋的后门开在厨房与粮油贮藏室之间,它的斜对面还有菜园与晒谷场。家人日常进出均走后门,还有朝外的学堂门与菜园门,都在一条约三尺宽的长巷里,两头均建了巷门,日开夜关,很为安全。

　　大门对面的山麓下,还建了一间小巧玲珑的小楼屋,门罩下的万字砖雕框中,刻有"南屏晚钟"四个隶书大字。这屋楼下有厅堂、小花园,园中有小池塘养鱼,有花台摆盆景,还种有桂花树。登楼是螺旋式的小楼梯,楼上有两个房间可歇息,站在楼的凭栏前,遥望满目绿色屏障,俯视鱼群聚散起舞、盆景五色缤纷,别有一番情趣。

　　如今,这座大宅第,只见改建的几间小屋,以及留下的残墙和破壁、屋基地。

上村一民居大门内的砖雕门罩

官厅宅院

　　庆善堂,是心逸二房的宅第,相传为月潭建造宅第历史较久远的一座,是何人于何时兴建已无史料可考。那时居住的主人朱恩沛,是同治年间例授修职郎、钦加布政司、湖北侭先补用县丞。

　　这座宅第坐落在中村一条狭长的巷弄中,巷弄两头建有门,一经关闭,人就不能入宅。宅第大门为不阔的八字门面,门洞略斜,朝南而偏东,门前有个阁楼,据说是用于打更。大门入厅,先有一排六扇隔间的长花门,每一扇花门下面小半截是木雕图案,上面大半部贴有六幅雅致的书画。平日只在西边两扇花门出入。

　　大厅为三开间,不设厢房,这样的构建形制,不是家祠,便是朝廷下来官宦的接待官厅。据其后裔称,这官厅宅院原为一个在江苏扬州任官的祖先所建。厅正中悬挂楷书"庆善堂"匾额,下挂楷书《治家格言》中堂,两边墙上分挂梅、兰、竹、菊的大幅铁画。厅内的柱子都挂有对联,中间一副是:"欲高门第须为善/教好儿孙必读书。"厅之外侧,有一四水归堂之天井。大厅的天花板均由薄砖镶成。据说是为了防范火灾。

　　从大厅右侧入二进,有左右两居室,居室均铺有地板。中间厅堂放有长条几、八仙桌。中央挂有"扬州八怪"李禅画的"一罐酒,一尾鱼,伴

厨房里伸出的倒污水石槽

君解忧愁"的国画中堂,堂内也有一天井。

二进的后面为三进。三进左右也是两居室,居室之间也铺有木板地坪,可作子女们歇息之住房。为了防止雨水浸湿住所,天井上盖有明瓦天花板,这样既可遮雨,又可采光。只是下雪天,明瓦上铺了厚厚一层积雪,光线显得十分阴暗。

这旧宅一楼一底总共有十二间居室,基本上满足了恩沛祖先的三代儿孙生活起居需要。

恩沛之子警愚,附贡生、翰林院侍诏,民国时曾任本邑行政委员、财政管理处主计委员,也是一位四乡闻名的中医。二楼的厢房之间,曾堆满他所收藏的许多中医著作,如《验方新编》、《金匮要略》、《本草纲目》等。他喜欢花木,在旧宅大厅的一墙之隔,修建了一座花园,有圆形小门与大厅相通。园中有一棵古柏、一棵柿树,还有一个种植牡丹的花坛,以及用条石砌建的一条条大花台,摆有大小各式花盆,种植着四季盛开的各色花卉,如梅、月季、珠兰、茉莉、杜鹃等。园的一隅还搭了一个葡萄架,上面爬满了葡萄的枝蔓,葡萄结果时,挂满了一串串晶莹的紫葡萄。花园内也有一排平房,平房两侧是他的居室,中间为会客厅,配有八扇玻璃长门与外分隔。会客厅上方,置有一长榻,来客可与主人坐在长榻上交谈。

与花园相连的是厨房。厨房规模很大,可供数户同时烹饪。厨房还与一个院子毗邻,空旷的院子既是家用的晒场,又是饲养家禽的处所。

由于家人全在外工作,宅居年久失修,已多处漏雨。在20世纪90年代被拆除,如今已是一片废墟。

普 通 老 宅

下村栅栏口,有幢坐北朝南的普通人家老宅,是清初武庠生朱余庆所建。他的后裔七代男丁单传,到民国前期,子孙都在这老宅中出生和成长,也是从这老宅中外出从商。

这座老宅,非富商仕宦之家,建造规模不大,其形制是长15米、宽7米的一脊两堂二层楼房。家中也立有"培德"的堂名,建筑风格代表了一个年代、一个普通人家的特色。

老宅的大门,主人在家的时候,都是敞开的。它的门框外层,装了两扇半人高的"子门",通常是关着上了栓,来人也不能随便进出,但能起到通风透光,又让来访者知道家中有人的作用。大门门额上方,只是一般门罩,没有门楼装饰。

入大门1米处,还有一排隔间门,平时只开右边的一扇,进去是个方形的天井,东西两边各有相连又相通的卧室与厢房(相当如今的套间),卧室房门朝着堂前,房中铺有尺把高的木地板,四壁是油漆的木板壁。唯独厢房靠近天井的外壁,下端砌为2米高左右的粉白砖墙,绘上青色花边图案;上端的一排窗子与其他卧室窗子一样,全是格子花窗。东西房之间的一块空间,称下堂前,却没有厅堂的摆设,只置放些普通桌椅板凳,供婚丧喜庆时雇用吹鼓手等所用。

客堂上壁悬挂《朱子格言》,长条几上摆设左瓶右镜。

普通民居一角

再进去是厅堂,俗称上堂前。它的前面有一排八扇落地方格子门,梁、柱、枋间斗拱、雀替、梁驮,也只雕饰简单图案。平时,只开右边两扇门进出厅堂,有婚丧喜庆大事,才把八扇格子门全部卸下,以使厅堂开阔亮堂。厅堂的正壁,上挂"培德堂"匾额,下挂中堂与对联,也有民宅通常置放的长条几案和八仙桌、太师椅,以及其他摆设,左右两壁各挂四幅字画条幅。这里是主人会见男客之处,女客多在厢房接待。清道光年间,三十四世后裔朱恩玉曾在这厅堂里办过私塾,教了不少本族子弟。

楼厅,由厅堂背后登梯而上,上方的东西两边也是卧室,中间为小厅。下方的天井下,围有1米多高的木栏杆,经过栏杆两边过道到下首,还有并列的两间卧室。所有房间的窗户,朝外墙的窗口都比较窄小,以防盗保安全,也增加室内亮度与通风。

楼上小厅,挂了一幅观音大士像,下摆供桌置放烛台、香炉、净水杯、供品。杯中清水天天更换。每逢初一、十五早晨,家中女主人都点燃香烛参拜,如此延续了一代又一代。小厅下首的栏杆前,还摆有一张长条供桌,每逢中秋节,摆上香案及雪梨、板栗等果品祭月。

楼下厅堂背后,紧靠外墙建了一些可通厅堂的小平屋。头一间是与厅堂等宽的大厨房,靠墙边有个长方形的小天井,下面砌了个近两尺深的贮水池。厨房东边有门通往屋外巷弄,便于家人和物品进出。第二间是柴房与小院,院中栽有佛手、桂花、天竺等树木,还在一角建了个粪窖间储肥,也有门通到近边一块约一分多地的小菜园。园中植有板栗和红柿树,主要是栽种菜蔬,供家人日常食用。

第二章 村居构建

村居新建设掠影

在进入改革开放的新时期，村民经济有了新发展，衣食住行在不断改善，近几年来更加快了民居建设，一幢幢新楼房在原来的村居内外竞相竖起。

将入村口的路亭

村委会

德源堂

溪北民居群

民居楼房平台一角

第五节　广设店铺

街之南面是店铺,北面多为民居,门外靠墙建造有一条石凳围栏的长水渠。

月潭村2里多的长街,街南商店匠铺鳞次栉比,街北夹建一些民居,店铺零星散落,还有一些匠铺散见于街后的民居群中。村的东、西两头率水河畔,有加工粮食的水碓。河边埠头经常有溪北船民,停泊一些载人、运货的帆船,往来于上下皆40里的上溪口与屯溪之间。村中务农者组织有为婚丧喜庆服务的兼职鼓乐队。这样一个交通、商贸等多种服务体系,极大地满足了村居建设和村民生产、生活的需求。据村中老人说:月潭村街的构建规模,早在明代就已形成。清咸丰"庚申战乱",街中商店匠铺也遭到劫难,无一幸免。

从清咸丰后至民国时期,恢复后的月潭街,有日用南北货、小杂货、面食、猪肉、豆腐、药材、菜馆、竹编、铁铜器加工与修理、木质桶盆加工、制鞋、纸扎、缝纫、理发等店铺24家。分散设在村居之中的缝纫、理发、木工匠铺也有上10家,还有10多个砖、石、竹、漆、雕等家庭匠人。除此,并有手拎水产、山货,头顶蒸笼包子,肩担馄饨、酒酿的摊贩,穿街过巷叫卖。抗日战争后期的一段时间,又曾有合作社和加工香烟的店家。是时,街中店铺是一色不上漆的敞开式的拼装杉木板门,每块门板1~1.2尺宽,店面小的是八至十块门板,大的有十几二十块门板。早晨开市,门板一块一块地卸下;晚上打烊,又将门板一块一块装上。上街头的"恒元"、拐弯下行的"同顺"、中街的"永盛"、下街的"赢记"等4家较大的杂货和面食店，在店面外都建有街廊，廊中一壁还设有美人靠，让前来购物的顾客歇息聊天、品尝食品，也让行人避雨、歇脚。

"仁麟"药材店门面

那个时期有这么多的商店匠铺，而朱氏经营的，只有"仁麟"药号、"赢记"面食店、连年豆腐店、济美水碓，以及经营短时间的合作社、卷烟店，营商者大多是来自外地的客姓人。而朱氏宗族对外来客商，多能一以贯之亲商助商。如有的支祠或个人建的店面屋，都廉价出租或典当给客姓人开店。在清同治、光绪年间，青阳陈姓先后来开的"永盛"、"恒元"、"三益"杂货店，张姓来开的"同顺"面食店，后来绩溪人来开的"吉和"菜馆，都是租用朱姓的店面屋。又如清末婺源俞云山，只花40块银元，典当了宏训堂支祠的一间店面屋，开了个缝纫店传子传孙。他的孙子俞廷芳说："祖上典的这间二层楼屋，我家一直典用到民国末年，50年代初'土改'，这屋的产权便归我家所有。"民国初期朱承谋请来屯溪阳湖的朱顺遂，在自办的"仁麟"药号当伙计。1935年朱承谋患足疾，要到上海医治，自己不能经营药店，其子嗣又都在外地工作，也不谙药业经营，就把药店内的库存药材、货架、用具等全部资产，送给了这位老伙计，并帮忙租了一间店面屋，让他自己另打"回春堂"招牌开了药店。各种匠作来打工定居，也同样受到礼遇。吴崇源、范银科两家，都是清代或父辈或自己租屋住下打工发展为木匠铺。后来他们自建的住屋与工场，都是在"庚申战乱"中被烧毁的废墟地上，选址和拣砖做屋，朱家也是无偿地支持。兼做"谷庄"收租的承志堂，还让修补晒谷簟的竹（篾）匠，无偿住在堂边小屋中。所以村里31家商店和匠铺、3家水碓经营者，以及近20家匠人（包括缝纫、理发），都是从外地迁来的陈、张、吴、范、汪、项、胡、俞、余、巴等15个客姓人。

月潭街上的各种商店,虽只17家,但经营村民生活、生产所需的商品,应有尽有,加之周边全是小村落,且又交通闭塞,山道崎岖,所以月潭也就成为十里八村的商业中心。当时街上只有肉店、豆腐店,经营商品比较单一。其他商店皆有多种经营,如"同顺"、"嬴记"面食店,除制作面食外,还酿酒、养猪、做豆腐出售。大的杂货店,大小商品的品种就更杂更多。如日用百货有绸布针线、刀剪锅碗、笔墨纸张等;食品有烟酒油盐、糕点糖果、桂圆荔枝、香菇木耳、本地土特产等。药店前店后坊,还加工传统饮片和膏丹丸散,并为孩子施种牛痘。大的店家如"永盛"杂货店,进货多求花色品种,质高价低,还舍近求远,前往屯溪、浙江、江苏、江西等地进货。南货店主包正祥,兼做水客,经常跑上海、杭州,带着山货出去,进了沪杭商品归来。他还充当"信客",为月潭在沪杭经商的人家,捎去信,带回钱。除此,还有能为婚嫁制衣的缝纫店,编篮制筐的竹编店,扎纸人、纸马、纸屋、纸箱、纸鸟、纸花以及租用花轿的纸扎店,加工修理农机、器具的铁铜匠铺等。

三户厨房、杂间小屋

商店经营因袭徽商传统,注重商德,并形成一套经商规矩。总的信条是"至诚至信",要求"制定店规,严格执行"、"出售商品,货真价实"、"对待顾客,和颜悦色"。并且要求未有家室的员工睡在店里,学徒在打烊后,上了门板,都搭临时床铺靠门而睡,以防偷盗。那时的店家,还采用一种赊账经营方法，发给客户一个折叠式购货折，客户每次购物，只要在店家账簿和客户购货折上记上账，每年在端午、中秋和过农历年前，三次付钱结账。这种经营方法，给客户带来方便，也起到稳定客户群的作用。但也会遇到个别客户赊账，到年底还不付清账款，甚至形成久拖债务不清，拖垮店家的情况。

民居大门外的砖雕门罩

村中的匠作，既多也齐全，有木、砖、石、竹、铁、铜、雕、漆等工匠。木工有大木与小木；雕工有木、砖、石雕；竹工也有工艺竹编。村中的祠堂、民居、楼阁、寺庙、牌坊、堤塝的建造与修葺，各种农具、家具与婚嫁

店铺的大门

制品的加工与修理，都由村里的各种匠作建造与制作。木、砖、石匠共同建的"鲁班会"，不论大的建筑施工，还是一般的农具、家具、器具制造与修补，均承诺保证质量，工价并经同行公议，如遇违反者，即开同行会，责罚违反者请酒、道歉、改过。

中华人民共和国成立后，月潭村有了供销社，私营商店也组织起来，成立合作商店总店，还在上村头和甘圩、上岩溪、伦堂、星洲、西岸等小村落，设了合作商店的门市部。改革开放以后，供销社与合作商店先后停办，且剩下的全是私营商店，但由于月潭及其周边村落交通改善、交通工具机械化，而常住人口减少，且年轻人多外出打工，因而商业不再兴盛。到 21 世纪初，月潭只有小杂货店 4 家、猪肉蔬菜店 2 家，还有个新兴的华夏超市月潭加盟店，其中朱氏经营的店铺有 5 家。

恒元南货店

恒元,位于上村头,坐北朝南,是个有20块门板的大杂货店。门前有街廊,俗称门亭。亭北柱间建有精致的木制美人靠供人歇息。

恒元店门前的街廊

街廊内的店面,与众不同的是在一排拼装木板门的东头,有三四尺阔的门面,下端是一截砖砌墙体,上面镶嵌了一方厚实的大柜台,伸出墙面半尺有余。台面上也是一排敞开式拼装的杉木板窗门。设置这个朝外的柜台,既使柜台里面透光,又方便顾客于三更半夜遇急事喊门购物。店内朝西一列长长的大柜台,北头装了个竖式的玻璃橱窗货架,摆的是常用的小商品,柜台内靠壁一排落地货架,陈列各种日用百货和各色食品。

恒元店的始主陈咸德,于清道光、咸丰年间,从安徽青阳来到月潭村上十里的首村开了一家杂货店,后因顾客赊账催款,发生了人命官司,将店产赔个精光。咸丰之后,他看到月潭村大人多,有利于商业发展,便筹借了一百两银子,租了这间店屋,铺地坪、制柜台、设货架,仍沿用"恒元"宝号燃放礼炮开张。店中经营商品繁多,既有日用百货,又有名细糕点,以及城市中出现的陈皮梅、鱼皮花生米等新式食品,还有海参、鱼翅、干贝、淡菜等海产品。当时许多人家办婚、寿宴都来恒元订货,遇有人过世也在恒元置办棺木、寿衣等物品。店中还适时收购山里土特产品,方便远近山民。因此恒元店名声远扬,生意越来越红火,家业也大大兴盛。几年之后就在恒元店附近临河的高塝上,建造了一栋徽派四合院连三间屋的二层宅第,后边还连建大厨房、杂间,再进去还有个大菜园。

陈咸德长年劳心劳力地经营商店,身体渐衰,54岁就撒手人寰。他的儿子陈奉璋,虽系贡生,却屡试不第,花钱捐了个闲职,便在家接管了恒元店。可他承接父业,未承父志,既不谙营商之道,又放松经营管理,平日多结交文友,舞文弄墨,吟诵诗书,店堂里也悬挂一副"名能不朽轻仙骨,理到忘机还佛心"的对联。所以有顾客写一副对联、绘一幅画,送到恒元店,或易货、或抵欠款,他都一律应承。对一些顾客的赊欠,也长期不催收。这样只见生意不见钱,店业每况愈下,到了无本经营之时,只得卖掉宅第以解危机。

勉强支撑到第三代陈锡周接管恒元店时,外欠的债务账,竟有一本。锡周为了资金周转,虽曾多次亲自上门催讨,可遇到赊账的笑脸相迎,客气地留吃留宿,他又放不下面子强催,往往是空手而归。有一年,他回老家青阳扫墓,回来时发觉随身带的账本失落,捎口信到老家四处寻找,也不见账本找回。恒元店丢账本的消息不胫而走,向顾客结算赊欠货款,却没了根据。加上生意衰退,入不敷出,到了难以维持的地步,锡周只好做出一个惊人的决定:在店门外的街廊里燃放爆竹,贴上告示:"但凡债款,一笔勾销。"随后,将12岁的儿子,送往上海当铺做学徒,自己则走上执鞭放羊的道路。

赢记面食店

赢记面食店,是朱氏族人继香在月潭办的较大的一家店铺。继香成年时,先到徽州重镇屯溪当搬运工,吃苦耐劳地干了不少年,想到干搬运活,只能养家糊口,挣不到大钱,约在民国十九年(1930年)前后回到村里,便从附近的黄村,雇聘了瀛师傅,办起了一只只有8块门板、没有柜台的小面食店。随后,又雇了一位做豆腐的昌师傅,增添了一项经营豆腐的生意。

继香虽然不是经商出身,但从小受到紫阳家风的熏陶,待人讲仁义、重诚信(这也是徽商经营之本)。同时,他在屯溪这个大商埠里当了多年的搬运工,与商界接触比较多,交有一些商友,也学得了审时度势、精于筹算的营商生财之道。

继香对两位师傅很诚恳,在工资、伙食上从不亏待,并多次与师傅切磋屯溪制作面食新品种的方法,师傅也能与他同心协力。因而制作的面食、豆腐,不仅讲究质量,花色品种也日渐增多。面食有肉包、豆沙包、叉烧包、猪油白糖包,有油条、酥脆麻花、面脆、油馃,有水面、面皮,还有应时节的苎叶馃、寿桃等10多种。豆腐制品也有水豆腐、老豆腐、毛豆腐、臭豆腐、面张豆腐、豆腐角、豆腐衣,以及各色豆腐干等上十种。因而招徕顾客甚多,生意也就一直兴旺。

面食、豆腐生意,让继香赚了不少钱,但他并不满足。这时,正处在抗日战争期间,有伤兵医院、军邮部驻在月潭,外来人口大增,购买力随之增强。他的大女儿金凤也已成年,家中有了帮手,他又谋划把生意做大做强,重新租用了一幢面积大一倍多的前店后坊屋,门前还有个街廊。店堂宽敞了,装起了柜台和货架,让女儿坐柜台;后坊地盘更大了,考虑到做豆腐和酿酒,有下脚料,有利于养猪,便又雇了一个酿酒师傅、两个伙计,扩大了酒、肉和仔猪(供给当地自己养猪卖肉的店)的经营。从此,继香更加忙碌,既管内务,又管外购,每年到浙江开化、遂安买仔猪,到江苏南通、江西乐平和本省南陵进杂货,他都亲自带着伙计,与他们一起东奔西走。

民国后期,经济萎缩,通货膨胀,法币贬值,村中人口也减少,生意很难做,继香便停止了酿酒、养猪和出售酒、肉的生意,只经营面食、豆腐和杂货了。

两家木工铺

吴崇源和范银科两家较大的木工铺,是他们随父辈或兄长于清同治年间先后从江西来到月潭务工,有了经营基础之后租屋定居开办的。

当时,月潭村居中的大量建筑,遭到"庚申战乱"的惨重毁坏之后,急需重建和修复,前来务工的匠作较多。木工铺除吴、范两家外,还有汪、项两家,但吴、范两家木工铺,铺子大,匠人也多。吴崇源跟着善于木雕的父亲同来,还有其兄吴崇喜也随后而到,他们在月潭站稳脚跟后,于敦和巷口建了个住屋与工场相连的大工铺,长期或临时雇用的木、雕、漆工,有时多达10余名。范银科家的黑子、春林、发林、荣科四兄弟,也先后来到月潭,参与了银科的木铺。他们先在青石巷租了个房子做工铺,后来也在青石的屋场地里,选了靠河堤塝内的一角,建了个住屋和工场。从清同治开始,村里许多大的建筑工程,多为吴、范两家的匠铺承包建造与修复。属建造的有朱氏宗祠、关帝阁、星聚楼、宝善堂、联善堂、心逸三房大宅第、朱六九的大民居、朱泽生的"镇心小筑"等;属修复的有四教堂、承志堂等。除此,村中大户人家所需的家具与妆奁,也多在吴崇源木工铺定制。

这两家木工铺铺主,有个共同的特点,不论是对大建筑工程,还是小家具制作,都十分注重美观和质量,工价也严格按同行公议执行。为此,他们都很注意按需选雇木、雕、漆工匠,对于三年未出师的"帮作",或是手艺不精的师傅,即便工价低廉也不雇用,宁愿多出资雇请手艺高、讲诚信的师傅。而对雇请的师傅,在生活上还多予照顾,如范银科

工匠雕镂的门罩砖雕

砖 雕　　　　　石 雕

家,当时虽只讲五日一次荤腥的伙食标准,而实际上每日的菜肴中常有个小荤菜。因而,这两家承包建造的一座座厅堂、楼阁和民宅,一件件家具和妆奁,都博得村人的称赞,两家铺主也受到朱姓族人的尊重,他们的女儿吴桃仙、范秀,也经礼聘选为朱家儿媳。

第六节　楼亭寺庙

月潭朱氏尊儒重教,是以注重文化设施建设。村中除建宗祠、支祠

外,还建造了不少有文化元素的楼亭寺庙,形成一种浓郁的文化氛围。

这些文化设施建设的选址布局,一在村居东头朱氏宗祠背后,二在村居水口一带,三在村北沿河滩垒建的堤塝上。

最早建造的楼亭,是在村居规模、形制还未定型之前。元代初期,始迁祖的三代孙朱汝辅,任湖南宣使谢政家居之后,选在村东旷野建了个"临清阁",后因村居的发展,变成处于朱氏宗祠背后。随后,又有其子朱伯初在溪之北建了"观澜亭",在河上造了"钓雪舟"。这阁、亭、舟都曾列于"月潭老八景"之中。明代在"临清阁"之旁,还建有祭拜文昌菩萨的文昌阁。清代的二十七世祖,儒林郎、州司马朱埶,晚年家居里中,见文昌阁之墙体及栋楹均已毁坏,曾慷慨解囊予以修复。嗣后,这里又屹立了一座主要供奉汪公大帝汪华和忠靖王张巡的大殿。

村东的水口,更是楼亭寺庙集中之地。在樟、杨等水口林的北面路旁,是一座冠名"东林别墅"的楼阁,楼右还有座"东林小止亭";水口林的南面山麓下,是金佛寺,后俗称尼姑庵;沿寺往西一排还有财神庙、五猖庙、鲁班庙。在村西头村口的山麓下,也有五猖庙与土地庙。

在村北中央的堤塝上,有一座星聚楼,与溪北的两峰相望,被赞为

东林别墅与小止亭的外貌

"瀛峰拱秀";西边堤塝一条街、河相通的巷弄口,还有清代朱恩湛主持建造的"关帝阁"。

月潭村中楼亭寺庙的文化设施共有14座,建筑与装饰均很讲究。所建的楼阁,构造精湛,装饰精美,砖、木、石雕结合,柱壁挂满对联、条幅字画,置人于翰墨香溢的文苑境界之中。所建的殿寺,外形红墙琉璃瓦,飞檐翘角,显得雄伟壮丽;内貌一色素墙,有绿竹苍松相衬,所塑的主要神像威严高大,显得肃穆静谧。所有较大的殿与寺都有专人管理,香火不断;每日晨暮,还有新殿、金佛寺的阵阵钟鼓声,传到寂静的山村。所造的小庙虽然建筑简单,但里面的神像并不小。如雕塑的坐姿财神、五猖,均高达1米左右,在他处较为少见;建筑工匠的祖师鲁班,是墙上绘制的画像,也有1.5米高。这些小庙都有农、工、商民会中的人轮流值年管理,所以,既有平时香火,又有祀日众人参拜。每年五月十五的关帝阁,正月十七、十八的财神庙,正月初五的五猖庙,正月十五的鲁班庙,前往拜祭的人络绎不绝。

14座楼亭寺庙中,观澜亭、临清阁、文昌阁,早在明清两代就遭匪兵之乱和年久失修而消失。东林别墅、东林小止亭、新殿、金佛寺、关帝阁等楼亭寺庙,在"人民公社化运动"、"大跃进"、"破四旧"中,多因改田、建路而拆除。星聚楼原改用为小学教室,后因办初中改建为学校,曾经风光一时的最后一座文化遗产也消失了。

东林别墅与小止亭

经村东水口林入村的大路边,有楼曰:东林别墅;右旁有亭曰:东林小止亭。其名称由来,据民国族谱一诗文注称:东林是"明季诸贤讲学之所,有盛名,故借及之"。

东林别墅为四柱三间进深大的长方形建筑,外貌较普通。大门设在路边的墙西头,不过1米左右宽,飞檐翘角的门罩下,用万字砖雕围砌一扁方框,里面刻制了绿色的"东林别墅"四字。此楼内的铺设、装饰极其讲究,既古朴典雅,又精致独特。

一楼客堂正前方的天井下,外墙用水磨青砖制作了个长方形花窗。

窗前垒砌的两排石条花台,中间置一大假山,两旁排列多种名贵梅桩和其他花木盆景,花台下摆一只大鱼缸。堂内四柱四壁,油一赭色石漆。陈设虽然也是徽派格局的长条几案、八仙桌、太师椅、茶几,但全是红木制品,显得雍容华贵。四壁与柱间,琳琅满目的对联和条幅字画,尤具儒雅风范。可如今的老年族人,已讲不出其中的具体内容,只知晓有曾国藩、刘墉、左宗棠、查士标、黄宾虹等名家的作品。

下村荷花池中的半只石舫

堂后有木梯登楼,楼厅设一魁星神龛。"魁星"是由"奎星"改名而来。东汉纬书《孝经援神契》中,有"奎主文章"之说,后世附会为神,塑神像以崇祀之,视为主文章兴衰之神,科举考试则奉为主中式之神。月潭朱氏族人也很敬之。这座站立的魁星神像,上身扣红色披风,下身穿褐红色裤子,左脚提起踏在龙头龟身的动物上,右手在上紧握一支朱红笔,左手在下托一方朱红砚台,竖眉瞪目,显得非常威严。自文昌阁失修之后,村中的文会各项活动,便改在此楼举行。

东林别墅之东面,有两扇边门。前边门进去,是紧靠楼边、伸出与北京颐和园中相似的半艘石舫,舫头有一排红漆木制美人靠,下临一口环围石凳的长方形荷花池。池中红荷亭亭,池旁绿柳轻拂,间植有紫荆、山茶、腊梅等花木,香气袭人。后边门进去,是一庭院。院中栽植紫薇、杏、桂等树,还有一棵垂丝海棠,春天条条树枝,盛开粉红的花朵结有卵圆形小果垂挂枝头。庭院后的平房,一排落地花门,里面为住房,装饰、摆设也很文雅。

楼西的东林小止亭,系明后期二十六世祖朱肇周出资建造,原有亭名匾额。亭的三边无墙,设一圈条凳,后壁嵌有一方青石碑刻,内容已无法稽考,还曾有一副对联,联句是:"静坐当思己过/闲谈勿论人非"。清代重修后,朱镕题小止亭重补旧额诗曰:"不尽村原意,行行一径东。亭虚楼晏静,岁暮迈征丛。历乱搜题失,经新搆字工。偶然追杖履,渐觉对春风。"

建造的东林别墅和东林小止亭,据族中老人说:一为迎送官宦、贵宾少坐晤谈,二为外来文人雅士和族中贤士观景赏花、饮酒吟诗,三为以憩行人。清代墨客何经《题东林别墅》诗赞曰:

寂寞东林后,千秋仰去尘。紫阳开别业,白社会词人。
杰构颜山麓,狂歌率水滨。武彝精舍在,觅句放翁新。
野屋松杉里,云烟照眼浓。荷香消暑潾,柳色作春醲。
潭月高楼笛,洲星远寺钟。新安山水好,林下寄闲踪。

星 聚 楼

星聚楼,建在沿一条很长河滩砌垒的高大堤塝中央。据民国族谱记载的朱承黼著文称:"村北星聚楼介于八景之间,前临潭水,后倚南屏,石门、西山环其左,玉峰、钓台绕其右,柳堤、松石亦在指顾中,洵游眺佳境也。楼建自朱明,毁于咸丰兵燹,至民国己未(1919年)始复旧观。"

复建的星聚楼,仍紧对溪北两座人字形山峰。大门左右置两只大石鼓,砖雕门楼上,镶嵌青石雕刻的"星聚楼"三个大字,苍劲古朴,不知出自何人之手。楼上的檐前,悬挂族中书家朱嶽生手书行草"瀛峰拱秀"的匾额。门前的高塝大路边沿竖立一排石栏杆。从这里向左行,经横、直两层石阶顺级而下,至大河滩中的"靖阳坦";向右行,沿高塝大路,直达一里外的"敦和厅"。

楼的一层,是个没有装饰和摆设的空堂,靠后壁的天井下,一东一西各有上圆下方的门洞,西边出去的一片草地,植有一棵300多年的罗汉松;东边出去是条通街大巷。堂内大门边的一隅,建有旋转楼梯间。

楼的二层为四柱三间,中间一排八扇格子花门隔成前后两进,格子花门的栏板上,间贴有五城书家黄少英的字和族人朱典生的猴子画。楼的前厅面对溪山是一排花窗,下设一列美人靠;西边一小室,是落地花门,内有榻床供休憩。前后两厅,均陈设桌椅,柱与四壁挂的楹联、条屏字画,书法有楷、行、草、隶字体,画作有飞禽走兽和山水人物。族人依稀可记的对联有:"堤边杨柳人呼渡/槛外溪山客倚楼","月照千里处士屋/潭深百丈蛟龙宫","矫首仰望西山月/清心泛游北溪潭","雨过瀑声急/风来花气香","月圆潭似镜/潭澄月更明"。

上村荷花池

星聚楼是最佳的观景之处。楼梯门终年敞开,任人登楼观赏。凭窗远眺俯视,"新八景"皆收眼底;满目水光山色和大片绿茵草滩,让人心旷神怡。除此,还可偶见潭中鸳鸯、水鸟结伴嬉戏。特别是黄梅季节,每逢大雨滂沱,山洪暴发,率水河一改往常的柔和恬静,湍急的水流,淹没了偌大河滩,甚至涨到塝下的一层石阶,一片汪洋泽国,波涛翻滚,汹涌澎湃,尤为壮观。因而此楼又被族人称为"望水楼"。长此以往,人们甚至忘却了星聚楼的楼名。

星聚楼也是乡绅父老、骚人墨客、青年学士聚会欢娱之处。他们或相约数人登楼观景,或携瓜果、糕点登楼畅叙衷情,也有携酒水登楼饮酒赋诗。因而留下很多诗篇。兹抄录一二于下:

族人朱承黼的《题星聚楼》诗云:

澄潭八顷抱飞楼,劫后重新又几秋。八景有情分远近,四时无日不清幽。

水光山色天机活,雨后晴初胜概收。老我蜗居心自放,敲诗读画数来游。

族人朱懋昭一首七绝《春日宴星聚楼》云:

春泻空潭人倚楼,瀛峰遥对即瀛洲。拈毫新绘村居景,点缀天边一叶舟。

族人朱典麟的五言诗云：

　　幽赏岑楼上，酣歌意气豪。乾坤闲此日，诗酒属吾曹。
　　矫首凌三岛，回身策六鳌。茫茫看世事，太岱一秋毫。

文人贤士何承培、江忠赓在月潭观览后也各有七律一首题星聚楼，诗曰：

　　万方多难强登楼，王粲心情老未休。大好溪山原有主，无边风月属兹游。
　　一觞酒漉陶彭泽，八咏诗哦沈隐侯。五百里贤欣接履，德星聚处客星留。

　　世尘回绝一飞楼，主客图开纪胜游。杯底雄风吞楚泽，间座仙境对瀛洲。
　　巡檐海月衔山出，卷幔天河傍户流。奎壁腾光箕掩口，荀陈高会属南州。

新　殿

新殿，乃老殿的改称，是村中最大的一座庙宇，主要奉祀汪公大帝暨子八相公、九相公，以及忠靖王张巡。它位于村东"朱氏宗祠"的背后，坐北朝南，为朱、程两族于清乾隆以前同创"永宁匣"在老殿的基础上所扩建。

下村山麓处的古井

汪公大帝即汪华，唐时新安郡绩溪人。隋末为郡府招募的官军，以英武智勇深得将士拥戴。当时，全国大乱，生灵涂炭，他为使歙州（徽州原称）百姓免遭浩劫，发动兵变，宣布起义。义军一举占据歙州之后，旋又攻占宣州，接着攻下杭州、睦州

（今淳安）、婺州（今金华）和饶州（今波阳），拥兵10万，号称吴王。10年间，他与其九子为政宽宏，政清人和，且尽力调和土著与移民之间的矛盾，使百姓休养生息，安居乐业，史称"镇静地方，保境安民"。李渊建立唐朝后，汪华又顾全大局，顺应民意，上表归唐，任方牧，兼歙州刺史，被封为越国公，逝世后谥忠烈王。其九子也都封侯，在歙州的俊、献两子，称八相公、九相公，被封为忠护侯与忠助侯。徽州人民感其父子恩德，多建汪公庙、九相公庙等，塑像祀之。张巡是唐吏，河南南阳人。"安史之乱"，叛军祸害百姓，义兵纷起。张巡在睢阳（今河南商邱）率众誓死抵抗叛军。使叛军不能扰及江淮。睢阳失守，张巡被俘，不屈而死，封为忠靖王，江淮及徽州人民怀念其忠，也塑像祀之。月潭朱、程两族崇拜他们的功德，故也塑四神像于一殿，当做神灵顶礼膜拜。

青石井

这座被称作新殿的庙宇，庙顶为琉璃彩瓦，脊铭天马、狻猊，围墙全刷红色，正面的墙，两扇黑漆大门在其中间，左右上方均开一个六角窗口。入正殿的第一进，大天井下矗立一棵参天古松，2米多宽的回廊环围四周。左边回廊梁上悬挂大钟，右边回廊梁下架起大鼓，回廊尽头有几级石阶入正殿。殿的前面东西两边，塑立四尊2米多高的神像，前边相对的是手持兵器的牛头与马面，后边相对的为一手握笔、一手持善恶分明册子的判官与手提一串铁链的小鬼。

殿堂与回廊的前沿均擎立石柱，殿前两侧是两根浮雕虬龙石柱，柱上盘龙粗犷有力，自底盘绕至顶端，怒目圆睁。殿上面的神座，三个木雕坐姿神像，当中穿大红袍的是汪公大帝，两边穿粉红袍的是八相公与九相公，袍上还用金、黄、绿等彩线，绣成多种多样的飞禽走兽和花卉图案，绚丽多姿。殿的上方悬挂匾额为"泽被六州"，两旁的柱子，上联是"识天命攸归，纳土分藩，王绩并隆吴越"，下联为"□□□□□，□□□□，公忠早启汾阳"。正殿下方左旁有扇边门通向老殿,也有天井、苍松、回廊。殿上面的神座,木雕坐姿神像,是穿黑蓝袍的张巡将军,殿的左侧还有送子观音小神龛。两殿的背后,一为后殿,有十殿阎罗神像;二为库房、住屋、厨房,供道士居住管理庙宇。

殿中有道士司管庙事,又有祀产,所以长年晨钟暮鼓,香火缭绕。正月十八为祭神日,神像座前的长条几案上,摆满供品:三个大盘装的是全鸡、全鱼和猪头,还有面条、水果、糕点等。祭祀开始,大殿门外先放九响冲天铳,接着燃放爆竹,然后由道士组成乐队,随主祭礼生按

街中八角井

序在两殿神像案下,上香、敬酒、献馔、进帛、跪拜,并诵祭文。朱、程两姓参加祭礼的族人,也都接着上香跪拜。祭毕,每位参祭者出大门,都领有面制麻仁桃三只。除此,靖阳节要抬出四神像同乐,天旱田干也要抬出四神像求雨,10年一次菩萨大开光,还要抬出四神像一起观戏看焰火。殿中挂的一副对联:"月重光,日重轮,庙内十年漆新像/潭益清,水益秀,村中万事荷神庥"。反映出朱程两族对四神像的崇敬心意与祈愿。

金 佛 寺

金佛寺,后俗称尼姑庵,传说是始建寺时因有一尊风波铜镀金的佛像而得名。开始住寺的是和尚,后为尼姑管寺,所以又叫尼姑庵。它坐落在村东水口林南面的山边,建造的年代,尚未查到资料确定,但族中老人都说它是年代相当久远的古刹。

这座二层寺庙为方形建筑,寺顶正中凸起的是个葫芦顶尖,四脊飞檐翘角,每角挂有风铃,迎风叮当作响。门楣上镌刻"金佛寺"三个遒劲描金大字。

进入大门,还有左右二道边门,正壁是一尊手操兵器站立的王灵官神像,两旁对联曰:"仨目能观天下事/一鞭警醒梦中人"。从两侧边门入内,面对大殿佛座的二道门后壁,是一尊手执降魔杵的韦驮神像。这二道边门正壁内外两尊站立的神像,似是在守卫山门。通向大殿两边的走道,安装有高架,左置大鼓,右悬巨钟。殿前的天井下,秀竹苍松,显得幽静。大殿正壁的佛龛,用樟木雕塑的观世音菩萨,端坐在莲花座上,左手托净瓶于胸前,右手握着几根柳枝,精雕细刻,显示出观世音大慈大悲的美好形象。塑造的济世药王和医仙,也信为神灵供奉在观世音两侧的神龛上。右侧是左手托着盛有甘露的钵盂,右手两指捏着药丸的药王邳彤;左侧是身背采药篮,胸挂葫芦的医仙华佗。

楼上,一进佛堂的正面佛座上,一尊尺把高的镀金佛像,是盘膝手托布袋的弥勒佛,笑容可掬地袒露胸脯,挺着露脐的大肚。后进是罗汉堂,十八尊罗汉,形态各异,或捉虱搔痒,或擤涕抹嘴,或束腰系带,或脱鞋纳履……表情也很复杂,或怒目,或慈祥,或思忖,或忧伤……

尼姑禅房设在楼下大殿的后进。尼姑主持寺事,负责晨钟暮鼓、烟火供奉。

在数十年前的悠长年代里,金佛寺的烟火一直极盛。拜佛的人,信女居多,有本村的,也有近村的。农历六月十九观世音生日,参拜人群更挤满寺院。平日,还有这样那样心愿要向观世音祈求的;也有家人患病就医未见奏效,而向华佗、邳彤问诊求药的;实现了心愿,又都带着供品、香火、长幔来参拜还愿;有的还捐资修寺,以表虔心。90岁老人朱彩芬回忆说:从清道光到民国,寺中的菩萨座前,一直挂满一条条还愿的刺绣花幔。

第七节　环村八景

叶形的月潭村落,山重林密,水绕潭深,与厅堂楼亭、殿庙寺宇交相辉映,形成环村的众多自然与人文景观。历史上有过两度命名的"月潭八景",后人称其为"老八景"与"新八景"。清康熙年间到过此地的提督江南学政魏学诚称曰:"其山川景物,足令卧游者神往焉!"元儒赵东山(又名赵汸)和明清一些先贤,观赏了"八景",触景生情,题咏了许多诗文。江苏昆山工书画的举人王学浩,于清嘉庆八年(1803年)绘成"月潭八景图"册页,其真迹仍存于上海博物馆。

老 八 景

老八景选定于元代。据族谱记载,元朝十四世祖的朱汝辅,任湖南宣使谢政家居后,建"临清阁"于村东,构"平林小隐"于率水之北。尔后,其子朱伯初,隐居不求为官,又在溪之北建成"观澜亭",于河上造"钓雪舟"。好事者连同"月潭"、"石门"、东五里的"星洲寺"、南十里的"颜公山",总称为"八景"。伯初常与文客吟诗放歌于八景之间,不为尘世之事所累。明末草寇猝起,村里多处为墟,八景也湮废过半。但先贤赵汸、戴琥等游观八景,曾留下不少诗篇,已收编于《月潭朱氏族谱》传存于世,捧读诗文,仍有身临其境的感觉。

兹就老八景分别略述如下:

"月潭"——山挟诸水汇集成潭,其形如圆月,深不可测。每到春夏,溪流泛涨,声振天地,势摧山岳,而平日则波平水碧,鸟飞鱼跃,山光水色,美如图画。有诗曰:百顷呀千渊,幅圆如满月。苍茫千秋底,见此蛟龙宅。云气起中霄,油油接天阙。霈然三日霖,一洗人间热。又有诗曰:碧潭沉沉弄秋月,万里直与银潢通。不知何年暗风雨,天上飞下双玉龙。仙人吹箫翳彩凤,呼起双龙出幽洞。铿然鳞甲忽有声,满溪蟾影摇冰冻。

"石门"——月潭之上,两山相揖,如牛饮于溪,其鼻背巨石夹溪对峙如门。有诗曰:溪回千涧合,峡转群峰集。阴森双阙峙,汹涌湍流急。山根有鲂鲔,尝恐风雷入。非无江海思,耻作枯鱼泣。又有诗曰:划尔中天见,狰狞两石门,此间有阃阃,云日辨朝昏。

"临清阁"——村东率水河畔,一座葫芦尖顶的六角二层楼阁。

有诗曰:高阁瞰流水,微风不扬波。栖迟以乐饥,日莫欲思多。远岸映修竹,空庭涵绿莎。千载沧浪辞,怀哉聊永歌。又有诗曰:倚风情思阔,结石俯虚明。不见沧浪浊,其源自古清。

"观澜亭"——北岸临水的观澜亭,与南岸临清阁对峙。有诗曰:积雨生溪涨,洪波逝滔滔。馋蛟杂水怪,踊跃乘风涛。作亭临水上,稍息待渡劳。斯须良易忍,无为复轻舠。又有诗曰:水容几万变,约旨甚无多。寓目生机在,寻其末始波。

"钓雪舟"——于南北临清阁与观澜亭之间的水上造一小舟,置有笔床茶灶,以供观景吟诗。诗曰:积雪遍山林,寒光荡溪浒。虚空无尘滓,毫末皆可睹。王生宵返棹,袁子昼扃户。小艇独垂竿,高情付千古。又有诗曰:寒深未可饵,何用买丝缗。冰雪纤毫见,明明静理存。

"平林小隐"——溪之北白沙竹林茂密,隐君子在其地建屋居之。诗曰:种树清溪上,结庐在林幽。周回十亩阴,俯仰三十秋。不食非其力,灌园乃良筹。以安遗子孙,长乐无虞忧。又有诗曰:中原期戮力,何事结庐为。道贵谋诸豫,临风寄所思。

"星洲寺"——建于唐咸通年间的一座大古寺。诗曰:丛林风月好,胜绝传星洲。萧条兵火后,共忆禅房幽。伊谁开万劫,兴灭何时休。百年未可料,况作千岁谋。又有诗曰:石容生俯仰,错落缀繁星。绚烂如明火,钟声夜夜醒。

"颜公山"——高500仞,围38里,有全真庵。自庵而上,五里一亭,为亭者二,又五里为庵堂,即颜公结庵修真之所。外耸中洼,阔可五么,虽连月积雨,中洼水自消而下注,莫知其所去。不知何代遗来者,即所云颜公。诗曰:颜公超世者,遗迹在兹山。物和年谷丰,龙驾谁能攀。挟策有奇士,短檠霜月寒。高科岂不美,讵知今所观。又有诗曰:白云生石罅,丹井隐年年。晓日开晴影,山川万里全。

新 八 景

新八景命名于清初,由于楼亭古迹废湮,山巅水涯变迁,老八景中的景物大都不再现,但山川钟灵隐现,寰区标新立异,也有先辈未察及的。于是,又有文人墨客,在环村的自然风光中,或选幽别出,或循迹易名,精心拟取了新的"八景",雅名为:柳堤鸣莺、松石晴岚、钓台烟雨、石门瀑涨、澄潭印月、南屏叠翠、西山晚烟、玉峰积雪。族中朱明仪、朱为弼、朱国兰、朱之淳、朱士骙、朱士骐、朱承经、朱承铎、朱承黼、朱懋文等先辈,以及到此游观胜境的何承培、江忠赓、何经、江家楞、许珩等诸多前贤,也为新八景题咏,现依景所列,引录诗句一二。

"柳堤鸣莺"——在村东环堤种柳,春二三月,莺声婉转,景致绝佳。有诗曰:柳色连堤绿,莺声出谷鸣。高枝潜度曲,密叶暗吹笙。娇语凭风送,好音向日迎。嘤嘤知有意,想为极新晴。又有诗曰:长堤柳色碧毵毵,春唤流莺声二三,欲检奚囊闲觅句,不堪庾信哀江南。

"松石晴岚"——在山南有静室,怪松蟠居石上。每当晴霁登临,山光宕漾如在春风中。有诗曰:雨霁春山色,青葱望不穷。烟凝峰列翠,霞映树烧红。最喜新晴后,偏宜落照中。坐眠松石晚,吟啸度轻风。又有诗曰:风松泉涧作琴音,虚籁冷冷惬素襟。坐看日光飞野马,不知往古与来今。

"钓台烟雨"——在聚星楼东侧建有钓鱼台,临溪流而北诸胜,收览无遗,烟雨迷茫,仿佛米颠图画。有诗曰:台空青嶂绕,烟雨若云屯。冉冉连山暗,凄凄向水翻。归帆迷远浦,对岸失孤村。坐羡垂纶客,微名不足论。又有诗曰:衡沁栖迟事事幽,水容山态望中收。闲临钓石垂竿线,烟雨微茫狎白鸥。

"石门瀑涨"——在上游潭口左右,巨石夹潭,鳞立如门,秀削之致,不减灵鹫绪石。夏雨涨溪,澎湃浩淼,如潮如海。有诗曰:山村梅实雨,瀑涨亦奇观。断岸留孤树,洪涛没远滩。奔腾如马逸,旋绕若龙蟠。一望石门里,潮来天地宽。又有诗曰:江出新安见底清,石门倏忽作雷鸣。庄生亦失观濠乐,眩转双眸向若惊。

"澄潭印月"——相传澄潭千尺,好事者以丝测之,莫穷其涘。扁舟月夜,潭光如练,水月交映。有诗曰:水天相映碧,潭月两轮秋。潋艳明珠吐,清莹玉镜浮。连影平野静,光逐曲溪流。对此如银夜,何须秉烛游。又有诗曰:水光月色两分明,百顷风潭一镜平。欲溯中流频击楫,有人揽辔坐澄清。

"南屏叠翠"——在村居之北,南山如屏,俨与西湖诸峰竞秀。有诗曰:雨过轻阴散,南峰列画屏。松风吹浪碧,竹色映山青。葱翠连茅屋,巍峨挹草亭。乡居饶胜事,猿鸟共忘形。又有诗曰:种豆山前带月归,锦屏岚气满沾衣。柴门稚子遥相望,几度穿云下翠微。

"西山晚烟"——潭西竹坞村数农家,晚烟一抹,横锁山腰,变化万状。有诗曰:潭西薄暮望,林际起村烟。掩映凝山紫,依稀印渚玄。成桥溪上渡,作线柳中穿。冉冉留千古,裁诗问后贤。又有诗曰:归飞哑哑暮鸦啼,如画山光在水西。小立支筇闲眺望,村烟一缕度前溪。

"玉峰积雪"——在溪北对山,如圭如笏,圭峰笏石,人皆以意呼之,积雪时尤胜。有诗曰:寒气侵金屋,晶莹透玉峰。素花封谷口,琼树缀山容。荆岫开帘近,崑丘隔岸逢。从前如抱璞,此际瑞光浓。又有诗曰:霏霏玉屑净无尘,失却庐山面目真。高卧袁安慵未起,灞桥诗思属何人。

第三章

宗法礼教

月潭朱氏笃行朱熹理学思想。本章各节分别就践行朱子宗法礼教的祠规家法、祠祭墓祀、行仁尚义、兴教倡学、奉孝守节、乐善好施等方面作了陈述。其中"建会助治"一节，特色彰显，在古徽州村族史志中实为罕见。

山 清 水 秀

第一节　族规家法

月潭朱氏宗族,早在明代中叶,因经费不足而先宗祠建成支祠承志堂时,朱世龙等族人就遵照朱熹的《家礼》、《家训》,"定祀礼,设赏罚,兴仁让,约束涣散之人心"。这是初步的祠规家法,随着宗祠建成,制定了完备的族规家法,这些族规家法成为宗族内的自治管理制度和族人的行为规范。但是,自元、明、清期间编修的月潭朱氏谱牒,乃至民国二十年(1931年)朱承铎四修出版的《新安月潭朱氏族谱》,均未记载订立的"族规家法"条文。据族中老人说:朱氏宗祠的内墙上,原嵌有一块刻有族规家法条文的青石碑。可宗祠被拆除,这块石碑已不知去向。在宗祠的入门处,分置左右的两块祠规牌,虽然也已不见,但老人们还清楚记得是:"不忠、不孝、不仁、不悌,勿许入祠";"无礼、无义、无廉、无耻,勿许入祠"。二十四个字囊括了忠孝节义的伦理道德信条,以及修身、齐家、敦本、和亲之道,可谓是月潭朱氏族规家法之纲要。

至于族规家法碑上的条文,老人们只能忆起部分大概内容。安徽大学教授赵华富撰写的《休宁月潭朱氏宗族的调查研究报告》中,曾列出十几条内容,现选录一些条文如下:

一、孝顺父母。子弟必须孝顺父母,赡养侍奉,嘘寒问暖,和颜悦色,不得有误。要表彰孝子,为孝子树碑立传;孝行卓著者,公请旌表。严禁顶撞和遗弃父母,违者执至祠堂教育、训斥;教育不改,执至祠堂当众笞杖,革除族籍。对虐待和打骂父母的不肖子弟,严惩不贷。

二、尊敬长上。昭穆有序,长幼有别,尊卑有定。晚辈对长辈,幼者对长者,卑者对尊者,坐则立,行则让,不得直呼其名。对尊者、长辈和长者的教导和言行,要尊重,要服从;即使尊者、长辈和长者的教导和言行有误,也不得当面顶撞。如违,轻者要赔礼道歉,重者要唤至祠堂在列祖列宗神主前罚跪。

三、婚姻要当。男婚女嫁,乃人生之大伦。择媳觅婿,必须门当户对,选择忠厚人家。父母之命,媒妁之言,天经地义。不贪图金钱,不嫌贫爱富,恪守同族不婚的礼教,不准与不正当的人家联姻,不准与小户婚配,不准与下流职业之人结亲。违者,革出祠堂。

四、闺门要严。男女有别,男主外、女主内。妇女要三从四德,孝敬公婆,尊敬丈夫,慈爱子女,安分守己。不准虐待翁婆,搬弄是非,打街骂巷。违者,依据情节轻重,严肃惩处。孀妇要从一而终,赡养公婆,扶孤守节。严禁作风不正,有伤风化。违者,严惩不贷。

五、继嗣要宜。不孝有三,无后为大。无后子弟,兄弟之子继嗣,以奉香火。外姓继者,谱书"来绍",示继嗣不当。继外姓者,谱书"出绍",示出继不当。以弟绍兄者,谱书"下绍",示下继不当。不准以异姓螟蛉子为嗣,紊乱宗祜。违者,不准入祠。

六、要重祭祀。清明、中元(农历七月十五)、冬至祠祭,新年(农历)、清明、立冬墓祭,乃展亲大典,祭祀仪式,谨遵朱子《家礼》,必须敬洁备物,至诚至敬。支丁不得无故不参加祭祖典礼,不得不虔诚行礼。违者,罚胙(祭礼用的酒肉)。

七、保护风水。坟墓乃祖宗藏魄之地,必须倍加爱护。不经祠堂批准,任何人不准砍伐祖墓荫木,违者重罚,并革出祠堂。墓田租谷、墓山力垄,为墓祭和修墓专用经费,经管人不得占有、不得挪用,违者撤职查办。墓田、墓山乃祖宗血食所依,永远不准典卖或私占,违者以不孝论处,革出祠堂,送官惩治。

八、和睦宗族。族众之间虽有亲与疏,但都同一始祖,要喜相庆、忧相吊、急相救、疾相问、贫相助,不得以途人视之。族人之间出现矛盾和纠纷,要互让、互谅、互忍,不得轻易经官,对簿公堂。

九、封山育林。保护山场、林木,不仅是为保持水土和生态环境,而且关系村的风水龙脉。未经祠堂许可,任何人不准上山砍伐树木。违者,罚以猪头、鸡、鱼三牲祭树,并鸣锣封山,表示悔改。

十、制御世仆。看守祠堂和墓地的小户,必须恪守乃职。祠堂墓地祭祖、支丁婚礼和丧礼、宗族例行重大活动,小户必须按规服役。服役时,不准迟到偷懒、敷衍应付、破坏器皿、违规行事,违者严惩不贷。主尊仆卑,亘古如此。但也不准以尊凌卑,虐待无辜。

除此,还有选好祠正(后称主管)、管好祠产等方面的条文。

民国十八年(1929年),外门三十四世孙朱华淞重修的《序生堂家乘记》中,载有家规10条,其中有宗族共同之法,也有本支独自之规,兹录如下:

祠墓——祠,乃祖宗神灵所依;墓,乃祖宗体魄所藏。子孙思祖宗神灵不可见,见所依所藏之处,即如见祖宗。时而祠祭,时而墓祭,必加敬谨。凡栋宇有坏则葺之,罅漏则补之,垣砌碑石有损则整之,蓬棘则剪之,树木什器则爱惜之,或被人侵害盗卖盗葬则同心合力复之。

族类——类族辨别,圣人不废。世以门第相高,间有非族认为族者,或同姓而继之为嗣,或抱外姓之子为续,其类非一,是非难淆,疑似当辨,倘称谓亦从叔侄兄弟,后将若之何? 盖神不歆非类,故谱内必严为之防。

名分——同族兄弟叔侄,名分彼此称呼,自有定序。近世风俗浇漓,或狎于亵昵,或狃于阿承,皆非礼也。

睦族——睦族之要有三:曰尊尊,曰老老,曰贤贤。名分属尊行者尊也,则恭顺退逊不敢触犯;名分虽卑而齿迈众老也,则以高年之礼事之;有德行族彦贤也,贤者乃本宗桢干当景仰之,忘分忘年以敬之。

谱牒——谱牒所载皆宗族祖,父名讳,目可得睹,口不可言。收藏贵密,保守贵久,每岁三节祭祖时,宜各带所编原本到厅会看一遍,仍带回收藏。如有鼠侵油污霉坏字迹者,族长同族众即在祖宗前重加惩戒,另择贤子孙收管。或有不肖辈鬻谱卖宗,致使以膺混真,紊乱支派者,众共黜之。

肃闺——门阀不称,家教无闻,又或赋性不良、凶悍妒忌、傲僻长舌、私溺子女,皆为家之索,罪坐其夫。若夫妇委果冥顽,化诲不改,夫亦无如之何者,祠中据本妇告词询访的确,当祖宗前合众给以除名帖,或屏之外氏之家。

风水——山水是天地骨血,其回合会聚处自有真穴,所以古人建都必择善地。然人子葬亲,又自有说择地次也,其要处在立心。立心,欲亲之体魄安,不使有水泉、蝼蚁之患,此天理之至情也,如是者得善地,而富贵应之。立心,为求富贵,或停柩不葬,或欺盗侵夺,此人欲之恶念也,如是者虽得善地,而富贵不应也。福地须求心地好,则此说也。

祭扫——春秋祭扫,一岁两行,虽曰烝尝钜典,是亦报本意思,不可草草了事,祭享不必必用牲畜,虽蔬食清酌,只要洁诚,佐以时鲜,盖取荐新之义。

荣哀——常见宗谱记载,生殁之年、月、日、时多有缺失,殊为悲悯,一经测度调查,始悉各家之忌辰单,缮写欠法,致失本末。凡属生殁务必将年、月、日、时完全书出,名之曰荣哀表。

字行——世有大族之家,相遇见名字排行便知长幼。吾族旧亦行之,近已漫无统率。平湖(外迁地)族人犹能守法,其凡例自三十五世起,以"家、传、孝、友、世、笃、忠、贞"八字递世命名,今吾家定名亦法平湖字行行之,以示平湖支为何如。

月潭朱氏宗族的族规家法,重在"教",不在"惩",所以规条中多倡导、多要求,带有一定的道德色彩。同时在日常生活各个方面,还尊崇朱熹《家训》之教,其内容是:"君之所贵者,仁也。臣之所贵者,忠也。父之所贵者,慈也。子之所贵者,孝也。兄之所贵者,友也。弟之所贵者,恭也。夫之所贵者,和也。妇之所贵者,柔也。事师长贵乎礼也,交朋友贵乎信也。见老者,敬之;见幼者,爱之。有德者,年虽下于我,我必尊之;不肖者,年虽高于我,我必远之。慎勿谈人之短,切莫矜己之长;仇者以义解之,怨者以直报之;随所遇而安之。人有小过,含容而忍之;人有大过,以理而谕之。勿以善小而不为,勿以恶小而为之。人有恶,则掩之;人有善,则扬之。处世无私仇,治家无私法。勿损人而利己,勿妒贤而嫉能。勿称忿而报横逆,勿非礼以害物命。见不义之财勿取,遇合理之事则从。诗书不可不学,礼义不可不知。子孙不可不教,僮仆不可不恤。

斯文不可不敬,患难不可不扶。守我之分者,礼也;听我之命者,天也。人能如是,天必相之,此乃日用常行之道。若衣服之于身体,饮食之于口腹,不可一日无也,可不慎哉!"

朱氏诸多祖先不仅身体力行,并且常常或书信、或口述,向儿孙提出自己的家训。如族人朱敏树说,清代祖先朱柳溪在广东任官时,经常修书回家教育诸子,我见过这方面的家书有九封。如咸丰"庚申战乱"时,致书家中写了"栽培根本,周恤贫穷"的八字家训,旁还附有小字:"生逢乱世,何物可为己有?惟力行善事,遮乎少杀机,爱八字以劝勉汝辈记之勿忘,是为至嘱。"同治二年(1863年)三月八日又致书长子:"不佻然自放,谓之约(规则)。佻然自放是吾儿之病,'约'则治病之良药也。故摘孟子书中'守约'两字,俾时时睹之,用以自勉。"还有一些家书,写的训诫是:"遇难之事时,当以忠孝节义四字衡量,合则行,不合则不做。""俭以处己,惠以济人。以勤俭处家,以孝悌为根本。遇亲友有急难之事,力能为者勉而为之,随事随时行之,日久自能逢凶化吉。""凡事当要熟思缓处,熟思则能周到,缓处则少过错。""遇拂意难事,要有忍耐两字,忍耐得过,便无后悔,'忍'字最妙。"

家训之义,重"教"则能少"惩"。但也得扬优多奖,才会达到少惩之效。据民国二十年(1931年)出版的族谱记载,革出祠的族人,只有清末期间简述的一例:"三十三世朱思榛因不端出族。"后来的传说也只一例:三十六世朱顺祥从商在通州,父亲已故,母亲双目失明,在家中被妻子虐待。抗战爆发后,顺祥失业归家,经济较困难,妻子虐待婆婆益甚,有时还背着人对她打骂,知情族人曾向房长反映,并劝说其妻,其妻却毫无悔改。终于造成瞎子婆婆自缢身亡,引起公愤。宏训堂支祠族长得知,召集各房房长讨论了处理决定,立即报告宗祠族长。于是,开祠堂门惩处,其妻闻讯逃躲,传来顺祥,令其跪在祖宗面前受罚,并宣布夫妇两人均革出厅、祠。祠规家法教育深入人心,惩奖得当,也提高了规法的威慑力。清乾隆年间,管理祠产多年的朱元宽殁后,其子朱震美在清理宗祠账目时,发现短缺祠款甚多,想着这是违背祠规的大事,当即主动弃家产抵偿,避免了祠规惩处。民国期间还发生了这么一件事:一次一群族人在星聚楼饮酒观景叙谈,喝得酩酊大醉,其中几个人发泄对个别宗族掌权者的不满情绪,几拳砸碎了一些窗玻璃,自己的手也鲜血直流。次日,大家一起前往龙湾区署自首。区长鉴于他们自觉认错,又是宗族内部矛盾,教育他们回家在族内检讨解决。

民国期间,随着社会的变革,新思想在族人中逐渐萌发,祠规家法虽未修改,而有的方面已跟不上时代发展和变化。如有的孀妇率先打破了"从一而终"的戒律,有的对长辈、长者虽仍尊重,但不再盲目服从。民国十六年(1927年),有位主持建造"五家厅"的长辈,让工人到星聚楼一旁高塝的屋基地上,把原来砌的墙脚大条石拆除运去建厅,朱永清的妻子等人,遇见这一不利村庄防洪的举动,当即据理阻之,后得以制止。民国后期,管理逐渐松弛,有些合理的祠规也遭到破坏。如封禁山林规定,不经祠堂许可,砍伐一棵小树,都要罚以猪头、鸡、鱼三牲祭树,并鸣锣封山表示悔改。但在抗战胜利之后,俗称"龙脉"的后底山的一些古木,被一朱姓者连同一有权势的客姓人,判给了外地人砍了运走,也无人出来阻挡。

第二节 祠祭墓祀

尊祖祭祀,有祠祭与墓祭两种,其主旨皆是"上以奉祀祖宗,追本求远;下以联属亲疏,惇叙礼让"。民国月潭朱氏族谱刊载的《怀本堂记》中曰:"祖,亲之本也;身,亲之枝也;子孙,亲之叶也。本之深固,枝叶必繁;本之孤露,枝叶必瘁,理势则一。……吾今日之福,皆祖之所荫,吾必于此而怀之,益以衍其福;吾今日之业,皆祖之所置,吾必于此而怀之,益以嗣其业。"它深刻地阐述了饮水思源、追远报本、不忘所自、尊祖敬宗的思想观念。《任衡朱公义田记》也曰:"后世宗法不行,一本之戚视若路人,识者忧矣。"这也从另一角度讲了一个宗族要"求其合族众而咸知尊祖,尊祖而敬宗,敬宗而睦亲"。是以,月潭朱氏自建有祠、墓之始,即有尊祖祭祖之举,并由简而繁地走向程式化和制度化,明天启年间建成宏大的宗祠之后,奉祀祖宗的祭事则更加繁盛。

祠　祭

　　月潭朱氏宗祠,每年农历正月初一,各门各房子孙入祠团拜。先向祖先行祭拜礼,然后,里、外、上、中四门族长,坐在享堂所设的太师椅上,接受子孙辈敬酒团拜。隆重的大型祭祖活动是在每年的清明、中元、冬至三节举行,一切祭品和服役报酬等经费,均在祠产中支付。

　　每次祭祖前几日,四门轮流值年的人家,就带来本门世仆(俗称小户)服役人员,在宗祠的祠正(后称主管)领导和监督下,开始祭祀的各项准备工作。如订购人丁白糖馃饼、清洗祭具祭器、备全各色祭品、安排礼生和锣鼓手等。同时,在全面清扫祠堂各进之后,做好祭礼布置:享堂正上方,横摆一排四张八仙方桌连接的主祭席,左右两旁还各摆一条三张八仙方桌连接的旁祭席;左右庑廊居中则各搭一个八仙方桌上加条桌的"通赞礼生台",左台一旁还设张长桌,置放敬献祖宗的帛、樽、爵、馔等祭品;所有的桌子朝前一方,均系上绣有"朱氏宗祠"四字和花鸟图景的大红缎绣花桌围,祭席桌围之上置有香炉、香筒、烛台(俗称五司件);下面的祭拜堂,檐前置放一对高大的铁铸烛台和一只木托铁铸大香炉,其后铺有六七排长长的棕垫,供子孙跪拜。

　　清明、中元、冬至祭祖,均行"少牢礼"(指猪羊祭礼)。祭品相当丰盛,以现宰的全猪全羊为主祭品,置于享堂檐口中间两根石柱边的"左猪右羊架"上。主祭席为始迁祖五服内祖先,以及荣膺封赠、文武仕官、甲第科贡、仁贤盛德、忠孝节义、荣宗耀祖、光前裕后的祖先席位;左旁为祖先中急公输金、修

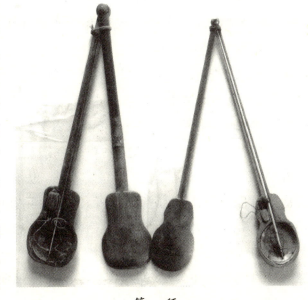

等秤

建祠墓、捐纂谱乘、光耀祖宗,对宗族有较大贡献者设的特祭席位;右旁为其他祖先席位。祭品有一鲜(新鲜全鸡全鱼)、二海(海参、鱼翅、鱼肚、干贝)、三腊(火腿、香肠等腊制品)、四素(新鲜瓜菜、豆腐),还有水果、点心。其中大都是采购的干、鲜货,也有管护祠堂者自种、自养、自制的食品,有的自制食品且有颇多特色。如祠堂厨房在清明自制细小肉丁与豆腐干丁为馅的大苎叶馃,皆求高质量;在冬至自制肉丁、鸡汁葛粉大圆子,风味独特,尤为可口;中元祭品与清明、冬至不同,全是素食,也自制素芝麻白糖油馃和椒盐芝麻面脆。祭祀所用的祭器极其讲究,大都是铜铸的香炉、香筒、烛台,以及铜铸的象樽、三足爵、高脚碗、馔盘、盥盆等。

祭祀大礼的礼生15人,穿戴礼帽、长衫、马褂、长靴。全是加入文会的会员,或是富有的儒商。礼生的分工为:主祭1人,陪祭1人,通赞1人,陪赞1人,引赞1人,陪引1人,司祝1人,司樽1人,司爵2人,司馔2人,司盥、司帛、司过各1人。

逢祭日,午时过后,值年者即沿街鸣锣通知支丁参祭。三遍锣响过后,应到而未到达祠堂者,以迟到论,祭毕罚胙(即酒肉)。参祭者在祠堂门外集合,按昭穆世次排队,随主祭徐徐有序进入祠堂,走向下堂一排排的祭拜垫前。

2时,祭礼开始,祠外旌旗招展,放过九响冲天铳后,祠内鸣钟击鼓,吹响的长喇叭,气氛庄严肃穆。两位通赞礼生首先登上左右庑廊"通赞台",按照祭礼程序发号施令。祭时,主祭以及各执事礼生,均需至诚至敬地听从通赞礼生的口令指挥,由引赞礼生引导。祭拜者也须严肃认真、行动一致地行祭礼,不得交头接耳、回首四顾、耸肩呵欠、搔痒伸腰。礼生行走时,由引赞礼生在前带了吹着长喇叭的乐队引路。祭拜时,须听到通赞礼生唱"拜——"之声,跟着主祭跪下叩头,俟其声落,陪赞礼生接着唱"起——",才能缓慢起立。礼毕,也不得拂尘抖衣,一哄而散,而要徐徐有序地退出祭拜堂。违者,取消领胙资格,并在列祖列宗前罚跪。司过礼生要认真监督执行,不得循情庇护,失职者议罚。

祭祖程序系遵朱熹《家礼》行"三献礼"——初献、亚献、终献。根据月潭当时曾任礼生和参祭者的回忆,并参照民国期间百通先生撰写的《徽祭誌盛》和赵华富教授调研徽州大族祭礼的礼生名称和仪节程序,将通赞礼

生口令指挥、礼赞礼生伴随引导的主要程序与口令整理记述如下:

1. 序立
2. 执事者各司其职
3. 主祭者就位(引领就位)
4. 陪祭者就位
5. 盥洗(引领至盥洗处、盥手、拭巾)
6. 降神(引领主祭及礼生至神主寝堂,跪,三上香,进酒,酹酒,献果,俯伏,平身,复位)
7. 参神拜兴[通赞:拜(跪)——;起——。如此拜三次]
8. 奠帛行初献礼(引领各执事礼生分次手捧祭品至主神位席前。司樽者举幂酌酒,司帛者献帛,进爵者献爵,进馔者献馔,均供上神位席拜、起共三次)
9. 读祝文(引领司祝者跪拜神位席前,俯伏,起,跪读祭文。陪祭者皆跪)
10. 行亚献礼(程序同前行初献礼,拜、起共三次)
11. 行终献礼(程序同初献礼、亚献礼,拜、起共三次)
12. 侑食(引领执事者提壶至神位席前,跪,进酒、献酒,敬上神位席前)
13. 奏乐(引领俯伏,兴,平身)
14. 上酒(引领至神位席前,进酒、献酒、复位)
15. 献茶(引领至神位席前,进茶、献茶、复位)
16. 辞神(鞠躬拜兴,跪、起三遍)
17. 奠帛者持帛,读祝者捧祝,至燎处化燎(引领礼生望燎,复位)
18. 执事者鞠躬拜(引导四拜,复位)
19. 撤馔
20. 礼毕

月潭支祠也有祭祀活动。民国期间还有9个支祠,其中4个支祠每年组织所属子孙祭祀一次,都定在农历腊月举行:树德堂在24日、四教堂在25日、承志堂在26日、宝善堂在27日,唯祭祀礼生少些,程序简单些,规模小些,时间短些。各支祠参祭者也是男丁,只有民国建的宝善堂女丁也参祭。

宗祠与支祠祭祖完毕,当日皆颁胙。宗祠每次祭祖,主祭人羊头1只、猪肉1斤、羊肉4两(16两秤)、丁饼2个;礼生,每人猪肉1斤、丁饼2个;参祭支丁,每人丁饼2个。为敬老尊亲,凡60岁至69岁支丁,每人猪肉2斤、羊肉4两、丁饼2个;70岁至79岁,每人猪肉4斤、羊肉4两、丁饼2个;80岁至89岁,每人猪肉8斤、羊肉4两、丁饼2个;90岁至99岁,每人猪肉16斤、羊肉4两、丁饼2个;100岁和100岁以上,每人猪1只、羊肉4两、丁饼2个。凡是在宗祠里供奉有自己先人牌位的人家,以及宗祠、支祠管年人家,在祭祖前,每个牌位、每个管年人家,都分发祠堂自制的食品:清明苎叶稞、中元油稞、冬至圆子,每份均是一斤(4个)。各个支祠祭后,也都给参祭者分发丁饼。如四教堂每人红糖丁饼2个,承志堂与树德堂每人白糖丁饼2个,宝善堂每人香米豆沙丁饼2个。

墓　祀

月潭朱氏宗族的远祖墓在两地:一在婺源县,有茶院始祖朱瓌墓,六世祖朱举墓[此墓原已成了荒冢,清乾隆十二年(1747年),朱元安、朱元宁兄弟两人至婺源稽考图册发现,倡捐赀修葺完整,并捐墓田、定祀规,清理税亩,请示勒石,俾后世子孙,永守勿替,岁往致祭];二在休宁临溪,有始迁祖朱瓒等墓,也有月潭始迁祖朱兴墓(此墓外建有一幢房屋,供守墓人汪元霄管理陵园居住。陵园四周林竹成荫,收入归守墓人)。月潭宗族的其他祖墓,较远的有:官滩的朱汝贤墓,西岸的朱可仕、朱应崧、朱和、朱善等墓,星洲的朱梦龙墓,陈村的朱肇周墓,言田的朱昉墓,高宅的朱余庆墓。还有大多数祖墓分布在村的四周山场,修建讲究、规模较大的是溪北黄皂山麓、月潭沔边的朱采、朱齐宗、朱存玺、朱以深、朱瀛峰等墓。这片墓地分上中下三层,上层是坟,中层是石栏杆、石桌、石凳,下层是石板砌成的祭祀场地。还有巴庄的朱士骝墓,是用青石做的石坟,垒成底座直径七八尺的圆坟堆,底大顶小砌成五层,每层高五寸。靠背也是青石砌成,上山还砌有一条石阶登临。

墓祭每年进行三次。农历正月初三,各房子孙都到自家祖墓拜年。清明"挂纸钱",冬至"送寒衣"(用纸做的衣裤),也是各支祖墓由各房组织本支下属子孙前往祭祀。其中清明挂纸钱祭礼较为隆重。如祭祀婺源始祖等墓,四门各派一名支丁前往祭拜,祭品由祠堂筹办,小户派人跟随挑去,支付服役报酬。祭祀临溪朱兴墓,也由祠堂备好祭品和参祭人的中餐食品,由守墓人在家中代为烹制用餐。官滩、西岸等祖墓在率水河畔山上,路途较远则坐船前往,在船上用膳。其他祖墓都是步行半日来回不供餐。

奉祀祖先的祭品,由支祠管年人家筹办,有香炉、烛台,有用锡箔纸折成的金银元宝,有鞭炮、双响,有十碗荤素菜与瓜果等。祭祀开始前,割除墓地周围杂草,由宗族长者向子孙介绍祖宗简历,然后率领子孙三跪三叩祭拜、化燎金银元宝与寒衣、放爆竹。祭毕,先向当地前来观祭礼的大人小孩散发清明馃,祈求他们照应坟墓。然后给参祭子孙发清明馃。另外还发钱或物,有的发几个铜板,有的发三个鸭蛋、有的发一双角粽。因而流传有"鸭子坟"、"角粽坟"的趣称。每年参祭的人都很多,民国后期许多女孩也跟着男孩一起参加墓祭。

第三节 建会助治

月潭是以朱姓氏族为主姓,同时也有诸多客姓氏族聚居的村落。月潭村主、客姓先后组建了众多的民会组织,订立制度,开展活动。这些民会组织是在宗族本位上构建的村民自治管理模式,它既有助于在宗法传统观念下强化宗族的自治管理,也有助于村中族众以及主客姓的团结友善、和谐相处。

据族谱以及朱氏族人和客姓村人口碑资料考证,月潭村民兴办的民会有四类,计八个。其中公益性的有同仁会、秋报会,崇教助学性的有文会、培士会,慈善救助性的有周义会,行业自治性的有五谷会、财神会和鲁班会。这在徽州古村落中是极为罕见的,也是月潭村宗族文化与儒家道德规范体系的一大特色。

遗憾的是民会文字史料已极少留世,幸而挖掘了不少口头资料,还能整理出各种民会组织的缘起、宗旨与活动情况,现分述如下:

同仁会 明嘉靖后期,朱介然营商致富后,为筹集兴建宗祠资金,倡议族人输金输地,创立同仁会,这是月潭朱氏族众最早建立的一个民会。其宗旨是资助村中较大的公益事业,主要业绩有:倡立并助建朱氏宗祠、助修谱牒,联合村中程氏建造新殿、组建救火队、兴修水利,以及修建楼亭、寺庙、堤塝、街渠、道路、桥梁和置义冢等。民国年间第四次编修族谱,同仁会就捐资4000多块大洋。村东10里的龙湾,月潭朱氏在那里办有日茂食品、世隆酱园两家大店,还置有一些水田,并与当地联合组建了龙湾同仁会。该会主要是兴办当地的公益事业,对月潭的公益性事业也有些资助。同样,月潭朱氏族人对那里的善事也给予关注和帮助。谱载:三十三世朱士瀛在清咸丰"庚申战乱"后,曾邀集乡里青年男子,帮助扩充龙湾同仁会办的善堂,掩埋遭难尸骨。三十四世朱怀慈,也曾邀一些人修理这个善堂,立案勒石。

秋报会 建于何时,难于详考。民国的族谱中有两条记载:一、清咸丰"庚申战乱"时,"朱永坚由婺源间道归里,将秋报会所存要件悉运入婺,不避艰险,因以保存焉"。二、清同治年间,朱士铨"输秋报会祀田,以免值年赔累"。秋报会,顾名思义,其宗旨主要是在秋季农业谷物收藏前后祭祀天、地、神的报恩感恩活动。如每年农历九月十三靖阳节欢庆丰收,都要在河滩中段的一大片"靖阳坦"上,搭台演戏三天三夜,并在戏台对面搭一高台神帐,抬入新殿汪公大帝、八相公、九相公和张巡将军等神像,接受村民祭拜,也让神像与村民共同欢度节日。秋报会在大旱之年,都要出资组织大规模的祈神求雨活动。除此,还资助五谷会开展青苗节祈求天、地、神保佑丰收,以及元宵节舞板龙、端午节赛龙舟等活动。

文会 是文人的民间组织。文昌阁,是文人供奉文昌帝君之阁,也是文人参拜与聚会之地。族谱记载的清乾隆十年(1745年)《重修文阁暨观成堂》一文称:"吾族文阁建自先朝(即明朝)。"文会的组建,族谱也曾记载:明崇祯己卯岁(1639年)贡生朱化光,曾"与名彦结社萝山,有萝山文集行世。又尝与潭上诸同人设立文会,课文讲学,鼓励后进"。月潭朱氏宗族规定：凡加入文会者，在明清时期，需有庠生以上功名资格；民国后改为初中以上毕业生。除此，还吸收道德长者加入。加入文会，需举行一定仪式，先要由会首发给长袍、马褂、礼帽、长靴，然后带到文阁拜文昌帝君，并放鞭炮、请酒宴。以后"每逢岁二月菩萨圣诞之辰，率循旧礼升阁祗迎展，拜于观成堂下"。成为文会成员，可担任祠祭礼生，也可参加文会讲学和吟诗作联、以文会友活动。由于很多会员都趋向倡文教化，尊儒崇礼，受到族内外人的尊重，因而他们还成为宗族管理工作的参谋、处理族内外纠纷的调解员。村中发生人与人的矛盾、家与家的纠纷，往往先请文会会员帮助调解。

培士会 系清同治年间朱士铨置会产组建而成，旨在资助兴教励学，奖掖培养宗族子弟。培士会始办学堂、私塾，资助乡试、会试、殿试赴考宗族子弟和奖励考中者。清末科举制度废除，新的小学兴起，培士会也在民国十年（1921年）资助创办月潭志立小学。宗族孩童入学男女有别，男的费用全免，女的费用全交。到了民国中期，男女入学才一致看待。客姓和小户子弟入学，费用也是始而全交，后改少交，考试在前三名者，还有全免奖励的规定。同时，为鼓励宗族子弟赴外地上中学、读大学，都给予他们资助。上中学的每年补助大洋24元，读大学的每年补助大洋200元，取得大学毕业文凭，还奖励一方端砚，以励矢志学习，不忘砚耕。

周义会 清代朱鹏翼，"家贫力学，登嘉庆癸酉科贤书，道光元年（1821年）又诏举孝廉方正，致官铜陵训导时，廉俸仅足自给，念族人中之无依者未得以救济，经常为之忧心，每每告谕后人"。次子朱士铨，思父行善积德之遗言，考虑到历史上虽也置义仓、义库以赈贫，但没有专门的组织管理，没有形成长期固定的管理制度。于是，日常缩食节衣，经数十年，置田350余亩，筹办了周义会这个周济与救助贫困人的慈善组织。据一些族中老人回忆，救助范围，开始只在本族、本村，后来扩大到四邻八村。日常救助对象与方式：一、宗族鳏寡孤独生活困难者，民国早期每人每月发救济米30斤、零用钱大洋1元（也有一说清代每月铜钱30枚），后改为法币，逐步增到10元、15元、20元、30元；冬季少衣被御寒者，还发给寒衣棉被。二、族人遇天灾人祸造成生活极端困难者，酌情给予救济，以不使其背井离乡乞讨为生。灾荒之年佃户缺少种子、口粮的，发放稻种,贷给粮食,均不计算利息,并都待其有了好收成后再予归还。三、广施药物防治村人时疫和疾病。如民国三十几年,临近的屯溪脑膜炎流行,普发预防之药;疟疾多发期间,送金鸡纳霜丸;春季委托药店普种牛痘,预防天花;每年还在药店订购藿香正气丸、人丹、十滴水、万金油,以及消食、消疖等药物,分发到士铨公支下的5家,让各家平日广施前来求药者。四、宗族中有家人亡故无力安葬的,资助棺椁和安葬费;村中客姓和四邻穷困之家有人死亡也捐助棺椁、内衣裤安葬。抗战期间月潭有伤兵医院,300多伤兵住在祠堂、新殿、东林别墅,周义会也给予一些救济,并划有一块"义冢"供亡者安葬;长江两岸闹水灾,逃来灾民皆给予一些照顾;在月潭乞讨死亡者,还为之收殓葬于"义冢"。除此,每年中元节还建法坛,请道士,做法事"度孤",超度"义冢"中的孤魂野鬼。此外,平日又雇用巡更人驻于村两头更楼,在夜间穿街过巷打更保安;并设大商、溪北两处义渡,免费为来往行人摆渡过河。

五谷会 财神会 鲁班会　五谷会,也有称其为五福会,是农民的民会组织。组建时间较久远,但无资料可考其详。这个会掌管五猖庙与土地庙的日常香火,每年正月初五,是五猖祭祀日,村人纷纷至庙祈求人寿年丰,香火尤盛。到了农历五月青苗节,五谷会在河滩的"下边坦",搭台演戏三日三夜,祈求风调雨顺,五谷丰登。演戏开场前举行祭祀礼,穿竹布黑长袍的会首,带各户农民,对天行三跪九叩祭拜礼,然后开锣演出。大旱之年的大型求雨活动,以及端午赛龙舟、元宵舞板龙等娱乐活动,都由五谷会组织农民参加。财神会是商家的民会组织,鲁班会是砖、木、石等工匠的民会组织。在清咸丰"庚申战乱"之后,月潭店铺重建,再度繁荣,这两个民会随之而生。两会分别掌管财神庙和鲁班庙的日常香火,每年农历正月初二至初五,各家主妇都要携带祭品、香烛到财神庙接请财神,十七、十八两日,又举办财神会,家家商店鸣放花炮以乐村人,并招揽顾客。

　　三个行业性的民会,对公益性事业也协同管理。如在抗战前几百年的漫长岁月里,朱氏宗族确定的村中禁山育林,禁潭养鱼,保持环境卫生制度,各会都能教育本会成员共同遵守,因而山上林木没人盗砍,后底山和水口均古木参天;水中鱼群也没人偷捕,鱼竟长到1米多长;街道和巷弄的垃圾、河滩的牛粪,每天有人清除,使得村居四周干干净净。

各种民会选的会首,称呼不完全一样,任职年限也不一致。朱姓的民会,有全宗族组建的,也有一支房组建的,由其所属各门各户推选会首,也有称会长或称主管,负责管理一切会务,任职时间有一年或数年。行业性民会如五谷会、财神会、鲁班会均称会首,由会中成员轮流担任一年,承办司年事务。会首更换,当众交接祀簿、账目,商家财神会和工匠鲁班会,还分别有一个尺把高的木雕财神菩萨,一卷鲁班先师画像,也在这时交接。各个民会都有一本祀簿,记载有本会性

烧苍术、白芷

质、规条和制度。如周义会有周济救助的范围、对象、内容等规条;行业性民会有管理庙宇香火、祭拜等规条;工匠民会还有每年农历十一月十五聚会祭拜鲁班先师、聚会议事,以及工价同行公议等规定。如今司年祀簿均已无存,这就难以考详。

各种民会的组建及其活动,是月潭宗族社会的一个显著特点。民会组织覆盖了生产生活、村居建设和精神文明建设的方方面面,有力地促进了月潭村农耕经济和商业、手工业的发展,尤其对改良民风、开拓民智、弘扬中华传统美德,及族群亲睦、社会和谐均起到很好的促进作用。

第四节 兴教倡学

月潭朱氏宗族深谙朱熹理学思想中"穷理之要,必在读书"的道理,特别重视读书育人。一代又一代的朱氏宗族,甚至有的客姓人家,都流传着"穷不丢书,富不丢猪"和"生儿不读书,不如养只猪"的俗谚,足见读

书育人的重要性,已相当广泛地深入人心。

朱氏宗族"读书育人"理念渗透到诸多方面。在宗祠、支祠正堂与家居客厅,悬挂教育子孙读书的楹联很多。如宗祠的祭拜正厅,挂的是朱熹亲笔写的"忠孝传家远/诗书继世长"楹联;支祠"承志堂"与"承裕堂",挂有"读书服贾皆荣路/遵规蹈矩是福庭"、"承先惟积德/裕后在读书"楹联;"庆善堂"挂有"欲高名第须为善/教好儿孙必读书"楹联。还有许多家居客厅,张挂的朱伯庐《治家格言》楷书中堂,也有"子孙虽愚,经书不可不读"、"读书志在对贤,非徒科举"等内容。一些人家还流传有朱熹的《劝学》诗(束景南《朱熹佚文辨伪考录》文中称:此诗旧题为《偶成》)。相传朱熹年老时,散步到一所学堂,看到一群学子在室外池塘边打闹戏耍。当时正值深秋,梧桐树叶随风飘落,想到自己白头,不禁感慨万千,随口吟诗曰:"少年易老学难成,一寸光阴不可轻,未觉池塘春草绿,阶前梧叶已秋声。"后人把这首诗题名为《劝学》诗,用以教育学生勤奋学习。许多朱氏祖先,日常也严于教育和督促子孙刻苦读书。如三十一世朱安仁,"家贫习商于苏……生平督子极严,累年寄回家训,每旋里又必使次子背诵,偶乖一字一句,辄呵责随之,其家法严肃,不失分寸,观此一端,足以概其余矣"。

朱氏宗族重视育人,故也致力于办学。早在月潭始迁祖三传四子——汝贤、汝清、汝弼、汝辅,即萌发办学育人的设想。当时由于只繁衍三代,子弟既少,村子也小,还无需办学堂。二子汝清(字震雷)便于元代至元二十九年(1292年),代表全家在邑城捐资重建休宁儒学——明伦堂,并在堂左建"朱文公祠"。尔后,月潭朱氏人丁繁盛,办学也就随之兴起。民国以前历代的办学情况,未能见到文字记载,据村中老人回忆:当时的办学形式主要有学堂与私塾两类。学堂先后有两所:一所叫老学堂,一所叫新学堂。老学堂建得早,时间不详;新学堂系清代后期"同仁"与"培士"两个民会联合出资建造。新、老学堂原来都有学堂名称的匾额高挂于堂中,可村人一直俗称"老学堂"与"新学堂",原学堂名便逐渐被人们淡忘。学堂为公产所建,规模稍大,主要讲授大学内容,而读大学的子弟较少,所以村里只办一所。私塾则比较多,均设在家居中的小学堂或客厅里,有义塾、家塾、蒙童馆等几种,大都教授小学课程。个别豪门富户中的家塾,亦有延聘名儒讲授大学内容。家居中的小学堂,也都取有堂名,如朱之蕙家居学堂,名为"耕锄书屋",朱之菁家的学堂名为"中陵书屋";还有朱琬家的"就将轩",朱恩栋家的"拾遗斋",朱恩泰家的"倦还轩"等书屋名,则有励己启人勤学弗辍之意。凡学堂、义塾、蒙童馆,堂中均挂孔子先师像,学生一人一桌,每日入学,先要向孔子先师跪拜磕头,然后端坐静听教书先生授课,或读书背书,或习字作文。

书房匾额

朱氏宗族兴教倡学,按照朱熹秉承孔子"有教无类"的主张,积极倡导"当世之人无不学"。月潭不论主姓与客姓、贵人与庶人的子弟,也不论男孩与女孩,七八岁开始,多能在义塾、家塾或蒙童馆,或多或少接受小学教育。头两年一般要进行读书识字与儒家道德的启蒙教育,书读《三字经》、《百家姓》、《千字文》、《幼学琼林》(女的加读《女儿经》、《昔时贤文》);并教之以洒扫、应时、进退、礼节等文,以及习楷书、练珠算。三四年后才开讲"四书"、"五经",然后开始学写八股文,以能参加科举考试。在小学后期,庶人之家

子弟,以及女孩因受"女子无才便是德"的封建思想束缚,大都辍学在家。十四五岁以后,为大学阶段,教学以儒家经典为主,进一步讲授"四书"、"五经",以及宋、明理学著作,教之以穷理、正心、修己、治人之道。但就读者只是豪门富户子弟,很多生员还考到县、州学堂求教。私塾里塾规极严,学生必须认真听课、读书、背书、习作。私塾先生上课皆操一把戒尺,学生稍有冒犯或偷懒,便要受到罚站、罚跪,或打手心、打屁股的处罚,严格的塾规和体罚使学生循规蹈矩,秩序井然。那时月潭的塾师,有宗族中学有所成的庠生、贡生,或中举未入仕在家的举人。如朱柳溪登清道光戊子(1828年)举人,未入仕前就在家里办的"中陵书屋"家塾任教。朱恩长"性好学,善属文,游泮后,因文章憎命屡蹶名场,遂课授生徒,以传衣钵"。庠生朱恩玉也曾在家办了多年私塾。塾师还有从外地延聘隐居乡间的宿儒。"中陵书屋"在朱柳溪受诏去粤入仕后,又从五城聘来庠生黄作楷(又名寿人)等人坐馆讲学。清代后期,私塾先生也有从婺源请来的李文清、洪吉甫,从隆阜请来的章守廉等。

朱氏宗族子弟从小接受了社会与家庭"读书穷理"的教育和严格的塾规管束,大都能发愤读书。如朱屹"龀岁诵古文词,至丙夜不休";朱邦荣"家贫力学,竟有囊萤映雪之风";朱应策"甫毁齿而丧父,家故贫……奉其母里居,篝灯荧荧。母则终夜纺绩,子则侍侧伊唔。膏火不给,昼入松林捡落籜以佐燃";朱鹏翼,在父亲严加管教下,"读书明大体,词章既卓然成家,还进而穷经以精通尚书名于世……致官退老林泉,郡之士大夫还敦请他主讲紫阳书院"。所以在数百年乡试、会试、殿试中,月潭朱氏中选有进士13人、举人20人,秀才则更多。考选的府、县秀才,还有不少在京城最高学府——国子监就读,共有太学生、国学生、监生、贡生184人(不包括已中举者)。

朱氏宗族有"学儒服贾皆荣路"的思想,未入仕途的许多子弟,也明白不识字不读书不能明理、学技艺必先学文的道理,并在实践中体会到读书明理的人与不读书不明理的人学技艺的难易判若天渊。所以,朱氏族人不论是从教从医,还是从商从工,也都知晓读书明理之要。特别是一些从商者,力促贾儒结合,不仅从儒家经典中吸取精神力量,而且从诸子百家历代史籍中汲取经营谋略与智慧。他们在营商活动中,大多善于审时度势,决定取予,工于心计,精于筹算;又能用儒学道德来规范自己的行为,讲究财自道生,利缘义取,诚信经商,坚守立商之本,因而在社会上获得良好的信誉并取得成功。如朱肇周,"生而颖异,好学不倦,长就太学,文行轶伦,同社奉为楷模"……后从商于京江瓜渚间,"择人任时,算缮精敏,狙狯不能欺,业日益起。诸兄弟得肆志肆业,实公之力也"。朱介然,"倜傥有大志,初业贾,善持算,继从儒,文艺雄横有奇气;已又释儒服贾,创业瓜渚,赀用大饶。诸犹子累至巨万,公之力为多"。许多人服贾还不弃儒术,亦贾亦儒。如朱元爵"释儒服贾,不废儒读"。朱圣羽徙业为贾,游于三山二水间,"部署率以身任事,猬集则躬执筹策,暇则布经陈史,两行不废"。

清末,诏废科举制度,各地新学纷纷兴起。民国初期,朱恩泰联合族中青年有志之士倡议"培士会"出资创办新型小学,改革旧的教育制度,逐渐取缔了私塾。经推选董事会进行几年筹备,将街中心的树德堂和敬和堂两个靠山的园林式连体支祠定为校舍,经过适当改装,设有四个教室,一个办公室,两个教师宿舍,还劈山建造了体育场与厕所,置办了所需的课桌、黑板等教学器具,于民国十年(1921年),创办了第一所新式小学——初级志立小学。

志立小学毕业班师生合影

志立小学创办时，里人先公推的校长朱恩泰病逝，遂新选朱懋文为第一任校长，聘请的老师有新学——省立第三中学毕业的汪道五和经过训练的原私塾先生洪吉甫，还有一名工友。初级小学学制四年，设一、二年级和三、四年级两个低、中班级，实行复式教学。教学内容与方法也有很大的变革。各班开设有国语、算术、常识、修身（公民），以及写字、图画、手工（劳作）、唱歌、体操等课程。当时，小学置办教学器材和用品，老师、工友的工资，学生的书本等费用，全由"培士会"拨付。朱氏的男孩均免费入学，女孩和客姓子女入学，要交少量学杂费。未久，族中有人对这种重男轻女现象提出异议，这才改变原规定，男女享受同样待遇。并且，为鼓励客姓子女读书，还降低了交费标准，凡期末考试前三名者，免费入学。

志立小学高级班野营出发前

1931年，增设了五、六年级的高级班，后又办了幼儿班，学校被县里定为民办公助小学。从那时开始，先后担任校长的有朱懋礽、朱命松、朱懋祎、朱典风、朱典章、朱配荣、朱岐风、朱懋祉，还曾延请较有名的洪大白、李一木、朱道业、朱之光、陈文声、李文媛、胡炽昌等外地教师任教。因学生的学习成绩尤佳，享誉四邻，周边五六里、上十里的许多客姓，也都慕名送子女来月潭上小学。朱氏宗族子女读完小学,家庭经济条件允许的,大都继续到外地选读初中、高中、职中、师范等学校,但能读大学的是凤毛麟角,据谱中记载只有朱懋襹与朱懋绅等七人大学毕业,朱应中(乳名肇开)还留学日本政法大学毕业归国。当时朱氏子弟皆或多或少先读书,然后出外从商。抗日战争爆发后,诸多城市沦陷,商业凋敝,商店倒闭,经商者纷纷回到家乡,从业也就以服贾为主,转变为从教或在其他行业谋职者居多。中华人民共和国成立后,教育事业迅猛发展,重视读书的朱氏宗族,读中学、上大学的子女大增,他们大多学有所成。从了解到的为数不多的族人中,在国内和出国获得博士和硕士学位的有 11 人,大学本科与专科毕业的有 94 人(不包括获省科级以上职务和中级以上职称者)。

志立小学校徽

第五节　行仁尚义

"仁"与"义",是儒家的伦理道德规范,也为朱熹的"紫阳世家"家风所倡导。月潭朱氏宗族子弟,秉承朱子理学之风,一以贯之注重行仁尚义,包括恭、宽、信、敏、智、勇、忠、孝、悌等内容。在族内讲仁讲义,在外居官、营商、从技献艺,也讲求以仁爱信义之德待人处事,相关事例在本邑本族志谱中多有记载。

居官在外的朱氏子弟,对儒家的"仁政"主张,身体力行,多能清正廉明,一身正气。如明代朱光裕,任宁波府鄞县知县,得知"提督材官(指供差的武职)为盗,有司不敢捕",为了民众不受其害,他不畏淫威,"夜半闻劫,亲帅人役捕获巨魁等数百人。提督利诱势临,公不少动,亲解辕门。

民惧公罹难,不期而集者数千人护之,终于置盗于法,民得安宁……任三载,利民之事不胜枚举,离任之日,百姓赶来持香送行三十余里"。清咸丰间朱柳溪由咸安宫教习期满,分到粤东任龙门知县。这时县城已由太平军占领,柳溪奉命募勇进攻,唾手克服。后太平军两次围城,也都被击退。经探三县交界的蓝濆山,系太平军据点,他忠于职守,不畏艰险,寻得一老儒引路,亲自率兵入山,一举擒获首领、头目等数百人,当即禀报省按察使蒋公,蒋公授意"尽歼其众,而扫其穴",但柳溪认为如此有失仁政,又即禀复"愿去一官,不枉杀一人",终得上司首肯。审讯中知有一壮年系领路老儒之孙,完婚未久误入此军,柳溪念老儒之功,不愿绝其嗣,暂缓刑罚,让其族邻出具切结担保归家,待有后再行发落,此举令人称颂不已。尔后,柳溪又代理海南县事,未久再改代广州署政,均有政声。卸任时,得评"守正不阿"旌言,全县绅耆感其德政,也制"慈正廉明"匾额颂之。

儒家主张"仁政",也出于"民惟邦本"的民本思想,认为国家长治久安的根本在于赢得民心,为官者必须维护百姓利益,关心民众疾苦。在各地入仕的许多朱氏子弟,皆能尽力兴办施惠于民的诸多事业。如朱伟"任陕西高陵县知县,修学宫,兴水利,革陋习,民德之"。朱士牧在清道光辛丑(1841年)邑中遭灾出现粮荒时,"与郑珍文太守筹捐设局,挽川楚之粟,价平粜民食,其德全活无算"。朱士刚任湖广辰州府通判,发现"辰之沅州学无启圣祠,捐赀创造儒学宫于城内嵩阜,人文蔚兴。卒后,沅民无不流涕"。朱存莹,"任浙江金华县知县。邑俗女与子均分财产,故多溺女。公到下令,生女两邻禀报,捐俸给养,长不与子分财,民变其俗。地多水患,公为筑坝,水灾遂息。邑人立生祠以祀焉"。观察使游应乾嘉其政,旌额"贾父遗踪",后还奉旨在月潭立旌"一鹗横秋"牌坊。

烧炭铜火锅

施仁政若被干预而不能如愿的,一些

朱氏子弟也多不愿入仕或辞官不受。清康熙年间，朱永庆"任河南城县令，刚直不阿，施仁政却不合上官意，宁愿离任归来。越三年，复奉特旨授洛阳县知县，所在均有政声"。咸丰"庚申战乱"之时，附贡生朱士隽，才智过人，鲍将军闻公名，厚币来聘，不就。乱定后，业本邑盐商，见多处有遗婴，"公倡设育婴堂，不遗余力，婴孩得全活"。优廪生朱承恩"为人以圣，为学以道，为志诲育生徒。……承恩避乱祁门，爵帅曾国藩嘉其品学，厚币坚聘，不就。……后固邀，力以病辞而止"。

客地营商服贾的朱氏子弟奉行的最高经营原则，也是仁义当先。不仅恪守诚信，也以仁爱之心待人，以义取利，而且能舍财助人。这种传统品德和行为，使得他们名声在外，也使店铺人气渐旺。如朱维闇服贾于浙，"以信义感人，人皆乐就之"。朱和珍尝客云间，与人做买卖时，"牙人误给多金，公知其误，还以原金"。朱静夫在薛镇，与一业主交易，对方"误算多遗公金，公归始觉，不远百里返归其主"。

朱氏子弟在外经商，不论赀财多寡，皆能勤俭谋生，衣食住行未尝少奢，而遇义举，却不吝解囊。如朱自然"偕仲弟远贾零陵，劳役于外……终身布衣粗食，出入不问车马，至人有缓急，辄周施不断"。朱时爱"尝游江北，遇有卖妇，以偿官逋者，公解囊济之，不问姓氏。崇祯丁丑，流寇肆厥，公居黎城镇，散家财招集乡勇击贼，镇赖以安，邑刘公旌曰'义勇可嘉'"。朱万经"有故友适宰象山（属浙江）亏帑钜，几罹典刑，公贷以数千金纾其困。后贫无还，家因被累中落，犹没齿无怨言，其交往始终如此，亦世所仅见也"。朱氏子弟营商客地，遇有赈灾等善事，也多热心参与。朱恩辅"应盐商之聘，席父遗缺，为仕商所信仰。光绪邑中洪水为灾，公办南乡赈务，秉公散发，灾黎沾惠，称颂不已"。月潭朱氏待人讲仁爱信义，对己克勤克俭，所以在客地能够扎实立下脚跟，成就大大小小事业。

第六节　奉孝守节

孝道与贞节，早在月潭朱氏宗族形成之后，就正式订入祠规家法之中,并一直信守。如宗祠正厅上方,挂有朱熹书写的楹联,上联开宗明义即"忠孝传家远",把奉孝作为治家之本。二进祭拜堂两壁枋上彩绘有二十四孝人物故事图。有个支祠取名"四教堂"也蕴含有"孝"与"节"的本义。"宏训堂"中办喜宴总要挂出以"马、羊、虎、狗"动物形象代表"忠、孝、节、义"的四幅条幅。还有不少家居的窗棂窗衣和槛板都镂刻"忠、孝、节、义"戏文的木雕等。营造这样的氛围,也旨在进行"奉孝与守节"的教育。同时,还对表现出众者给予名登谱牒,为之立传,甚至赠匾竖坊旌表,以永垂后世;而对忤逆者,则按祠规家法予以严惩。

奉 孝

"孝"字原意为搀扶,也有继承之意。孔子教诲"百善孝为先",把"孝"上升到"孝道",即伦理规范、道德规范、行为规范的高度。朱熹《家训》中也说:"子之所贵者,孝也。"所以月潭朱氏宗族以孝道作为治理家庭的根基,和其他儒学道德教育一样,孝道教育也由宗族社会、学堂、家庭三位一体地共同进行。学堂先生所教有伦理道德行为的内容;家庭向孩童进行孝亲敬祖的启蒙教育,母亲往往讲些二十四孝人物故事,讲得多的是其中有朱姓的"弃官寻母"与"卧冰求鲤",父辈多从大的方面讲些明理的话,如朱韬叔"教诸子,多引忠孝大义";村中族人在日常生活中对子辈,有孝道皆赞褒之,否则即责贬

村中的牌坊

之，因而形成一种良好的"孝亲敬祖"的舆论氛围。

朱氏子弟对健在祖辈的尊崇和奉养，表现在精神与物质诸多方面，此等范例很多，仅举数例：朱采"父疾，昕夕祷天，愿减己齿，以增父算。父寻愈，人咸谓：孝忱感天公"。朱思义"三龄失怙，事母尽孝，贾于本城，日必一归省亲，以博母欢。母或不豫，不离左右，数十年如一日"。朱思烜"幼失怙，事父至孝，稍长即谋升斗，以替父劳"。朱道宗"家贫受困，竭力事父，晨昏馈膳，无问寒暑二十年，恒愧菽水无以承欢，而未尝告瘁，真纯孝也"。朱琬"长兄中理早故，年暮高堂痛儿悲切，因与瑗兄构正启堂，岁时追荐，亦作父母燕息地。以故双亲优游里闬，含饴弄孙，皆登八秩而无纤芥之挂，非公先意承志曷克臻此"。朱承淇"结缡四十日，母暴卒。公天性纯孝，痛不欲生，竟侍母于地下。奉旨旌为孝子，准于建坊"。

朱氏子弟对祖辈的孝道，表现在他们亡故之后，皆以尊祖敬宗之诚心尽力厚葬之、恭祀之，并且建祠造墓求其优，祠祭墓祀求其诚，充分体现出子孙饮水思源、追远报本的孝心。所以月潭朱氏新建又重建了宏大的宗祠，各分支也分别建造了多达15座各具特色又规模不小的支祠，有的还为远祖建家庙，大都是致富的子孙主动捐赀兴建。如朱昌周，"同弟昌绪奉父遗命，输资于屯溪，为始祖茶院家庙，置屯溪榆林巷口行屋，取租为祀费"。祠、墓建成后，若遇到天灾人祸损毁，或是年久失修荒废，又都有子孙解囊修葺。清乾隆十八年（1753年），"龙风摧毁宗祠北廊，估费浩大，众为束手"。在苏州经商的子弟朱宏度、朱漪文、朱益安、朱赓虞得知，慷慨捐输巨金，承担主要经费，对宗祠进行大维修。修建中，他们昆季数人，"入图度于家，出经营于祠；石则远购于茶园，梁则深求于绝壑。遂乃聚群材，会众工，选贤委能，其难其慎，事事踵前人之规画而不敢苟。第见朽者更之，斜者整之，旧者补葺而新之，乃塈乃涂，黝垩焕著"。朱之楷"营业兴家，持其赢余，培其根本，以开世祚，至若伐石崇土，以坚历代祖茔，并积赀置田，以隆先人祀享，其意尤为胐挚诚恳"。朱文高修"炎公茔林均一力独成，资之多寡，在所弗计"。朱恩铭"生平菲食恶衣，虽一钱未尝有虚掷，然奉考妣神主入祠配享与夫、修葺先茔，所费颇不赀，挥手应付无吝色"。

朱氏子弟克尽孝道，还延拓到敬亲长、爱手足、抚侄辈等方面。如朱会,"弟有废疾,父虑其无以自给,公力任之。父殁,弟亦旋殁,育弟妇,抚二侄,一如父未亡时"。朱以深,"其叔存理公,老而子幼,公捐金分给;以泗公贾于薛镇,数奇资损,公计其子母,捐金补之"。朱士綗,"性孝友,笃于伦理,事伯如父,抚侄犹子,事兄以敬,兄卒奉嫂以终身"。朱廷龙,"习岐黄,遂精其业。亲疾,自瓜渚四昼夜行千里至家;友爱仲季,同情比志,如并一体,善则谦让,毕世怡怡无间,郡守洪公旌其闾曰:'敦礼笃谊'"。

守 节

"节",谓妇女高尚的情操,泛指从一而终的节操。封建传统社会祠规家法中"肃闺门"的规条,对妇女出嫁后各方面都有严格规定,还以国家律令形式予以强化,节孝贤妇苦志贞守,又为宗族与国家所重,这些舆论导向和社会压力,钳制着妇女的思想,制约着妇女终身遵守礼教,当贤妇,守贞节,甚至自伤自残。

月潭朱氏子弟多数远在数百里,乃至远隔千里的城市服贾,往往数载一归,甚至久客难归。婚娶的本邑本州女人,也经受过严格的贞节教育,故能循规蹈矩,遵守妇道,留守空房,相夫教子,侍奉公婆,而且操持家务、锄地种菜,为月潭朱氏徽商兴起、家庭稳定作出了极大的贡献。至民国期间,不少人家的小脚女人,也都带着女儿抬粪下菜园,锄草,时间长了,她们就跪在地上锄,足见勤苦劳碌之一斑。

月潭宗族的贞节贤妇也很多。据清康熙四十六年(1707年)和民国二十年(1931年)第三、四两次修的族谱记载:二十五世至三十一世,贞节贤妇就有35人。其中奉旨旌额有"闺阁仪型",邑令或督学旌额有"节寿双高"、"冰霜完节"、"节义陵共"、"节凛冰霜"、"奖贞旌节"等八方面,还有竖立于下村村外朱一龙之妻黄氏的节烈石坊牌楼一座。她们从一而终,而且不少守寡的时间漫长。如朱御临原配黄氏年十八结婚未半月,夫殁守节五十九年;朱道原配黄氏十八寡,无子守节五十三载;朱振玉原配郑氏十九寡,励志苦节四十九年;朱道圣原配黄氏,夫病笃,割股以进,年二十九寡,守节三十年。有些寡妇还负有侍奉和养育的重担,如朱轩原配黄氏,年十九寡,孝事翁姑,谙诗书,训女童,自给守节五十五年。朱祥基继配戴氏二十八寡,守节三十五年,抚育前子及己子成立;朱兆玉原配程氏,年三十七寡,孝养舅姑成立守节;朱基继配方氏,年十八,嫁未数月寡,奉继姑守节;朱永诚四娶黄氏,夫殁后励志金石,居贫纺绩,奉舅维谨,抚嫡成立。有的见夫亡故,还即自寻殉殁。如旨旌建节烈牌坊者——朱一龙原配黄氏,夫病夜不解带,吁天请代濒危,誓以身殉。夫殁,年仅二十二,以簪刺喉,血流濒死,复以巾绞项乃尽。还有朱次琴原配谢氏,婚甫三月,夫即侍父贾于外,次年闻夫客殁,自经而死;朱彩原配谢氏,年二十三寡,哀恸不已,托疾减食,未逾年殁;朱弼继配张氏,明末絜二子避难,闻夫死于王事,也捐躯以殉。朱元德原配程氏,夫亡杀身以殉,朝特许建坊立祠。这些节妇烈女,今天看来似乎都是封建礼教的牺牲品,但在当时对改良社会风气、促进家庭和睦起了一定作用。

第七节　乐善好施

乐善好施,以善为本,是儒家的道德准则。朱熹《家训》中,有"勿以善小而不为,勿以恶小而为之。人有恶,则掩之;人有善,则扬之"的教导。

月潭朱氏宗族先辈力倡嘉德善行,不仅身体力行,并且经常教诲子孙,以善为立身处世的根本。宋代始祖单传两代后的曾孙朱汝贤、朱汝清、朱汝弼、朱汝辅,率先以"置义仓义库赈贫乏"的善举为身教。明代朱颐龙"见行善若己有,闻

五斗床

善言则诵服之"。清代朱柳溪任官于广东,也以家书教子"俭以处己,惠以济人","遇亲友有急难之事,力能为者,勉而为之"。清代朱士铨秉承先父行善积德的遗愿,办了慈善性的民会"周义会",并将属下五房支祠和各房厅堂,取为嵌有"善"字的堂名:支祠为"宝善堂";五房的厅堂,依次为"积善堂"、"庆善堂"、"崇善堂"、"荫善堂"、"守善堂"。执掌义田田租的机构,则取名"心逸庄"。这些命名寓有深意:首喻一"善"为宝,后喻五"善"要"积"之、"庆"之、"崇"之、"荫"之、"守"之。最后寓意为慈仁行善,"心"则"逸"也。如此处心积虑连贯取名,旨在建立善风慈雨的文化"基因",鼓励后人延续善德善行。朱士铨还在他的《义田》诗中云:"人生孝行重先承,欲瞻四穷置义田,仿范(仲淹)遗规虽较小,扩充犹望子孙贤。"这也表达了他希望后代秉承孝行的一片殷殷之心。

朱氏宗族子弟深受善德善行思想的影响,入仕或营商发迹致富以后,都能坚守慈善为怀,行善于乡里,乐施于他人。据族谱记载,朱氏子弟在家乡乐善好施已成风气,归纳起来有两个方面:

一是感恩根本,热心建设,造福桑梓。山清水秀的月潭村落,于明、清始建与重建的两座规模宏大、富丽堂皇的宗祠,以及各个时期建造的15座各具特色的支祠,众多的学堂、楼亭、寺庙,以及村塝、街渠、桥梁、道路,形成一个人与自然和谐优美的人居环境,多为族丁的善德善举所为。他们或输金输地集资建造,或输资置田置山创建公益性民会,或捐资设立公匦。如明代朱介然、朱钦所、朱梦龙、朱世龙、朱齐龙,在江苏经商致富,腰缠万贯,首议捐资倡建宗祠,由于筹资不足未成,改建支祠承志堂。随后朱介然与朱清泉,为筹集建祠资金,又倡议族人输金输地,创立公益性的同仁会。到了他们的子辈朱齐龙、朱世龙、朱伯珊,再承先志"首捐多金,以先族人",并"约族老输资",才把首座朱氏宗祠建成。又如支祠"宏训堂"和"宝善堂",也是朱士骐首倡捐资和朱士铨办心逸匦积累资金所建。且村中不少小的工程设施,都是族丁独立输资兴建。如朱敬亭"迄临大事决大计,义之所在,倾囊倒箧而无悭。如葺社祠,修文阁,费至千数百缗,皆一身任之"。朱荣宗见"里之一段山梁路径,崎岖难于往来",就慷慨解囊,"捐资开辟,险者夷之,隘者扩之"。朱伯凰见到村居高塝长度不够,难挡"溪河水涨",遂"捐资叠石,续造塝尾"。朱嘉善"独资造桥、治道、施榇、置义冢"。村中所建之物，经岁月侵蚀而损，天灾人祸而毁，也有族众主动乐输修复。如朱肇周因"宗祠梁坏，独立捐资修之，又尝修月潭大道"。朱恩沛"倡修村中街道，疏浚东西源流"。又如旧有祠堂，日即废弛，族众推举时贾昆陵的朱叔琪经理修复，彼也辍业返乡两载，并出己资，聘族之能者共襄厥事。还有朱柳溪"捐俸修葺厅宇坟墓"。朱恩湛"修四教堂、关帝庙。……道路、寺观、津渡、桥梁修筑，也见义勇为"。上述种种，足见族人报本感恩，崇善乐善已蔚然成风。

　　二是助困济贫，惠及众人，促进社会和谐。月潭朱氏宗族子弟助困济贫，始于宋末置义田、设义仓义库，赈灾济贫，是时主要在族内。自清置义田，立周义会之后，逐渐多方面施与族外。从此，民间赈灾济贫的慈善组织也走向制度化、经常化，一直延续到民国末年。由于仁德仁心、乐善乐施之风深入人心，族中还养成一种乐于助人、捐输不吝的习俗，行善积德也就成为族众的自觉行动，所以恤贫救助、济困助人的慈行善举比比皆是。如朱齐龙遇"岁歉，斗米七钱，籴贵粜贱，以恤族党"。朱元宽在清康熙"甲午岁饥，米价昂贵，贵籴贱粜，非第族中受惠，邻近贫民咸沾余润。助棺衾、恤孤寡，也终身行之无少倦"。朱维祯为"族戚乡邻贫者，待以举火婚丧，藉以周济夏浆、冬棉、病药、死棺，孳孳乐施"。朱凤耋见"族有鬻女者，续归嫁之"。朱和琼"丧偶误娶宁邑汪凤云妻梅氏，及门询之，知其夫在，以贫不能赡故，自鸣于县召汪，归还其妇，不以责偿"。朱荣旂"节已济人，倾囊赠之；亲友无力从师，典质以助；里有义举，解囊乐输，不一而足。由是家业中落，人皆为之叹惜，而公没齿无怨言"。朱懋文见在外经商的族人朱瑞仁病故，遗妻携子回到家乡，无栖身之处，即在家中腾出边屋一间让孤儿寡母居住，遇到病痛，还济以药物。

　　族中的士人，有不入仕途或仕途失意而学医者，族谱记载有 22 人之多，他们以仁心济世，既精于医术，也善待患者，见人穷困，多为义诊。如朱澄源"因高祖病为庸医误，遂究心岐黄术，著有《澄源本草》行世，并岁捐数百金为药饵活人不受值"。朱恩霈曾任武德佐骑尉守御所千总，"后喜陈方，通脉诀，为人施治，不名一钱"。朱永诚"精越人术，兼内外科，常施药饵以济贫苦，远方来求医者，且留餐宿"。

　　在外从业有所作为的族人，为从根本上解决宗亲的贫困问题，多极关心族中子弟谋生就业。明清时期在外营商者众,有的成为老板,有的被聘为经理。族中没有经济条件继续读书深造的青少年,他们大都尽力为他们联系外地从业的店家,家庭经济困难的助其盘缠钱,年纪小的还找人伴其同行。因而抗战以前宗族子弟出外从商者众多。如清末民初朱言铃在汉口当铺任经理,被他带出营商的朱子修,也身为当铺经理后,他们都先后帮助了一批族中子弟在汉口、黄石一带从商。宗族先辈还注意提拔后进者,如朱恩栋"生平仗义疏财,乐善好施,而尤以扶植桑梓,提拔后进为己任,一时戚族咸少失业无依"。

朱氏宗族很早就有"世仆",是族中较大支房祖先陆续买来的,因是世袭,世世代代成了主仆关系。世仆称朱氏老年支丁和壮年支丁为"老爷",称少年支丁为"少爷",称老年妇女为"奶奶",称女孩为"姑娘"。每年凡是朱氏祠祭墓祀,或主人家婚丧喜庆,都要上门从事各项服务。朱氏对待世仆,遵循朱熹"僮仆不可不恤"的家训,也关心他们的生老病死。在民国期间所见所闻,各支房世仆结婚成家之后,皆安排房子供其居住;愿从事农业的,又佃田供其耕种;参加服务都给其酬劳;家庭遇有困难时,也有族人为其助困解难。如世仆就好招亲上门的丈夫石田,有了儿子之后仍然好吃懒做,造成家庭生活困难。妻子要赶他出门。朱六九得知后,即把石田雇到家中干活。几年后,石田改变了坏习性,回到家里与妻子共同勤劳生产,从此过上和乐生活。这种人际间的帮危济困,关爱促进,也是月潭宗族和谐社居生活的一大特色。

第四章

历代人物

　　月潭村人文荟萃,名人辈出。历代许多入仕为官、营商服贾、从教研学者均有建树,为后人所推崇。本篇分为古代人物和现代人物两节,设"传记"、"传略"、"简介"、"名录"等栏目,古今兼备,详略有序,分别作了介绍。

松　风　水　月

第四章 历代人物

第一节 古代人物

(一)传 记

"紫阳义居"四昆季

宋咸淳年间,始迁月潭的朱兴,字益茂,才能卓异有志,为当时的伟人。他因曾祖朱瓒自婺源迁休宁临溪(今称琳溪),子孙繁衍而居地狭隘,看中了月潭这片福地而徙居。生子朱可仕,字圣时,才德兼备,言谈温顺恭谨,行动举止有则,敕授迪功郎,曾任江南东路转运使。再生孙朱应崧,字景高。时因贾似道主持国事,行"量田法"于江东,甚为扰民,故隐居不仕,并于室内挂了一副楹联:"田无半亩方为贵/家有四男定不贫"。果然所生四子汝贤、汝清、汝弼、汝辅,皆以仕名于世,又有万石君风,四子的子孙一直雍雍睦睦同居一门。宋度宗嘉之,敕赠"紫阳义居"四字,并赐给一座有前后廊庑、厅馆、庖湢等二百楹的大宅第,以旌其间。

朱汝贤(1240~1318),字震贤,号竹溪。他年未二十举进士,授奉训大夫,任浙西常平提举,很有政声。宋末,元兵南下,他弃官返乡,后闻元朝廷要搜罗宋朝江南人才,为保持名节,不愿出任元官,捐田隐居于颜公山寺中,取别号"全真"以明志。

他身在寺中,却仍忧国忧民忧家乡,对于诸弟修治祖先坟墓,构建村居优美环境,劈山兴修水渠,引水北灌沿途水田,以及在邑城办儒学、建文公祠等事业,都极其关心和支持。同时,他为尊崇与推介朱子理学,还于咸淳壬申年(1272年),亲自与汝清弟重刊朱子年谱、语录行于世;继又在朱子纂辑家乘之后,于元大德乙巳年(1306年),也以"欧苏谱体",纂修《月潭朱氏谱》,并自作序于谱端,以诏后人。

他的一生,据民国月潭朱氏族谱《新文翰》记载朱梁如的文中说,由于宋史不完备,又无其他史书详细记载,只见于断碑残简中,世人不能完全知其事迹。他殁后,颜公山的山上山下,敬其志,表其节,高其义,塑了他与毕、刘两夫人的像,建成提举公祠,每年在其生、殁之日祭祀。平时,四方到颜公山的旅游者、访道者、肄业者、采药者、祈雨者,大都焚香顿首座前,或道其事而感慨嘘唏,或闻其事而踊跃起舞。民国后期,国共和谈破裂,国民政府为防共产党游击队驻于此山,要烧毁山中所有寺庙。当地人闻讯即把三尊塑像背下了山,送到朱氏宗祠供奉。

朱汝清(1247~1329),字震声,又字震雷,号竹窗。他由贡生举进士,授奉政大夫,任明州(今浙江宁波)同知,掌管州事。

未几,他辞官归里,主持家政,与兄长及两弟协心戮力办了许多公益事业。如修治祖先坟墓23处,凿石建造一些堂屋,栽树于墓、屋傍,派仆人常年驻守管护;还设置义仓义库赈济贫困,专人掌管出入,井然不乱。元大德丁酉年(1297年)动工凿开果山岭,挖了一条长十余华里、宽六尺左右、深八九尺的大水渠,引岩川北流(俗称言竭水),灌溉沿途岩溪、里村、言田、三木杆至月潭的水田。

是时,他也极其重视崇文兴教,曾助兄长重刊朱子年谱、语录。元至元壬辰年(1292年),他在邑城,还捐出私财修建休宁儒学——明伦堂;大德五年(1301年)郡守布伯廉等勉诸儒整葺学社,又在明伦堂的左边,独资建造了"文公祠"。

朱汝弼(1249~1321),字震子,号竹林。他魁梧高大,聪明好学,以贤良荐任瓯宁县(今福建省建瓯)县丞,甚得民心。任职期满,告退回乡,绝意不仕,安居家中,管教子孙,循规蹈矩。

朱汝辅(1254~1330),字震辅,号竹轩。任湖南承宣使司宣使,襟怀旷达,学识渊博,言辞和蔼。他辞官居家,为美化村居,建"临清阁"于月潭之南,构"平林小隐"于率水之北,室外引入流水,种植名花;室内张挂书画,备有琴樽,宾朋相聚,饮酒吟诗。后其子伯初隐居不仕,又建"观澜亭",造"钓雪舟"。这四处均被好事者列入月潭环村"老八景"之中。

朱高然

朱高然（1540～1611），字登之，号崧然，太学生，明万历丙子（1576年）科副榜。

朱高然兄弟4人，其排行老四，少小父母钟爱有加，屡试不中。一次在宛陵（今宣城）应试不佳，回来闷闷不乐，父瀛峰慰谕之，说："高儿怎么这样无志气！人读书最怕的是不发愤，失利有何可怕。求名与求利皆一样，为父少年时曾背着数百金出去做生意，一时损失殆尽，落得一个光身子回来，那时能不丧气？但为父不是这样，认为人还在，不可一蹶不振，于是锐意兴复，仅数年，资财效益大起，富足甲里，才有今天！吾儿一次小试不爽，就闷闷丧气，怎么如此无志气。"高然秉承父命愈益发愤，决以升斗之进步来慰藉父母之心。其父逝世，悲哀之中，慈母也督促勉励承父志。因使高然借助父兄节省的钱，在南京国子监完成学业，成绩优异，授国子监祭酒。故到丙子乡试，三场皆入围，本拟高荐，然而受阻遗下。此时，他深念母亲年迈，在外游子不能侍奉，遂倦游而归，返回乡里。

返乡后，因旧居密集嘈杂而建新居，种植花木以供母亲四季观赏，昼则侍奉饮食，夜则陪伴聊谈，与母亲朝夕相伴，不再言功名进取之事。后母逝，函请扬州经商的三位兄长返乡，在禾黎山为母修墓。又想到叔父母后代乏人，他们之墓不在一处，且叔母墓地潮湿，同时还为叔父叔母建造了合葬墓。并捐输田亩，订立祭祀礼制，具簿记载，以供后代祭祀。高然与三兄长共同谋划，和睦相处，当时的县令石林祝公听闻后，亲书"禽乐堂"匾额赠之。高然为怀念父母，还在"禽乐堂"之左，东湖之上，崧岳之阳修一小园，广植花木，园中筑一小室，曰"博雅堂"；堂前平台上竖一小亭，曰"思劳亭"，以在亭中常思父辈兴家之劳苦；堂后高处也建一亭，此处可眺望瀛峰，因父亲取号为"瀛峰"，故称此亭为"仰瀛亭"。

朱高然性情淡泊，操行芳洁，与原配夫人程氏白首如宾。程氏一旦患病，总亲自在旁服侍，遇有疑难之症，还千方百计延医诊治，安排侍婢做事也细致周到。高然敬尊爱亲，睦姻和族，明耻以立教，广慈以养德，合族贻乐，邻里称颂，风化乡里，尊为楷模，为后世所尊崇。

朱 昉

朱昉(1621～1696)，字少霞，号霞屿，又号简安，别号易斋。明崇祯辛巳科拔贡，授登仕郎。始敕为南京翰林院待诏，后又令补山西汾州府推官，均因双亲年老未离家出任。

当时，朱昉随父朱肇周寓居江苏镇江。清顺治己亥年(1659年)海寇作乱，家中财产毁坏无遗。他郁郁不得志而四处游走，所到之处，熟悉的贤士大夫闻其到来，皆折节愿与结交。粤西巡抚马文毅更为器重，朱昉遂成为巡抚幕客。康熙甲寅年(1674年)，中丞孙延龄反对马文毅为封疆大臣，假传皇命迫使他们服从，朱昉讲义气，不与孙等同流合污，秘密用血写了奏疏，偕同幕客李子燮，带领巡抚次子世永及孙国桢，趁夜深人静时，挖墙洞脱离虎口，取道偏僻小路赶赴京师陈疏。天子嘉其忠诚，授予本朝特用文林郎，知浙江富阳县事，他得此任命文书返里时，家乡父老得讯设帐郊迎。

朱昉未署富阳县前，朝廷又改授山东兖州府宁阳知县。他为政"和易近人，不事纷扰，而疑案重谳，则卓然持正，不肯枉杀人"。在治理宁阳的三年中，如此政简刑清，却不合上司意，他愤激得拂衣而归。朱国兰撰其小传中曰："公生平遇物无忤，与世浮沉，不贾世俗……士民胥吏无不化其德也。"

朱国绶

朱国绶(1624～1700)，字若臣，号青望，中举后改名镕。清顺治辛卯科(1651年)举人，累官至河南陕州知州。

朱国绶为人仁爱宽厚，处事明达决断。康熙庚戌年(1670年)选任为四川平武县知县，勤治政事，体恤民艰。蜀境山中有巨材，常被官方征用。是时就接有巡抚檄文征用诸县楠木。他虑及民生，毅然向上禀报：平武无可取材的楠木，所见只是砍后留下短桩或萌发枝条，不适用于建材，终获准免，民得以安。他审决诉讼案件，曲直能立辨，上司每每召去议案。他对误判冤屈的案件,分析也有理有据,同议官员皆奇其能,上司称赞说:"昔人多得以古贤者著称,若张曾子、廉孟子,皆不愧今朱君有吏治才。"众皆点头称是说:"可号为朱子路也!"(孔子弟子"子路",性情直爽、勇敢,长于吏治,故喻比国绶为朱子路)。

朱国绶成为当时政界闻人,因而还受命任江油、石泉两县县令,他轻徭役,减税赋,以及在其他方面惠政于民,深受百姓爱戴。在三县任期届满之时,百姓多树碑记其政绩。蜀地多岩石,大者壁立,小者径寸,百姓还在上面刻其名以为志。

朱国绶政绩卓著,晋升河南陕州知州。刚到任,正值大旱之年,求雨无术,夜不能寐,问得州城之北旧有蛤蟆泉,汲其水祷大降雨有灵验。但泉眼岁久荒废,他也急于前往查寻,经割荆刺草,发现有两个泉眼,取清泉归来用其祷祀,果致大雨,粮食得以丰收,百姓皆大欢悦,说是州令精诚所至,纷纷出资建亭于蛤蟆泉间,借以颂扬他之德政。国绶还在州中兴修水利,兴学造士,也大得民心,却未得宠于上司,三年考绩之时,竟被借以年老而令其罢归。

朱国绶回归祖居月潭,筑室建园名"寻壑",修亭名"与山",造阁名"听阁",阁下临溪制小艇曰"烟篷",平时邀集宾朋饮酒赋诗或倚舷咏歌,自取其乐忘荣辱。卒前数月,他步于"听阁",挥笔书联于壁曰:"是阁非阁,且与子来啸傲/似听无听,一凭伊去浮沉。"联末署"青望老人绝笔"。他一生著述还自焚弃而不传。未几,这位享年七十又七的老人,安然离世。

撰传人钱各世在《青望朱公传》一文中评曰:朱公前伸而后曲,曾不一竟其用,然以有为之才处,不获伸之地,泰然不以动于中,可谓难能也。

朱光裕

朱光裕(1647～1695),字存虞,号容菴,清康熙年间太学生,任浙江宁波府鄞县知县。

朱光裕到任时,就遇到一个棘手的问题:提督的材官(供差遣的低级武职)为盗,有关官吏不敢捕办。光裕不任其如此胡作非为害于民,一次夜半闻有劫掠之声,即亲率众衙役前去,抓捕了这个材官及其帮凶百余人。事后,提督利诱势压,他却不为所动,并且在盗魁行刑之日,亲自押解罪犯到辕门斩首。百姓怕县令遇有不测风云而遭害,不约而同汇集数千人于法场外围进行护卫,直到盗贼伏法才散归。在抓捕的盗贼之中,有被诬告者,他查明是无辜的,免其极刑,使得以安生。

是时,邑中天童山虚征粮税,百姓不堪重负。他查清之后,决定对多征的粮税给予减免,当地民众深感恩德,建碑刻文著其功绩。除此,邑城衙舍修建,他花费求俭,杜绝贿赂。在任三年,利民之事不胜枚举。离任之日,百姓捧香送行30余华里。

朱为弼

朱为弼(1771～1840),字右甫,号椒堂,又号颐斋。系月潭朱氏二十八世祖朱药房迁居浙江平湖之孙,入清史传。

朱为弼,清嘉庆十年(1805年)进士,授兵部主事,充会馆协修官,迁员外郎;道光元年(1821年),授河南道监察御史,迁吏科给事中。四年提拔为顺天府尹,六年降授府丞。后又提升历任通政司副使,太常寺卿、都察院左副都御史、兵部左侍郎;十四年再升任漕运总督。

朱为弼为官清廉,有政声。在始任御史等官职之后,屡屡上疏,举陈积弊。如某相掌权受贿,贪枉无忌讳,首劾之;上疏请整顿京师缉捕、弹劾仓场职官;奏海运仓豆霉变情况不实,经审讯侍郎和桂、张映汉,被谴;又疏禀江苏海口壅塞,浙江上游受害,为求一劳永逸之计,提议疏通太湖下游刘河、吴淞等河流,被上司采纳实施。再升任顺天府尹时遇蝗灾,为弼单骑巡视,推辞属官的铺张接待,说:"我为蝗灾而来,岂能为蝗虫?"江苏巡抚林则徐闻知致书赞他:"清操如于成龙。"

清道光十四年(1835年),为弼已逾花甲,且身体不健,仍遵旨任漕运总督。时漕政败坏,涉及漕运的各方皆为自己谋利:县官谋利于民,运丁谋利于县官,水陆执事官又谋利于运丁。且漕船水手结帮恣横,庐州帮在东昌械斗,死伤多人,朝廷下令查办。为弼上疏责成押运官弁会同地方官拿办,并制定漕船水手头舵十家联保,实行举报或隐匿有奖有惩之法,又制定速漕章程八事,奏准后施行。为弼剔除宿弊,漕运畅通。上官对其未进贡财物不满,他却不以为然,说:"吾无长物,焉至是。"为弼在任漕运总督时,也与林则徐有书信来往。《新安月潭朱氏族谱》中,有一林则徐"复椒堂漕帅书",信中虽主要言及漕运事务,但字里行间透露出林对他的尊敬。道光十五年(1836年),为弼因病请求免职寓京养治,二十年逝世,享年七十。

朱为弼工余精研金石之学,也颇有造诣,刻印神似秦汉。工画山水,写意花卉,涉笔便古,虽学徐渭、陈淳而书卷之气盎然于楮墨。又尤喜画梅,偶作寿星一帧,寥寥数笔,古致可掬。他也工诗文,著有《蕉声馆诗文集》、《续纂积古斋钟鼎彝器欵识》、《伯右甫吉金释》、《钼经堂集古印谱》。

朱鹏翼

朱奋(1773～1847),后名鹏翼,字云程,号南溟。清嘉庆癸酉科(1813年)举人,道光辛巳年(1821年)保举孝廉方正,恩赐六品。例授承德郎,敕授修职郎。鹏翼之父朱安仁,因先世家道中落,经商于苏,家业渐起,命子从儒,勤习科举考试学业。安仁累年寄回家书,皆教子"读有益书,交有益友"。每次返里又亲加督察。嘉庆乙亥年(1815年)父病危时,鹏翼泣请遗训,还教子要"敏于事而慎于言,持其志无暴其气"。

中举前,鹏翼不仅在家苦读诗书,还曾受聘湖边(今属屯溪)程家坐馆,边教边学,因而读书明大体,词章卓然成家,进而穷经,精通尚书,文名传扬全邑。

朱鹏翼经保举孝廉方正,成为六品之后,原为大挑知县。因自以为无吏才,求改官铜陵训导,任上教泽广布,当地人士皆颂其功。在告老返乡时,郡中士大夫敦请他主讲紫阳书院,以惠及众多儒家学者。在施教余闲,他还参与编修《休宁县志》。他在家督教子辈严而不厉,精心讲解,受其教而成为通晓古今、学识渊博的儒者有7人。他雅爱古砚,珍藏十余方,皆是鸲鹆眼罗纹珍品,勒名分授儿孙,以示世守砚耕之意。

朱 燮

朱燮(1801～1865),字子和,号柳溪,清道光戊子科举人,累官至广东南雄直隶州刺史,政绩卓著,文章也与政绩齐名。

朱燮父亲朱廷琬,精通少林武术,为人行侠仗义,曾在杭州开设镖局,晚年才回到家乡闲居。燮在家勤奋读书,28岁中举。未入仕前,曾于家中"中陵书屋"设馆教学,也往来于徽杭两地,与杭州善诗书的戴熙、马晋番多有交往,常被相邀吟诗作画。

后来,朱燮任内阁中书,居京都,屡次赴会试皆未第。1853年春,被选送咸安宫(注:官学)教习,期满以知县衔分发广东,其时正逢各州县与太平军交战,他受委于总局审案,遇事悉心研究,慎重勤劳,为上司器重。未几,太平军占领龙门县城,他受命募集兵勇,急速进军夺城,唾手克复。于是加强设防练兵,以备战守,并先后两次击退围城之太平军。在平定太平军来犯中,他采取搜捕与剿抚兼施办法,以使境内安宁。本邑边境三县交界的蓝濆山,系太平军据点,他不畏艰险,寻得一老儒引路,亲自率兵入山,一举擒获首领、小头目等数百人,当即禀报省按察使蒋公,蒋公意为"尽歼其众,而扫其窝"。他认为这有失仁政,又即禀复"愿去一官,不忍枉杀一人"。蒋公感到他有胆有识,终于首肯。审讯中,得知一壮年系引路老儒之孙,完婚未久误入此军。朱燮念老儒之功,不忍其绝后,暂缓刑戮,让其族邻出具切结担保归家,待有后再行发落,此举令人称颂不已。经过这一战役,他深有感触,在致家书中写道:"书生初入仕杀戮如许,恻隐之心谁无!但愿子孙世为儒官,毋作州县(注:指主政官吏)……"这表明他有炎黄子孙,一脉同源,不能相互残杀的仁慈胸怀。

1857年秋,朱燮告假回乡省亲。此时沿海洋务工作繁复,又被召回代理南海县事,处理中外交涉事件。他刚柔互用,不激不随,为上司所赞赏,被改任知广州事,政务更加纷纭,日无暇刻,操劳过甚,体质渐衰。这时,家中眷属因避乱入粤,对他虽有照应,但思虑官场陋习易于传染子弟,得悉家乡乱平信息,即命家人回归。1862年卸任,上司评有"守正不阿"旌言。州县绅耆感其德政,制"慈正廉明"匾额颂之。南海民众缅怀其功德，也为他立庙塑像奉祀，庙名为"海潮寺"。庙中一边镜、一边水，意为如镜之明，如水之清，以受世代民众膜拜。离广之日，士民难舍这位勤政为民的好官，还附辙攀辕相属于道旁欢送。

1863年8月，朱燮又受命出任南雄直隶州刺史，莅任后朝夕焦劳，勤求吏治。那时又遇贼匪扰害江右（注：指邻近的江西地区），他未雨绸缪，设侦探，备器械，征勇筹饷，百计防守。在大股群匪围困州城时，他决心与城共存亡，留下自挽楹联一副："取义成仁报国以完平日志／入孝出悌克家全赖后人贤"。同时采取灵活的战略战术，亲率兵勇应战，日则设奇制胜，乘虚攻击；夜则登城固守，刁斗森严，终于击退群匪。这时，朱燮已被累倒，心悸时发，夜不能眠。可战事平息时日不久，败走匪首又集中散兵游勇，再犯南雄境地。他带病指挥，战守悉备，群匪也再遭败退。未久，镇平的股匪还蠢蠢欲动，他即召集绅民复谋防御之事。这时，民力日困，他也心力交瘁，病入膏肓，因而逝于任内，享年65岁。朝廷嘉其忠恳，追赠道衔，赐其宅名为"观察第"，并荫一子入国子监读书，6个月期满，选任知县。

朱燮政绩卓著，文才俊逸。1860年，任职于广州期间，广东岭南长寿寺修书局，为将先辈惠定宇、戴东原等著述整理汇编的《皇清经解》，进行校勘补刊，看中朱燮的学识功底深厚，延聘他与伍崇曜主持编校，还聘有陈澧、谭莹、俞文诏等著名学者为编校。为使后人通经明道，他们实事求是对原书校勘精审，补充完善。那时，恰遇他60寿辰，就在长寿寺修书局设寿宴，同仁皆赋诗贺寿。伍崇曜吟俚句曰："……濒海敌氛当镇静，考亭家法爱廉能；总持风雅官开府，祷佛期君佛倘应。"广州著名儒商潘仕成，也赋祝寿诗一首："栽华五岭著贤声，三载棠阴芘穗城。谁似冰怀作廉吏，依然风味属书生。华龄介寿初周甲，长书如年正伏庚。喜见瀛筹添碧海，德星遥傍斗南明。"这些高度评价，赞赏了朱燮的德政和贤能。

朱东来

朱东来（1815～1891），又名霞，字紫云，号白岳山人、隐仙子。曾例授光禄寺署正加二级,性好学,精篆刻,作有印谱两册留世,收藏于徽州文化博物馆(今称中国徽州文化博物馆)。

  首册《古稀再度寿印谱》,成于清咸丰六年(1856年)。印谱系其自辑经史子集言寿句子,刻印140方,名曰"古稀再度",成语配合,各有章法,疏密相间,备极自然。每页1~2印,附释文,并注明句子出处。如"伊尹寿百有五岁"印句,注出《竹书纪年》。吴铃为之题《古稀再度寿印》书名,云台奎、冯云鹓、姚鹏春、汤莲渚、项金浩作序。朱霞也自跋,曰:

  忆自少居山僻,长游名邦,且以通邑擅山川之秀。凡嗜古好奇之士,代不乏人,而于篆刻之学,尤冠他郡。予生也晚,每以不获睹先辈之仪形为憾,而模楷常存,幸得览其鸿章钜制以备观摩。习之既久,见猎辄喜,聊以自娱。不觉技之成癖,计自荆辟呈祥以来,天开寿域,是为印章之祖。而寿尤先五福,予故博采群书,摭拾陈言,镌成寿印。且阅《随园诗话》载,乾隆辛未,圣驾南巡,有湖南汤老人迎跸,年百四十岁,蒙赐额云"古稀再度"。予因羡其克享天年,故印符其数,以志盛世仁寿之休征云。

  后册《月潭胜景印志》,成于清同治十二年(1873年)。印谱以月潭村胜景"月潭"、"石门"、"观澜亭"、"临清阁"、"平林小隐"、"钓雪舟"、"星洲寺"、"颜公山"、"柳堤鸣莺"、"松石晴岚"、"西山晚烟"、"东林小止"、"静室参禅"、"绿野采茶"、"学圃劝农"、"南峦拥瑞"、"幽涧鸣琴"、"紫阳义居"、"萝坞樵歌"、"半潭秋月"、"夹洲垂钓"、"北溪晚渡"、"群峰聚秀"等为印28方。《印志》前有元赵汸《月潭前八景记》,朱国兰《月潭前八景题跋》,李恩普跋、朱霞跋和《志叙》。每页上方印,下方或左边配有赵汸、戴琥、朱家修、朱国兰、朱霞等人咏景诗。

朱怀慈

  朱怀慈(1824~1886),字念楼,号汝澄,优廪贡生。其父朱柳溪为官忠恳,因公亡故,朝廷荫一子,所以钦加知州衔,候补盐课大使,诰封中议大夫。

  朱怀慈未出仕前,服贾营浙盐,携二弟怀仁赴浙从名师,教诲其成器之后,又安排三弟怀忠、四弟怀信也习营盐业。是时,他还兼理家政,相继筹划弟妹婚嫁,一切措施无微不至。

朱怀慈在乡里办事,豪爽果断。日常族人偶有争端,皆立即排解,声望日高。清咸丰年间,龙湾同仁善会衰落,他邀集一些族人帮助整理,并立案勒石以志。后来发生自宋末元初就一直引言竭水北灌月潭水田的水利工程,被任邑中小吏的果山岭人倚势作梗,掘渠引言竭水他流,县令也为其所惑,怀慈当即出面据理力争,才恢复了水源。为了不再发生意外和保证水道畅通,他还制定常规:每年于小暑前三日出告示,鸣锣修竭,朱氏宗族各门管理祀田者,也领头与农民一起前往整修,以利竭水永远灌溉祀田。

朱之榛

朱之榛(1841～1909),字中蕃,号竹石,又号常慊慊斋。总宪公朱善张是其父,为官一生,政绩卓著,战功赫赫,清同治三年(1864年)病故于任上,恩荫一子以知州用。之榛,清乾隆进士,受荫于同治六年(1867)在江苏苏州掌管津门水道运输,以后历署苏州府总捕同知、江苏督粮道、苏州关监督、按察使、布政使、江南淮扬海河兵备道兼按察使衔、淮宿关监督,后期任江苏臬司。

朱之榛,幼聪颖,师从高伯平老儒名下,读书不局限于剖章析句,往往"观大略,不沾沾于章句",年十三四就"好从长老讲论"。其父宴请名儒,他侍陪一旁时,总趁机向伯祖辈求教,在座名儒感而赞道:"此子有天赋卓绝品行,他日当可继承先人事业。"他入仕三四年,就得到曾文正公的赏识,被任命为苏州府总捕同知,任中仍不忘读书,时而与当地一些君子相切磋,学业又有大进。

朱之榛为官忠心、勤劳,广施仁政,得到许多上司下属的称赞。光绪五年(1879年),因叠次的海运功绩,晋升道官以后,发现官场中的一些弊病,著了一本《蠢说陈言》,痛切时弊。上司彭刚直养疴吴门时,见到此书"叹为可当",并"引为同志"。之榛任职江苏时,每核囚徒案,皆悉心审问,并嘱咐下属务求每案不枉挠蒙蔽。当时为健全治安管理,还上书整顿保甲和捕务。上司曾忠襄公阅过上报书文,认为是贤人君子之见,叹为:"治国之才也。"当即奏疏破格任他为督粮道。此时,他发现浙西南粮食问题,岁久弊生,折价日高,官民受其重困,贫户中还有鬻子女者,怜悯之心油然而生,即向浙江主管官员崧公极言之害。崧公闻后,决定恢复粮赋折价,使民困得以解救。光绪二十五年(1899年),他任江苏臬司时,遇有清理赋税之役。他认为要解决大户包抗(指纳税大户隐瞒掩盖),首先要戒州县侵挪,侵挪不革,包抗难除,故先从揭发审查吏胥中饱钱物者退赃入手,结果这年增收米15万石,丁银21万两,平民未曾受到丝毫损失,而国家财富赖以大增。

朱之榛服官忧国忧民,办了许许多多实事,却遭到多次非难。光绪十五年(1889年),他任江苏臬司之后,故相刚公奉命治"三吴",疑苏州厘捐收入半归中饱,召来相关官员查询,盛威凌厉,廷诘极严。而之榛办事精核细致,冷静对答:"卑职掌管厘捐,收有解文,放有报文,分毫有专人专管,不许私自动用,且档册俱在,可备稽核,如有出入,敢当其咎。"刚公听后失对,四座愕然,对之榛更是推重。后在管理征收厘捐中,为体恤商者不多征,并处理了不遵守厘捐法规者,然事求其实,却遭到违者的诽谤。光绪二十二年(1896年),御史杨崇伊听信谗言,令总督、巡抚对其会查。查后的处理意见是:宜以目疾令之榛退休。然而之榛忠心勤劳,谨慎责己,皇上早有所闻,又诏谕总督刘忠诚重查。谕曰:前据御史杨崇伊奏参朱之榛,经谕令龙湛霖确查,奏称该道员人颇精明,居心叵测,应请以原官职、品级勒令告老退休。查朱之榛服官江苏垂30年,叠经内外群臣保奏,上次因案交会查,亦称其"办事精核,不避嫌怨"。其居心行事究竟如何?该督须秉公察看,据实具奏,毋稍徇隐。刘督查后复奏:之榛"清介持正,为济世有用之材"。从此,谤议才得以渐息。

光绪末年,朱之榛已年近古稀,精力渐衰,须发浸白,在处理政务之余,还在江苏学古堂旧址,帮助改设江苏存古学堂,礼聘鸿儒分科教督,挑选高材生肄业其中,以培养更多高等人才。而开办未及一年,他日渐病重,食即呕吐,于呻吟疾苦之中,仍倚几批阅公文。儿辈劝其静养,他还回道:"在事一日,必尽一日之心。"乃至病势日增,诸医束手。宣统元年(1909年)三月十四日与世长辞。而他在数十年的任职之余,不断著书立说,除编辑出版几位名人著作外,自己也著有《刍言》一卷、《陈言》一卷、《蠡说》一卷、《常慊慊斋文集》和《志慕斋诗集》若干卷,均待刊刻留世。

朱承经

朱承经(1857～1916),字醉六,号衡孙,又称拙静子。清光绪丁酉科(1899年)举人,授文林郎,候选知县。父亲朱恩栋是清咸丰末年举人,在浙江嵊县任儒官教谕。而承经却乐于诗书画印,隐而不仕。

朱承经从父命,幼年也习科举考试学业,而志并不在高官显爵,未冠之年对诗书画就有了兴趣,29岁才中举人。后来遵父命虽仍继续强为科名,一次又一次赴京参加会试,却屡次名落孙山。他无限感慨,吟诗曰:"强为科名遣远游,春风四度到皇洲;任人白战夸高手,愧我朱衣欠点头。大贵须从磨炼出,奇文应有慧根留;何如养拙林泉下,翰墨生涯也自幽。"承经已中举人,又候选知县,也有任官上进的基础。而他消极对待仕途,34岁时父亲病故,留有一些祖田,身家能赖以粗安,就一心在家守俭,与诗书画为伴,侍奉继母,教养一子一女。

朱承经"尝以诗书画为三益友",他自吟的五言长句《三友歌》,反映出他的这种心迹:"书可盎古趣,画可畅生机,犹恐中有间,以诗弥缝之。岂独饱予好,自古人若兹。善书晋逸少,善画唐王维,善诗李与杜,皆我私淑师。私淑今已久,精诣渺难追,望古虽不逮,聊托以自怡。但随兴所至,工拙复奚知,愁召三友解,乐任三友随。"后来他对治印也极有兴趣,实际上是诗书画印"四友"皆全。他还从中感悟到:"能画而不能诗,其画不雅;能书而不能诗,其书不韵;以诗为冶炉,能陶熔书画。至若印章又是三者之雅助,也是求全之意,发于性情之所不能自己也。"

朱承经性行高洁,淡泊名利。日常生活以笔为耒,砚为田,刀石相伴随。从事笔、刀,四季不息,尽管严冬要呵气驱寒冷,炎夏要挥扇排闷热,既劳又苦,也孜孜不倦。他学习、创作的诗书画印各有千秋。书画吸收古人笔墨精髓,也从佳山胜水与万物体态中收集素材,或摹拟,或临仿,留世的写生与临摹山水画素材有几大本。自吟的一首诗中,表达了他画山水的心得:"六法先求心手和,泼来董米墨池波。山容荡处云光活,地脉松时雨意多。松自游龙拿怪石,桥如渴马饮长河。须知画本从诗出,笑杀庸流妄揣摩。"承经的书法善行楷,还用金石味创作了"朽木体",所书的一副朽木体楹联,为中国徽州文化博物馆所收藏。他为月潭族人书写的楷书"倦还轩"匾额也还留于世(见本书101页插图)。他治印取法古人,也大胆创新。行刀刻石,有时如用笔写行草,既放得开,又收得住。印章布局格式善变,章法也开创多样。传统字体刀法求其精,还自创有竹节体、绞索体,特别是朽木体篆刻,名盛一时,是清代休宁县一位很有成就的金石家。

朱承经善古文,尤长于诗。曾为月潭《朱氏诗存》作总序。自己也整理有《拾遗斋诗存》数卷待付梓行世,且有大量诗作存于族谱中。其诗作涉三言、四言、五言、七言,有绝句、律诗、长句诸体,吟诵内容含咏志、咏物、怀祖、自励、讽喻、自嘲等,如世事之变迁、人情之通塞、景物之荣枯、山水之描记等,皆有触及,或贬或褒。如遇世事之可骇、可恼、可伤、可悯,往往不平则鸣,发于诗行。承经对诗词创作有自己的见解,用七言绝句写出的《论诗六首》,分别就诗源、诗料、诗兴、诗义、诗境、诗名六个方面,抒发论述。他的一首《感世作》,道出了诗人愤世嫉俗的心声,辑录于下:

> 历尽风尘万里余,感怀世事自长吁。
> 修真却笑狐禅误(一种伪道学之人),
> 忍辱应怜虎伥愚(一种忍心事仇之人)。
> 踽踽穷途多陷阱(一种时乖命蹇之人),
> 悾悾末学半穿窬(一种剽窃之人)。
> 人生处世如棋局,得失能争一着无。
> 谁识及时爱景光,笑看富贵迫人忙。
> 昏昏廛市售欺地,岌岌功名造孽场。
> 履险真如巢幕燕,忘求合似触藩羊。
> 倘教趁早能回首,赢得山中岁月长。

(二) 简 介

朱存玺

朱存玺(1450～1499),字世宝。在家侍奉双亲,至为孝顺;行商于外,经常修书回家问安禀告自己近况,以免父母牵挂;对庶母所生之弟,如同母手足,非常爱护,得知弟在外病故噩耗,不辞远途奔丧祭悼。如此孝友,很为世人所称道。宗族内外人与人、家与家之间发生纠纷,请他前去调解,皆乐于助之,且从不接受酬谢。

朱 绣

朱绣(清乾隆时生),字彩章,号笃村,流寓濡须(今巢湖一带)。工山水,擅花卉,得南田笔法。好游历,逢佳山秀水辄有图画。曾独游黄山,扶策踞莲花峰顶作《黄山全图》。每入深山,见异花必描摹其状,故所画花卉人多不识。有浅绛《山水》小斗方、设色没骨《黄山异卉》册等传世。

朱存莹

朱存莹(1477～1534),字世明,又字本静。明嘉靖乙酉科(1525年)举人,曾任浙江金华府金华县知县。

朱存莹莅任之始,发现邑中有溺死女婴恶俗,究其原因是女与子皆分财产。他当即下令公告:凡生女者,邻居应禀报,且定捐俸给养,直至出嫁,不分财产,从而杜绝了溺死女婴现象的出现。邑内多水患,百姓生产生活均遭其害,他经调查,规划筑坝防洪,遂息水患。邑人感其恩德,建生祠以祀。观察使游应乾嘉其政绩,旌"贾父遗踪"匾额,后还奉旨为其立"一鹗横秋"的牌坊于家乡。存莹曾著有《易俗集》、《冷淡集》和《地理订要》。

朱介然

朱介然(1537~1616),字守之,号澜亭。

朱介然卓异有大志,初业贾营商,善于谋划。后从儒读书,才华横溢,为文往往有高明的论述。尔后复弃儒从商,更好地用儒道经营。他的梦龙、廷龙、世龙诸侄,也都有相当的儒学基础,因家庭经济不丰而奉父命陆续跟随他创业于瓜渚(今江苏镇江、扬州一带),大家共同谋划,精于计算,诚信经营,价廉公道,10年间就成为巨万大商,称甲里中。

朱介然孝友名望著于乡里,被族人推为"祭酒"(主祭长者)20余年。又与朱玄求等族人立同仁会、建宗祠与庙宇,重修言堨水渠,灌溉农田,以施惠于里人。

朱凤翥

朱凤翥(1585~1655),字冲玄。太学生,未入仕,于里中佐父朱齐龙办族事、持家政数十年。

朱凤翥性格宽厚,为人正直,管理账物,一秉至公,囊无私蓄。他是兄长,对待四弟爱如手足,分家业自取瘠薄田地。在里中也好行其德,遇到灾荒、瘟疫之年,均要捐输钱币银子,勤治药饵,以赈贫乏。见有穷苦人家因贫鬻女,则倾囊中金赎之回家,且为择配赠以嫁奁钱。他生平积善好施类如此,人们多赞誉,而他却无得色。

朱之穀

朱之穀(1837~1865),字式贻,号稼生。任福建候补通判(分掌粮运及农田水利事务),精勤干练,又署连江、南靖等县知县,也有政声。时总督左宗棠率师入闽,令之穀协理营务,正值战乱之后,差徭不断,民不堪重负。他请示由地方官斟酌,适可而止,兵勇有不遵守者,给以严惩,使民得以休息。军营中掳有妇女,之穀又告之统兵藩司王德榜,逐营搜查,将被掳妇女送回原籍。之穀积劳死于任上,年仅29岁。

朱荣旗

朱荣旗(1856～1885)，字建候，邑庠生。为人谨厚端方，恂恂守礼，平生不道人过。节己济人，倾囊赠之无吝色；遇有亲友无力从师，即典质以助；里有义举，必慷慨乐输，不一而足。由是家业中落，人皆为之叹息，而其没齿无怨言，乡士夫啧啧誉不绝口。家况虽渐式微，仍不欲弃儒服贾，菽水或有不给，而诚意未尝少衰，求学益刻苦，文名日振，秋闱未售，人为扼腕，公不介意，愿为馆师，力以教育人才为己任。贫乏无力者皆逊辞修脯，盖其待人以诚，处己以谦，天性也。

（三）名　录

州、县以上文武官职表

朝代	世系	姓名	生员名	官职名
宋	十二世	朱运朝,字四化		江南东路转运使司
元	不详	朱身修		湖广布政(寓居江西)
元	不详	朱钦		福建开府(寓居江西)
明	二十五世	朱伯珊,字汝器		光禄寺署丞
明	二十五世	朱伯凤,字岐吾		上林苑署丞
明	二十五世	朱伯鳌,号东溟		光禄寺署丞
明	二十五世	朱道中		诸罗县知县
明	二十五世	朱梦龙,字德化		光禄寺署丞
明	二十五世	朱道正,字就之		户部山东清吏司郎中
明	二十五世	朱嘉盛,字际熙		嵩明州知州
明	二十六世	朱化光	岁贡生	宁国儒学司训
明	二十六世	朱肇周,字维祯	太学生	兖州府宁阳县知县
清	二十六世	朱昌周,字肇姬	贡生	正蓝旗官学教习、候选知县
清	二十六世	朱昌绪,字骏文	贡生	户部山东、广西清吏司郎中、武昌府知府

续表

朝代	世系	姓名	生员名	官职名
清	二十六世	朱伟,字人赡	贡生	西安府高陵县知县、云南嵩明州知州
清	二十六世	朱凤阿,字癸叔	太学生	四川平武县知县、河南陕州知州
清	二十七世	朱瑷,号省斋		州司马
清	二十七世	朱士刚,字柔可	太学生	正黄旗教习、辰州府通判
清	二十七世	朱明仪	贡生	考选知县、翰林院编修
清	二十七世	朱琬,字良璧		州司马
清	二十七世	朱中理	岁贡生	州司马
清	二十八世	朱永庆,字思言	岁贡生	河南孟县、方城县、洛阳县知县
清	二十八世	朱士骠,字左御		州同知
清	二十八世	朱士骡,字紫逸		光禄寺典簿、刑部山西司郎中
清	二十八世	朱士骙,字叔进	岁贡生	儒学教谕、州同知
清	二十八世	朱闻政		考授州通判、镇海县令
清	二十八世	朱嘉敬,字环书		新昌县教谕
清	二十八世	朱长庆,字牧山	太学生	考授县丞,诰授县二尹
清	二十九世	朱之蕙,字树伯		刑部山西清吏司郎中、升授知府
清	二十九世	朱之焱,字衣如		考授州同知
清	二十九世	朱之华,字藻亭		议叙州同知、五品衔太医
清	二十九世	朱之藉,字素蕴	太学生	盐运司副使
清	二十九世	朱之莱		考授州通判
清	二十九世	朱成龙		浙江提标右营水师外委、武略骑尉
清	二十九世	朱鸿恺,字茂仁	贡生	丽水县训导
清	三十世	朱邦琮	国学生	詹事府主簿
清	三十一世	朱学钧	国学生	詹事府主簿
清	三十一世	朱学鹏		镇海营外委、镇海营把总
清	三十一世	朱善钟		衢州中营把总
清	三十一世	朱善雕	监生	江西广信府照磨
清	三十一世	朱善凤		象山县教谕
清	三十一世	朱善宝	国学生	江宁府南捕通判、督粮同知
清	三十一世	朱善张		江苏淮安府中河通判、里河同知、淮徐扬海河务兵备道、徐州粮台、都察院右都御史

续表

朝代	世系	姓名	生员名	官职名
清	三十一世	朱无为	监生	广东番禺、新会、香山、顺德、东莞等县县丞
清	三十二世	朱之桐		两淮候补盐运判管理、淮北永丰坝监
清	三十二世	朱之祯	附监生	五垛场盐大使
清	三十二世	朱之荣		江苏候补布政使理问、补用知州
清	三十二世	朱宝文	监生	广东翁源县知县
清	三十二世	朱耀祖		翰林院待诏改选中书科中书
清	三十二世	朱士絅	国学生	浙江同知升知府
清	三十二世	朱之模		江苏直隶州知州
清	三十三世	朱兆勋		仪徵县县丞
清	三十三世	朱景曾	监生	苏州府河塔司巡检
清	三十三世	朱景行	附监生	颍州府同判、徽州府同知
清	三十三世	朱景星	附监生	闽县、浦城县、将乐县知县
清	三十三世	朱景霓		昌平县、衡阳县知县
清	三十四世	朱恩露	国学生	武德左骑尉、守御所千总
清	三十六世	朱兆麟		江西泸溪县知县

注：未入"传记"、"简介"的文武官职

乡试、会试登科表

世系	姓名	登科时间	类别	官职名
十四世	朱汝贤	南宋理宗朝	进士	见本人传记
十四世	朱汝清	南宋理宗朝	进士	见本人传记
十四世	朱惟贤	南宋咸淳乙丑特科	进士	涟水县县丞
十四世	朱子美又名徽	南宋咸淳辛未科	进士	谱不详
二十七世	朱士绅又名缙	清顺治戊戌科	进士	江南北庙湾营、安徽营守备,延绥、宜君营都司,诰授明威将军
二十八世	朱履端又名端叔	清雍正壬戌科	进士	兵部职方司主事
二十八世	朱元缙又名伸佩	清康熙岁	进士	
二十八世	朱荃又名子年	清乾隆丙辰科	进士	博学鸿词,翰林院庶吉士,四川学政

续表

世系	姓名	登科时间	类别	官职名
二十九世	朱士俶又名涵初	清乾隆岁	进士	
三十世	朱埧祥又名长春	清康熙岁	进士	
三十世	朱为弼又名右甫	清嘉庆乙丑科	进士	见本人传记
三十世	朱延龄又名嵩若	谱不详	进士	考授州吏
三十二世	朱之榛又名中蕃	清乾隆壬戌科	进士	见本人传记
二十一世	朱存莹	明嘉靖乙酉科	举人	见本人传略
	朱肇春	明崇祯壬午科	武举人	谱不详
二十七世	朱国绶又名著臣	清顺治辛卯科	举人	见本人传记
二十七世	朱国兰又名香谷	清康熙壬午科	举人	拣选县令
二十八世	朱邦式	清康熙辛酉科	武举人	
二十九世	朱如又名又相	清康熙戊午科	武举人	新昌县教谕
二十九世	朱之徽	清雍正癸卯科	举人	谱不详
二十九世	朱竑	清乾隆壬申科	举人	谱不详
二十九世	朱成风又名云峰	清嘉庆癸酉科	举人	谱不详
三十世	朱邦燮	清嘉庆戊辰科	武举人	黄岩游击、武翼都尉等
三十世	朱邦魁	清嘉庆癸酉科	武举人	武略骑尉
三十一世	朱善旗	清道光辛卯科	举人	国子监助教，兼博士监丞、武英殿校理
三十一世	朱善骥	清道光乙未科	举人	福建顺昌县、闽县知县、福州府海防同知
三十二世	朱鹏翼	清道光癸酉科	举人、孝廉方正	见本人传略
三十二世	朱士莲	光绪己卯科	举人	大挑二等
三十三世	朱仁栋	清道光庚午科	举人	朝考一等钦用知县
三十三世	朱燮又名柳溪	清道光戊子科	举人	见本人传记
三十四世	朱恩栋	清道光壬戌科	举人	浙江嵊县教谕
三十四世	朱恩辅	清同治癸酉科	举人	四川知县
三十五世	朱承经	清光绪乙酉科	举人	见本人传记

最高学府国子监生员表

朝代	世系	姓名	生员名	朝代	世系	姓名	生员名
明	二十二世	朱邦臣	太学生	清	二十七世	朱国陞	岁贡生
明	二十三世	朱 枋	太学生	清	二十七世	朱国琦	太学生
明	二十四世	朱高然	太学生	清	二十七世	朱国扬	太学生
明	二十五世	朱道生	太学生	清	二十七世	朱国经	太学生
明	二十五世	朱道圣	太学生	清	二十七世	朱士英	太学生
明	二十五世	朱成璋	太学生	清	二十七世	朱士魁	太学生
明	二十五世	朱嘉荣	太学生	清	二十七世	朱士时	太学生
明	二十六世	朱正通	太学生	清	二十七世	朱明良	太学生
明	二十六世	朱泰阳	太学生	清	二十七世	朱光宣	太学生
明	二十六世	朱一阳	太学生	清	二十七世	朱士涞	监生
明	二十六世	朱凤鸣	太学生	清	二十七世	朱士藻	监生
明	二十六世	朱凤骞	太学生	清	二十七世	朱士流	监生
明	二十六世	朱凤占	太学生	清	二十七世	朱 衮	岁贡生
明	二十六世	朱凤现	太学生	清	二十七世	朱裔肇	太学生
明	二十六世	朱凤翀	太学生	清	二十七世	朱衣辅	太学生
明	二十六世	朱凤韶	太学生	清	二十七世	朱立三	太学生
明	二十六世	朱凤起	太学生	清	二十七世	朱育藩	太学生
明	二十六世	朱凤华	太学生	清	二十七世	朱效鼎	太学生
明	二十六世	朱凤徵	太学生	清	二十七世	朱元登	太学生
明	二十六世	朱廷英	太学生	清	二十七世	朱元裕	太学生
明	二十六世	朱正陞	太学生	清	二十七世	朱仁树	国学生
明	二十六世	朱家兴	太学生	清	二十八世	朱贞意	国学生
明	二十六世	朱 潼	太学生	清	二十八世	朱士駿	太学生
明	二十七世	朱和家	太学生	清	二十八世	朱士格	太学生
明	二十七世	朱圣度	太学生	清	二十八世	朱斯煜	太学生
明	二十七世	朱元儒	太学生	清	二十八世	朱家喜	太学生
明	二十七世	朱元逢	太学生	清	二十八世	朱家学	太学生
明	二十七世	朱之懋	太学生	清	二十八世	朱家宁	太学生
清	二十七世	朱 标	太学生	清	二十八世	朱家言	太学生

续表

朝代	世系	姓名	生员名	朝代	世系	姓名	生员名
清	二十八世	朱 斌	太学生	清	二十九世	朱芝山	岁贡生
清	二十八世	朱 葵	国学生	清	二十九世	朱祥星	太学生
清	二十八世	朱 苂	国学生	清	三十世	朱 辂	太学生
清	二十八世	朱 华	国学生	清	三十世	朱 轼	太学生
清	二十八世	朱方蔼	国学生	清	三十世	朱 軹	太学生
清	二十八世	朱元宁	岁贡生	清	三十世	朱鹤龄	岁贡生
清	二十八世	朱元拱	太学生	清	三十世	朱泰龄	太学生
清	二十八世	朱建业	太学生	清	三十世	朱倬需	太学生
清	二十八世	朱闻礼	太学生	清	三十世	朱 令	太学生
清	二十八世	朱以藻	太学生	清	三十世	朱震洲	太学生
清	二十八世	朱兴绪	太学生	清	三十世	朱 爵	太学生
清	二十八世	朱文毓	太学生	清	三十世	朱邦翰	岁贡生
清	二十八世	朱文祥	太学生	清	三十世	朱邦本	国学生
清	二十八世	朱树栋	太学生	清	三十世	朱邦宰	国学生
清	二十九世	朱之荆	岁贡生	清	三十世	朱为幹	国学生
清	二十九世	朱 昕	太学生	清	三十世	朱永怿	太学生
清	二十九世	朱之莱	太学生	清	三十世	朱永春	国学生
清	二十九世	朱之鸾	太学生	清	三十世	朱永牧	太学生
清	二十九世	朱济渊	岁贡生	清	三十一世	朱紫贵	太学生
清	二十九世	朱 燨	太学生	清	三十一世	朱文翼	太学生
清	二十九世	朱士佩	太学生	清	三十一世	朱文高	监生
清	二十九世	朱士份	太学生	清	三十一世	朱文锦	太学生
清	二十九世	朱士仕	太学生	清	三十一世	朱文啓	太学生
清	二十九世	朱震美	太学生	清	三十一世	朱云铭	太学生
清	二十九世	朱绍美	太学生	清	三十一世	朱学曾	国学生
清	二十九世	朱祺美	太学生	清	三十一世	朱学训	国学生
清	二十九世	朱奕美	太学生	清	三十一世	朱学诗	国学生
清	二十九世	朱蔚美	太学生	清	三十一世	朱学镐	国学生
清	二十九世	朱徵美	太学生	清	三十一世	朱学泗	国学生
清	二十九世	朱士倬	国学生	清	三十一世	朱善珪	监生
清	二十九世	朱士伸	国学生	清	三十一世	朱元疆	国学生

第四章 历代人物

续表

朝代	世系	姓名	生员名	朝代	世系	姓名	生员名
清	三十一世	朱文渊	太学生	清	三十三世	朱景迈	监生
清	三十二世	朱廷琬	监生	清	三十三世	朱景绳	监生
清	三十二世	朱承谓	太学生	清	三十三世	朱景藩	监生
清	三十二世	朱承渊	太学生	清	三十三世	朱景清	监生
清	三十二世	朱承鸿	太学生	清	三十三世	朱景濂	监生
清	三十二世	朱承清	太学生	清	三十三世	朱景霉	监生
清	三十二世	朱承滨	太学生	清	三十四世	朱恩炜	国学生
清	三十二世	朱尚琮	国学生	清	三十四世	朱恩沛	国学生
清	三十二世	朱士梧	太学生	清	三十四世	朱恩铭	国学生
清	三十二世	朱士经	国学生	清	三十四世	朱恩鏒	国学生
清	三十二世	朱士芳	国学生	清	三十四世	朱恩洽	岁贡生
清	三十二世	朱士瀚	国学生	清	三十四世	朱恩鸿	国学生
清	三十二世	朱士牧	国学生	清	三十四世	朱怀信	太学生
清	三十二世	朱随让	监生	清	三十四世	朱怀忠	太学生
清	三十二世	朱思洪	太学生	清	三十四世	朱时中	国学生
清	三十二世	朱思淇	国学生	清	三十四世	朱言钟	太学生
清	三十三世	朱士铨	国学生	清	三十四世	朱言钧	太学生
清	三十三世	朱仁煜	太学生	清	三十四世	朱言铃	太学生
清	三十三世	朱 旭	太学生	清	三十四世	朱言鑰	国学生
清	三十三世	朱永培	太学生	清	三十四世	朱言莹	国学生
清	三十三世	朱永基	太学生	清	三十四世	朱言铃	同学生
清	三十三世	朱永垩	国学生	清	三十四世	朱言钲	国学生
清	三十三世	朱永填	太学生	清	三十四世	朱言鏒	太学生
清	三十三世	朱永貢	国学生	清	三十四世	朱言铨	国学生
清	二十二世	朱永垍	太学生	清	三十四世	朱厚垄	太学生
清	三十三世	朱廷灿	国学生	清	三十五世	朱传铭	太学生
清	三十三世	朱思俭	国学生	清	三十七世	朱凤纪	监生
清	三十三世	朱景贤	监生	清	三十七世	朱鸣凤	监生

第二节　现代人物

(一) 传　记

朱自煊

朱自煊(1926～　)，男，乳名锡麒。父朱命模，母黄翠娥。6 岁时，在家乡志立小学上了几日学，就与妹妹跟母亲到上海与父亲一起生活。在那里上小学、读中学，其间因抗战逃难辍学两年。1946 年夏，考入我国著名建筑学家梁思成新创办的北京清华大学建筑系读书，第一届入学的学生仅 15 人，1950 年毕业只 7 人。自煊于此届毕业，留校当助教，一直工作到 2001 年退休，没有请过一日假，实现了蒋南翔倡导的清华学生"健康工作五十年"的目标。

朱自煊在清华大学任教的第二年，在梁思成、吴良镛教授领导下，与北京农业大学园艺系联合在清华办了我国最早的园林专业。1953 年这一专业分了出去，成立了北京林学院，即今日北京林业大学园林学院的前身。尔后，自煊在清华大学加入共产党，历任城市规划教研组秘书、副主任、主任。80 年代开始成立建筑学院，继续任城市规划系主任，院学术委员会主任，并担任全国城市规划学会常务理事、全国历史文化名城研究会专家理事等职。在教学工作中，他培养了一批建筑学与城市规划专业研究生。1985 年还与美国麻省理工学院 MIT、建筑与规划学院合作，在清华大学创办北京城市设计研究班。90 年代后，又应建设部与国家文物局的联合聘请，任全国历史文化名城保护专家委员会委员，并享受国务院颁发的政府特殊津贴。

朱自煊在生产与科研方面，开始以城市规划和住宅规划建设为主。

第四章 历代人物

从50年代初到70年代末,参加过北京、洛阳、邯郸、新乡等城市总体和详细规划,完成有北京垂杨柳、左家庄、塔院等4个居住小区规划与建设。还曾受安徽省委万里书记的委托,率领清华师生到黄山住了一个月,完成黄山风景区总体规划。后应徽州地委魏心一书记的邀请,又率领教研组老师与研究生到屯溪,会同当地建设局的团队,共同完成了屯溪市总体规划。这一规划的实施,建成的一些重大基础设施,为后来成立的黄山市中心城区的建设与发展奠定了基础。80年代开始,科研重心转向历史文化遗产保护方面,参加过全国第二、第三批历史文化名城专家评审,以后又参加建设部和国家文物局组织的安庆、濮阳、绩溪等10余座名城的申报评审,以及为郑州、金华等名城编制的保护规划。并担任南京、扬州、无锡、金华、阆中等国家级历史文化名城的顾问。

朱自煊还走出国门进行学术交流。1983年应日本学术振兴会邀请,考察了东京、京都、奈良等地的"传统建筑物群地区"保护工作。后来应邀为北京什刹海地区与屯溪老街做保护规划时,则吸收国际上有关历史地段保护理念与日本经验,提出保护与发展相结合的方针与方法进行规划与建设,结果都获建设部1986年度全国优秀规划设计银奖。而且规划实施后,"什刹海历史文化旅游风景区"在2008年奥运会中成为人文北京的一张亮丽名片。"屯溪老街保护规划"也成为建设部在全国历史街区保护中的一个试点,其保护条例发至全国历史文化名城作为参考。后来,自煊邀请日本京都艺术短期大学大西国太郎教授一行来我国考察,研究了西安与屯溪等历史街区保护,合著出版《中国的历史城市》一书,获日本城市规划学会年度大奖;继而与日本法政大学阵内秀信教授一行共同调研北京历史街区,合著出版《北京——城市空间解读》一书,获得2000年日本建筑史学会奖。

朱自煊对家乡也有着深厚的感情。曾多次到休宁为道教名山——齐云山的恢复做工作:一是偕同朱畅中教授、安徽省建设厅规划处罗清澄处长于1979年上齐云山时,为齐云山的修复向省厅募到第一笔筹款;二是在清华大学图书馆善本书库,找到珍藏的清康熙版《齐云山志》,复印成册赠与齐云山相关管理部门,为恢复景点提供依据;三是与当年的休宁县胡枫副县长一起考察,选定齐云山索道的位置;四是为齐云山申报国家风景区说了话、出了力。除此,其外婆家的黄村"进士第"古建筑,在将被拆卖时向县委领导提出意见保存下来,成为全国文物保护单位。如今的黄村,成为全县十个农村旅游福地之一。

朱敏慧

朱敏慧(1943~),女,中国科学院电子学研究所研究员,博士生导师。

朱敏慧1965年7月毕业于中国科学技术大学无线电电子学系,分配到中国科学院电子学研究所工作。曾任中国科学院电子学研究所所长,传感技术国家重点实验室学术委员会主任,微波成像技术国家重点实验室主任,国务院学位委员会信息与通讯工程学科组成员。现任《电子信息学报》主编,《电子科学学刊(英文版)》主编,烟台市政府科技顾问,政府特殊津贴获得者,美国IEEE高级会员。

朱敏慧先后从事过微波器件与技术、计算机技术与应用、雷达遥控与成像处理等科研活动。80年代曾分别在美国康乃尔大学做过访问学者,开展遥感图像处理与应用研究;在日本大阪大学做过客座研究员,合作进行并行计算机技术研究。回国后在分子电子学方面进行研究,曾主持设计并完成"三维分子模型计算机系统"、"分子电子结构造型系统"和"超导体模型计算机系统",为推动我国计算机辅助分子设计及其在医药、材料、超导等领域的应用作出了重要贡献。

朱敏慧是我国合成孔径雷达(SAR)与成像技术领域的学术带头人之一,90年代起曾分别担任国家重大工程项目总指挥和总设计师,主持多项重大科研项目和基础科研课题。在任国家863-308主题专家组责任专家时,她在建立我国自主研制的第一座大型国外遥感卫星数据接收处理地面站、研制我国第一颗雷达卫星工程和组织机载雷达多次完成国家洪水监测等任务方面,皆做出富有成效的工作,在1998年夏季长江中下游特大洪水的监测中发挥重要作用,获得科技部表彰。她为我国SAR技术领域的持续发展和海洋微波探测研究的带头引领作出了重要贡献。被授予中国科学院"巾帼建功"标兵、中央国家机关"巾帼建功"标兵、中国科学院有突出贡献专家、中国科学院研究生院首批杰出贡献教师等荣誉称号。

1995年曾代表中国科技界参加在北京召开的联合国第四次妇女大会,其优秀的科研成就被展示,并获中国组委会嘉奖;2000年参加在北京召开的第二届海峡两岸妇女发展交流会,12月作为全国杰出妇女文教访问团成员访问台湾,在海峡两岸先后两次报告都获得高度评价;2001年在北京参加APEC妇女领导人大会,所作的报告获得好评,在中央电视台国际频道播出。

90年代领导和组织开展中俄航天雷达遥感合作,成为我国科技国际合作典范之一。为此,2000年俄罗斯宇航协会授予朱敏慧教授卡罗廖夫奖章。

后来又曾获2005年度国防科学技术一等奖,2006年度国家科学技术进步二等奖,中国科学院科学技术进步一、二等奖多次,还获国家发明专利受理15项。

朱敏慧是中共十五大代表,从2002年起,任第十、第十一届全国政协委员。

其夫柳怀祖,江苏仪征市人,1963年毕业于中国科学技术大学无线电电子系,曾任中国科学院计划局、办公厅高级工程师、处长、主任;中国高等科学技术中心秘书长。1990年获国家科技进步奖特等奖。

朱力行

朱力行(1955～　),男,研究员,博士生导师。现任香港浸会大学数学系主任,统计学首席教授。

朱力行1973年春于屯溪一中高中毕业,曾经历下乡插队务农、进厂拜师做工数年,恢复高考后的1978年才踏入大学之门。1982年和1985年,分别在安徽大学与中国科学技术大学获得学士、硕士学位,在安徽大学任教两年余。1987年又在中国科学院系统科学研究所攻读博士学位,1990年获得博士学位后,在中国科学院应用数学研究所进行博士后研究,并留所工作。1992年任副研究员,第二年破格升研究员,1994年被评为博士生导师。

朱力行任应用数学研究所研究员以及概率统计研究室主任期间,还走出国门参与合作研究。1995年之后,在德国做合作研究一年多,在比利时朗文大学数理统计所做特邀教授一年,在日本广岛大学数学系做访问教授一年。并曾任美国《数学评论》刊物评论员、美国纽约科学院成员。1998年开始,在香港大学统计与精算系任教,2005年转至浸会大学数学系任教。他还先后受聘内地中国科学院应用数学研究所、华东师范大学、中国人民大学、南京大学、南开大学、山东大学、东南大学等多所大学的讲座、客座教授。并带出一些学术上卓有成果的研究生。

朱力行是1977年恢复高考后中国自己培养的最优秀的数理统计学家之一。他主要从事统计学理论研究,在统计学的一些前沿领域研究面广,成果丰富。从1983年至今的26年,共发表论文170余篇(绝大多数论文刊于国际重要的统计学杂志),出版数理统计专著2部(分别在中国科学出版社和最著名的国际科学出版社出版),因而在国际统计学界有相当的学术声誉,曾多次被邀请在美国、德国、日本、埃及等国际性和区域性学术会议上,作大会专题和邀请报告。

朱力行在统计学理论研究领域的主要成果受到国际统计界的广泛重视,其对高维数据分析、模型检验、经验似然理论的研究尤为突出,取得许多重要成果,1998年获得国家杰出青年科学基金。更为重要的是他于2000年获得德国洪堡研究奖。他是洪堡基金会从1972年至今的近40年间,中国(包括港、澳、台湾)自然科学领域第一位获奖者、亚洲统计学界唯一的获奖者、国际华人统计学界第一位获奖者。这个国际奖项,是德国政府为进行国际科学交流,专门奖励外国杰出学者而设立的。受此奖项的学者,不得自由申请,须由国际著名学者提名。朱力行得此奖励,是由最先获得某些多元经验过程的泛函型统计量在局部备选假设下的极限分布而闻名于国际统计界的德国诺依豪斯教授提名的。他在提名报告中写道:"……在经验过程及其在多元统计中的应用这个专业领域,朱力行教授是一位杰出的、具有独创精神、而且格外刻苦钻研的数学家……我们的合作富有成效,并引导我们所(注:指汉堡大学数学学院数理研究所)增加了在计算多元统计及降维技术(他所研究的领域之一)

等方面的科研兴趣。""从而可以确认,他的研究工作已属最高技术水准,并显示出他在数学方面令人印象深刻的广博学识"。洪堡基金会的授奖理由是"朱力行是世界上最重要的统计学家之一。他在经验过程的应用和柯尔莫哥洛夫统计量的尾概率的估计方面的结果广为人知"。

之后,国际上两个重要的学术组织——数理统计研究院(IMS,美国)、美国统计协会(ASA),给予了朱力行高度评价,2003年和2007年,朱力行分别当选为这两会的会士(FELLOW)。

其妻田秋实,1982年安徽大学数学系毕业,获理学学士学位,之后留校工作。先后任安徽大学数学系党总支干事、秘书、系主任助理兼教学秘书。1991年调中国科学院系统科学研究所,先后任办公室副主任、纪委副书记。1999年,中国科学院成立数学与系统科学研究院,她被任命为院党委办公室主任。2003年任院党务主管、院长助理。曾获中科院管理突出贡献津贴奖励。2009年11月退休。

聂圣哲

聂圣哲(1965～),男,乳名排来,笔名聂造、聂达甲。月潭朱氏三十五世朱志诚长女朱当时之子。生于斯,长于斯;在外不断学知识、做学问,孜孜矻矻事业有大成。

聂圣哲小时相继就读于月潭小学及月潭初中。1981年从休宁中学高中毕业,考入四川大学化学系,1985年毕业,当年以优异成绩考取南京大学硕士研究生,因故放弃攻读硕士学位,先后在安徽大学及中国科学技术大学任教。23岁被破格晋升为副研究员,后赴美国攻读博士学位。现任四川大学苏州研究院执行院长、教授、博士生导师。兼任哈尔滨工业大学、同济大学等校教授,是一个跨文、理、工三学科的学者。现研究领域为:化学与材料科学;住宅学与建筑学;文艺理论与文化传媒。1987年以来,分别在中国科学技术大学出版社、哈尔滨工业大学出版社、科学出版社、华夏出版社出版有《现代化学新学科》、《化学因子分析》(合著)、《现代木结构》(合著)、《美制木结构住宅导论》等专著6部;主编"传媒与文化研究丛书"9本,还曾在《中国科学》、《科学通报》、《化学学报》、Low Temperature Physics(USA)、《硅酸盐学报》、《同济大学学报（社科版）》等核心学术杂志上发表论文近百篇。

聂圣哲阅历丰富，曾在美国泰森公司任常务副总裁兼亚洲部总裁。其间，在好莱坞短期工作，参加过几部电影的现场拍摄及剪辑。现兼任美国联邦德胜公司的全资子公司德胜（苏州）洋楼有限公司总监。他利用业余时间，以笔名从事文学、影视及舞台剧创作，先后在《人民文学》、《诗刊》等杂志上发表学术论文、短篇小说、剧本、诗歌、评论数百篇（首），又导演电影《搬家》、《中奖之后》、《我想对你好一点》、《为奴隶的母亲》（合作导演）。编剧并导演的舞台剧《公司》，在北京首演八场引起极大反响，对中国传统戏剧观产生巨大冲击。联合导演的电影《为奴隶的母亲》获得国际艾美奖等多个国际国内奖项；联合导演的36集电视连续剧《大祠堂》以及担任总策划的大型纪录片《徽商》，都获得很高的收视率。社会职务为：长江平民教育基金会主席；学术季刊《中华艺术论丛》编委会主任；中国建筑学会木结构专业委员会第一副主任。

聂圣哲热衷于教育实务与改革，倡导并参与创办休宁德胜鲁班木工学校及休宁德胜平民学校。由于推广全新的教育理念，在符合国家教育大纲的基础上，突破应试教育的桎梏，以"先育人、再教书"的新理念，用系统有效的办法，在教学中推行"读平民的书、说平民的话，将来做一个守法、敬业的平民"，取得了显著成效。木工学校已有四届毕业生走向社会，不仅就业形势良好，而且学生们得到了社会的广泛好评。平民学校创办以来，拥有近200名在校学生，6个年级，教学效果及学生的表现也得到社会、教育界、家长的好评。中央电视台、安徽电视台、南京电视台、新华社、《瞭望周刊》、《南方周末》、《人民日报》等媒体都先后报道了木工学校、平民学校教育改革取得的成果。英国BBC电视台以平民学校为素材拍摄的纪录片《中国的学校》，在全球100个国家同时播出，引起强烈反响。2008年，聂圣哲在广州岭南大讲堂做有关平民教育的演讲，以新的教育理念，诠释现代社会发展中平民教育的重要性。这次演讲有许多广东教育界名流参加，《南方都市报》发表题为《我们所欠缺的美国平民教育》长篇报道，引起了我国教育界的极大关注。

聂圣哲在担任四川大学苏州研究院执行院长期间，引进国外最新的办学理念,以就业为导向,以创新为本质,致力于现代平民高等教育的改革,使四川大学苏州研究院在不到两年的时间里获得了独特的成就。在科研方面,引进国外最先进的清洁技术、材料再生技术、能源循环技术,在水处理、绿色材料、绿色能源等方面取得了阶段性成果。

聂圣哲热爱徽州,并以徽州为题材创作了大量的文艺作品。导演的36集电视连续剧《大祠堂》(林心如主演),是讲述徽州宗祠的故事;策划的有关徽商文化的纪录片《徽商》,介绍了中国明清时期徽州亦贾亦儒的商帮。在各种晚会的重要活动上经常传唱的歌曲《徽州歌谣》及《我来为您唱徽州》(均为韩再芬演唱)也系聂圣哲作的词。

在管理上聂圣哲有很深造诣,创立了德胜管理体系。以德胜管理规则为蓝本编写的《德胜员工守则》,连续再版4次,重印20余次,被中国管理界称为企业管理的《圣经》。

熊崑珍

熊崑珍(1923～2009),女,笔名艾雯,作家,朱樸之妻。

熊崑珍生于苏州,受到出生地文化气息的润泽和爱好读书的父亲的熏陶,七八岁时见到家中的藏书,就一知半解地读起章回小说以及其他文学作品,从此迷上文学,终生不悔。

1936年,母亲带着13岁的她和襁褓中的幼妹,随着父亲赴江西大庾钨管处上任。17岁时,父亲猝然病逝,她便进入图书馆工作,挑起家庭重担,也得了日夜饱览群书的机会,心中随之燃起写作的火花。1941年,她18岁就写出小说处女作《意外》,参加《江西妇女》征文,获得了第一名,由是走上写作之路,经常给赣南各大报投稿。第二年因日本侵略中国的炮火迫近大庾,她奉命押图书携家避至江西上饶,在这里得到投稿报刊主编的介绍,担任了县立《凯报》资料主任兼"大地"副刊主编。她极力策划与编写,并得到艺术编辑、木刻家黄永玉的协助,而将小小文艺园地做得图文并茂。1946年与朱樸在上饶成婚,次年女儿朱恬恬出生。

1949年,熊崑珍随夫赴台湾,仍然继续写作。1951年春出版了第一本散文集《青春篇》,其中一篇《路》,选入台湾学校教材。1955年,青年写作协会举办"青年最喜爱的作家及作品"评选,她被选为散文作家的第一名。评论家认为她是台湾"五十年代最讲究修辞艺术的作家之一"。她的小说多刻画人性,从大众丰富多元的生活中提炼;写散文则以洗练入微而又温存的笔触,探讨心灵,阐扬哲理,关怀万般世界,从事物中发现一切的美。之后,更擅长写不同文体性质的系列散文,风格独创,旨趣深隽,融情理于一炉。

熊崑珍一生,爱好大自然,关怀周遭一切,珍惜生活情致,恬淡自适。从1941年开始,她创作的时间超过一甲子。著作散文集有:《青春篇》、《渔港书简》、《昙花开的晚上》、《倚风楼书简》、《缀纲集》等;小说集有:《生死盟》、《小楼春迟》、《夫妇们》、《雾之谷》、《与君同在》等20余部,另有儿童文学《森林里的秘密》等。进入晚年,她深受呼吸痼疾困扰,仍执著于书写,80岁出版《花韵》散文集,82岁创作《人在磺溪》,2008年即病殁的前一年,85岁的她,还出版了《孤独,凌驾于一切》散文集。还有已整理好的散文集《与谁同坐》待出版,一些零散篇章文稿和未发表的手稿需整理。

2004年,熊崑珍以雅称"艾苏州"列名于《苏州文学通史》。

朱典仁

朱典仁(1925～),男,乳名佐根,号朴。茶业高级工程师,毕生从事茶叶的栽培、制作、检验的试验研究与技术指导,取得卓著业绩。

1943年,朱典仁从安徽徽属职业学校茶科毕业,走上工作岗位,历任茶叶生产场(厂)、商业中专学校、茶叶经营管理单位的技术员、副厂长、教师、科长、主任工程师、高级工程师、省茶叶技术论文评选会委员。

开始,他任职于场、厂,进茶园、入车间,实地操作,示范推广小苗带土移栽、茶树的扦插、压条、台刈、修剪新技术,探索快速开辟新茶园方法。尔后,他长期在省茶叶经营管理单位任职,依然不断在制茶实践中研究改进茶叶的精制技术。曾推广有"子口茶迂回取料法"、"头子茶改碾切为滚切"、"从扇口茶中提取级内茶"、"低温长烘增进茶叶色香"、"外形定级、内质归堆"等新技术、新方法。他还曾代表安徽参加全国研讨制定各类红绿茶精制技术规程、各类红绿茶加工标准样、界限样的鉴评选配、茶叶外形与内质各项品质因子的审评方法和分级系数的拟定。他在茶叶精制、科研与生产管理方面取得了丰硕的成果,写了一篇篇总结性的文章,发表在《安徽日报》和茶叶科技刊物上。"文革"时下放和县农村四五年,还奔走于庐江、和县、含山三个县的山冈丘陵,无偿帮助采购茶叶良种2万多斤,规划创建国营、社队茶场20多处。

从20世纪80年代起,朱典仁担负了更重要的工作,成就也更大。全国开展评选省优、部优、国优食品,他被选为茶叶类评委,参加制定全国名优茶评比方法和鉴评,多次任部级、省级茶叶科研项目鉴定会委员、副主任委员、质量鉴评组长。

根据安徽省茶叶自营出口的需要,他提出建立安徽出口茶牌号的制样方案,组织人员在较短时间内制成"祁门功夫红茶"、"安徽红茶"、"安徽绿茶"、"安徽红碎茶"4套40个出口贸易茶样,提高了安徽茶叶在国际市场的知名度与竞争力,也增进了出口贸易的经济效益。

他曾被选为由国务委员张劲夫率领的中国代表团成员,前往比利时布鲁塞尔出席欧洲共同体——中国贸易周会议的一系列活动。会后并到英国、法国、苏黎世访问考察。期间,他为宣传中国、安徽茶叶,商谈并签订茶叶贸易合同作出了贡献。

安徽茶叶参加世界食品博览会展评,他负责组织祁门、屯溪、霍山三个茶厂选取优质原料,制成功夫红茶特级、安徽绿茶特珍特级(屯绿与舒绿拼配而成)、安徽绿茶特珍一级参评,"祁红"获布鲁塞尔第26届展评金牌,"安徽绿茶"两个品名均获雅典第27届展评银牌。

朱典仁与茶结缘近50年,1988年退休仍被安徽茶叶公司返聘3年。1992年告老还乡,定居休宁县城,又常被休宁一些茶厂请去当不计报酬的顾问,为家乡茶业作出新贡献。2006年,安徽省茶业学会授予他"优秀会员"称号。2010年,在吴觉农茶学思想研究会组织全国著名茶业老专家评选中,又荣获"老茶人贡献奖"称号。

朱命模与黄翠娥

朱命模(1905~2003)与黄翠娥(1904~2007),1925年结为夫妻,俩人都寿高百岁,才驾鹤西游,是月潭朱氏宗族历史上最长寿者。

朱命模出生在徽商世家,十一、二岁进上海工部局立华童公学读书,未毕业就考入上海邮政局,一直工作到退休。黄翠娥也出生于本县黄村的徽商家庭,初小毕业后,在家读些古诗文,后嫁到月潭朱家,当了家庭主妇。夫妻俩性格不尽相同,男的谨慎严肃,不苟言笑;女的爽直活泼,开朗健谈。而他俩互为尊重,待人处事多有相似。

夫妻俩勤劳治家。命模从事邮政工作数十年,任劳任怨,不计较得失,吃亏也不生气。局里值夜班最累,调皮人常借故推托,而他总是去顶班,是局里出了名的"好人",曾多次被评为先进工作者,也很早就被吸收为共产党员。翠娥开始在家中当主妇,孝敬公婆,相夫教子。抗日战争胜利后,独自带了有中风后遗症的公爹和几个小儿女,回到老家月潭,依靠丈夫寄来的不丰的生活费,服侍风烛残年的公爹,培育幼小儿女。为了节省开支,凡洗衣烧饭、缝补做鞋、摘茶种菜等,事必躬亲,劳力又劳心,皆是乐观面对。后来二子三女相继婚嫁,先后添了孙子辈八个,老夫妻俩又以儿女事业为重,悉心帮助照顾幼儿。1973年已逾古稀之年的命模,因老伴到福州帮三女照顾孩子,就独自到石家庄给二女帮忙,一帮就是7年。在美国读研的大孙子与孙媳,生了曾孙,没家人照顾。此时他们已年逾八旬,还帮助抚养婴儿三个月。年逾九十时,在清华大学任教授的长子朱自煊,把二老接到身边养老,他们还是闲不住,继续操持些烧饭做菜的家务。

夫妻俩仁爱助人。在上海时,他们把堂妹的儿子从农村带到上海,提供吃住,学做生意;又设法推荐村中客姓裁缝红的儿子到上海一家缝纫店学做西服;表侄胡守信天生眼疾,在家务农,生活困难,他们长期给予资助。命模在过世之前,还嘱咐长子要接着资助,直至守信病故。他们租居的福建北路"过街楼",住的大多是到上海做工摆摊的低层人,夫妻俩对他们都尊重、关心,看到有穷困潦倒、揭不开锅的,生孩子遇到急难的,家中长年吃不上荤菜的,都要伸手帮一帮。在月潭,他们得知三叔公、婆二老无依靠,就长期给些救济;堂弟因孩子多,生活拮据,欠了一些债,连棕绷坏了也没钱修,便邀自己子女和亲友为他打了个"会"(当时民间集资帮助解决临时困难的一种形式),让他一次性地还清旧债,随后还时而给点救济。村里农民有时上门来借钱借物,也是有求必应,从来都不催还。有的借钱人过年送来一刀肉或一些蛋,不论多少当即把借的钱一笔勾销。

夫妻俩睦邻友善。在长住过的上海、月潭,暂住过的北京、石家庄、福州,对邻里都是以诚相见,与他们和睦相处。翠娥住在月潭上10年,闲时东家西家地走动,拉家常、讲书文,总让人听得津津有味。人家遇上为难的事她也热情帮忙解决,如为婆媳之间当"和事老",为不识字的媳妇代读代写家书。所以上至七八十老人,下至年轻媳妇,都喜欢与她相处。在上海租居房子搬来搬去,租住长达20年的是广灵二路6号。这号楼的一套房子住有三家10多人,是共用的厨房与厕所,翠娥体谅上班族工作忙,都是一个人揽下厨房与厕所长年的卫生清扫,还带头在6号楼大门外,清理阴沟,填平凹地。她居室对面住的一对山东籍年轻夫妻,有三个孩子,一个男孩还没上小学,与自己身边的小孙子年龄相近,她就常常带着这几个孩子一起玩,两家相互帮助,亲如一家。翠娥还是个常为街道里弄办事的义务者,又是6号楼单元中的校外辅导员,如今从这里出去的孩子都长大成人了,谈起她老人家还啧啧称赞。

(注:以职称与出生年月为序)

(二)传 略

朱济美

朱济美(1883~1949),男,号步青。生有连生、桂生二子,春娥、足意、如意、红囡、秀琴五女。民国时期是本宗族里门族长。

朱济美的父亲是工匠,年过四旬病逝,家庭穷困。济美未能在私塾多读书,但他勤于自学,涵养德性,懂得很多做人的道理。随着子女的逐渐增多,为谋全家生计,他看好本族有着丰富的稻谷和林、茶资源,在下村大河边建起水碓,收购稻谷加工大米,运往屯溪独自开设的米行销售。同时收购茶草或初制茶叶,运到阳湖与杜家合营的茶厂,进行精制,直销外地。抗日战争胜利之后,还在一些可伐的山场判杉木,雇人砍伐、扎簰,运往杭州销售。他在生意场上,吃苦耐劳,讲义守信,所以各项经营一直长盛不衰,家庭经济日渐宽裕,使得八九口之家的日子过得舒心。

朱济美是朱氏宗族里、外、上、中四门人丁最多的一门族长,每年要协助主管宗祠的祠正办好三次祠祭、两次墓祀,还分工管理一寺庙。他把宗族的祭祀看成是义不容辞的头等大事,外面生意再忙,也都提早赶回村里尽应尽的责任。如担负的清明、中元、冬至三节的祠祭后勤工作:祭前,祠堂的打扫布置,祭品、丁饼的采购或物品的自制,特别是三节祠祭自制的不同祭品,也要给子孙分食,清明是肉丁腐干丁苎叶馃、中元是芝麻白糖油馃、冬至是肉丁鸡汁葛粉园子,每次的制作都量大、质高、味具特色,总受到族人的称赞。平时,对族人之间发生的矛盾,也能尽力去化解。如一次敦和仲房的朱言铃返乡,急病逝于途中,本房族人忌尸体回村不吉利,群起阻拦。他得知此事,当即上门以情理打动族人,化解了矛盾。

朱济美平时教育子女要宽宏大量待人,还常以"勿以善小而不为,勿以恶小而为之","富则济天下,穷则善己身"等古训教之,且身体力行。如在宗亲中,遇有出外谋生缺少路费者给予资助,营商资金短缺者给予无息借贷(且不追债),遭到大难者则给予无私救济。村里客姓遇有难事,他都能慷慨解囊。如陈尚高的四弟一两岁时,因家庭困窘被父亲卖给下溪口一人家,母亲恋子不舍,跑到济美家哭诉,朱济美当即拿出200元法币让她拿去赎回儿子。守祠堂的顺意,因儿子天赐在大商岭背后的山场上,不慎违规引发火烧山,烧掉了一些林木,即带着儿子跪在他的面前检查求助。他教育了天赐一番后,掏出40块大洋让他拿去受罚。1949年,济美一病不起,子女们在其床头小木箱里看到一些多年前借款人的字据和佃田当契,这才明白父亲经济拮据的原因。

朱懋椿

朱懋椿(1900～1959),男,乳名爱孙,号伯严,朱承仁长子。家境贫寒,幼年读私塾,修业未满、辍而自学。13岁父亡,18岁母亡,为双亲治病和办丧事,债台高筑,还要负担两弟的生计,早年就走上从商之路。

朱懋椿1913年经亲友介绍,在江西景德镇大源祥布庄当学徒,由于刻苦习业,绩效卓然,受到老板器重,三年学徒未满就升为管事(代经理)。数年后,布庄老板在鄱阳开设分号——孚康布庄,又升任经理。抗日战争爆发后,开始为避战乱辗转于江西乐平的鸣口、石镇街营商。1940年再移居鄱阳摆布摊。1947年邀得上海商界孙辉祥、万云鹏等挚友加盟,开起了股份制的新康大布店。经营中由于货物花样新、品质优,买卖讲诚信、以义取利,与员工比若朋,所以生意日渐兴隆。随后店堂设备与店面装潢又有新的改善,商品种类也不断增多,在鄱阳街上独树一帜,名声远扬,经营更为兴隆。

朱懋椿在经营中,一向奉公守法,遵章纳税,曾被赞为纳税典范。中华人民共和国成立之初,遇上抗美援朝,毅然斥巨资购买爱国公债,数额在全县商家首屈一指。同时热心公益事业,如从上海购来一批水枪支持四邻防火救火,向县文化馆捐献各类图书、典籍三板车等,在社会上获得很大声誉。他曾被推为县工商联主任、县法院人民陪审员;又被选为县人大代表、县政府委员、县政协常务委员。

朱懋椿生意发达后,数度回乡清理债务,修建两代祖先茔墓。同时相继为两弟成家立业。三弟懋坤(乳名年孙),小他9岁,他将其家眷带到鄱阳一起寓居营商;二弟懋钰(乳名又孙、号仲镕),小他4岁,14岁也就由二舅介绍到黟县德裕布店当学徒,之后一直在屯溪的正大、吉记、天新、新新等布店工作。朱懋椿勤奋好学、真诚守信,低调做人,年轻时就被老板任为副经理、经理。抗日战争中期,他与二弟抓住屯溪这个大后方的商机,邀来有制皂技术的王兆麟(名字的音同可能字不同),合资办起了屯溪肥皂厂,生产的肥皂,先为"时新"牌,后改名"地球"牌,市场上已有名气,生产规模也随之扩大。抗战胜利前后,他们的家庭经济日渐雄厚,便在月潭建造新房,购置田产,兴了家业。

朱 樸

朱樸(1914～1999),男,原名人凤,字惕非。出生于书香世家。曾在安徽大学政治系攻读两年,因抗战军兴,毅然投笔从戎。先入军委会战干团第三团,继入中央军校第四分校十六期步科,以遂报国之愿。

1939年,朱樸在江西任军政部第二十三补充兵训练处指导员及教官,后转江西团务工作。历任支团部组员、视导,战时省会泰和区团部书记,赣南上犹分团部主任、干事长。1948年后,历任空军第二零三供应大队新闻室、政工室、政治室主任,空军军官学校政治部科长。去台后筹办屏东空军子弟学校并任校长。1955年以后,由台湾省政府教育厅派任高雄县政府教育科长。凡历任的军政、团务、教育各职,均全力以赴,深得长官信赖与同僚支持,尤以高雄县教育科长一任14年,建树良多,并撰有《我从事地方教育行政十四年》问世,述其始末,念兹在兹。其业绩卓著,屡获奖勋,深得历任县长、县议员之倚重与鼎助,以及全县教职员工之敬爱。

朱樸生性耿介,不攀附,不营求,自勉自励。1970年自请退休,定居台北,淡泊明志,自由自在地生活,30年如一日。因患急性心肌梗塞,于1999年11月病殁,终年86岁。

朱世忠

朱世忠(1926～),男,字荩臣,乳名锡福。妻陈崇嫒。

朱世忠出生后的中国,内不安定,外受侵略。1931年,日本侵略者发动"九一八"事变侵占东北,特别是在他上中学读书时期,日寇又发动卢沟桥事变,公然发动侵华战争,中华大片国土沦陷,百姓遭到灭绝人性的烧杀淫掳,就是读书的后方——徽州中学也被日机滥炸,受害同学人首异处,肠挂枝头。一件件骇人听闻的事,令人义愤填膺,热血沸腾。当1944年国家发出"一寸山河一寸血,十万青年十万军"的号召时,世忠虽未读完高中,但毅然投笔从戎,远离家乡。抗日战争胜利后,他解甲复学,就读嘉兴青年职工学校电讯科,1948年又被征召赴台参加新军训练,历任连、营、团级干部,但仍时常想着学习,因经济困难,考了陆军参谋大学正15期。毕业后服务空军,先后任机场大队副主任、主任。1970年调升(台)空军总司令部上校监察官。越二年,被选送政治大学企管系进修,毕业后在航空研究院进行行政管理工作10余年,1981年退休。在工作的34年中,曾荣获陆军与空军的干城、景星、楷模、良弼等奖章12枚,还荣获最高忠勤勋章、忠勤一星、二星勋章3枚。

朱世忠1965年才与陈崇媛结婚。妻子1942年毕业于台南师范专科学校,任台南后聪学校老师,育有一子一女。子朱泽安,毕业于长荣学院,任德商的德利多福资讯公司物流部经理;媳张炜倩,毕业于实践女子专科学校,任皇冠杂志社助理编辑,育一孙女已上中学。女朱泽宁毕业于中兴大学,续读于美国俄亥俄州立大学,获土木工程与资讯双硕士学位,现任得克萨斯州政府法院电脑工程师。女婿大卫·柯克斯(Darid-cox)任电脑程式设计师。已育有两外孙、一外孙女。

朱丽仙

朱丽仙(1926～),女,小学高级教师。在坎坷的人生道路上,为学校与家庭的基础教育,克尽劬劳,奉献一生。

1939年,13岁的朱丽仙,考进了徽州师范学校,17岁毕业就在村里的小学任教,随后历任休宁县古林小学、海阳一小和三小的老师,教语文,兼授音乐。1958年于一夜间突被补划为"右派",后婚姻也遭不幸。在那段漫长的时间里,她没有自卑消沉,她出色的汉语拼音和语文教学,仍使她受到学生和家长的尊敬。改革开放新时期的到来,她的"右派"帽子摘了以后,先后获得镇、县评选的"优秀教育工作者"、"五好家庭"等称号。1979年,县教育局组织县城三所小学的三年级语文教师,进行"看图写话"的作文示范教学活动,并组织听评小组打分评审,全县的小学校长也都被请来参加听课。朱丽仙教的是"看猫写话"。她组织这一课教学,师生互动,课堂气氛活跃,参加听课的老师啧啧称赞,结果她的这堂示范教学评分第一。1983年获全国儿童少年工作协调委员会颁发的

"全国园丁荣誉纪念奖章"。由于工作出色,直到62岁学校才让她退休。

朱丽仙还未办好退休手续,就被县妇联约定到县机关托儿所当所长。她在所里把教养与保育工作安排得很妥帖,还亲自弹琴教唱歌,帮助孩子洗澡,并与员工同吃同住同劳动(打扫卫生等)。1990年,她获得县里颁发的"老有所为精英奖",后又被评为市里的"少儿工作先进个人"。1989年,她不幸患上子宫癌,术后在江西的女儿家休养8个月回到休宁,县妇联领导闻讯又上门请她继续当所长,并嘱咐全体员工对她多关心,就这样干到72岁才离开托儿所。

六七十年代,她被划"右派",工资又低,在这种压力下,还抚育和教养了女儿小燕的几个学龄前孩子。白天,她安排好学校教学与家务劳动;晚上,抓紧备好第二日上的课后,就管教孩子们的学习。她的管教采取启发诱导、直观生动、循序渐进的方法,常常陪着孩子一起学,同时关注和培养孩子的学习兴趣。大外孙女薇薇,二年级时爱上了家中一把二胡,朱丽仙开始手把手教她拉,尔后朱丽仙相继寻访了科班出身的赵复泉、张步东两位二胡高手,让薇薇拜他们为师,这为薇薇后来得以上中专、大学的二胡专业学习奠定了基础,如今薇薇已是中国广播艺术团的一级演奏员。三外孙女葵葵,对学语文有兴趣,二年级下学期她就教会葵葵查字典,还常用游戏的方法教她成语、词组、连句、造句。同时引导她仔细观察生活,练习作文,因而在考进休宁中学不久的一次作文竞赛中,就获得第一名,后也上了大学,葵葵现今是广东《佛山日报》文体部主任。二外孙女晖晖很小给了人家,在商山读小学,偶尔到外婆家嬉耍,看到薇姐、葵妹跟着外婆学得好,便在寒暑假来到外婆家学习,从此也进步很快,现在是深圳荔香中学优秀教师。除此,上小学的外甥彭刚、彭啸,大姐的孙子胡松贵、三姐的孙子吴亦鸣等,也都短期在她身边读书,他们现在都工作得很好。

2001年底,朱丽仙离开了托儿所,在佛山工作的葵葵得知,又把她请去照顾上小学的第四代曾外孙甥南非,如今她已八十有六了。

朱如圭

朱如圭(1927～2004),女,朱世良之妻。黄山市医药公司高级统计师,全国、安徽省统计学会会员,黄山市统计学会顾问。

朱如圭1945年肄业于上海政法学院经济系,开始历任屯溪率口、柏树、黎阳小学教师,屯溪市扫盲办公室干部。1954年调任供销、商业统计,1957年起在芜湖、徽州地区(今黄山市)医药公司承担计划、统计工作。1988年晋升高级统计师。她从事计划、统计工作30余年,对中西药生产与经营,皆全面、及时、准确地编制统计报表,并从数据里找矛盾、查情况、写分析。还深入到经营基层和药材产地调查研究,写出一篇篇专题报告,为领导谋划生产与经营决策提供依据。

朱如圭1961年被评为芜湖地区卫生系统社会主义建设积极分子,1985年被评为安徽省医药系统先进工作者。她所在的徽州地区(今黄山市)医药公司连续9年被评为全省统计工作优胜单位。她还曾出席徽州地区"十师"献计献策会,参加厦门、重庆、天津三次全国商业、医药统计经验交流会,并在会上介绍工作经验,曾发表两篇统计方面的论文。在临近退休的几年里,她还采取走下去、带上来的办法,手把手地帮教区、县医药公司20多名统计工作新手,系统整理了徽州地区(黄山市)的中、西药统计历史资料70余册。

朱如圭从业尽心、尽力、尽责,居家则当孝女、贤妻、良母。她对年轻守寡的母亲艰难养育自己又帮助照顾外甥的恩情,一直铭记在心,把母亲供养在身边,在其年老多病时,更是无微不至地照顾,以使母亲享年八十过后而终。她与丈夫相濡以沫,既关心其身体,支持其工作,又协同其养公婆、助姑嫂、帮叔弟。配合丈夫养育力平、力行二子和孤儿表弟扬扬,含辛茹苦,不遗余力。最费心力的是谆谆善诱,教导他们多读书、学做人。同时,还与丈夫同心支持只读过初中的大儿媳,把幼子丢在家中,安心在省城读了数年广播新闻的中专与大专。所以全家二子二媳和表弟,全是大学以上学历,并且几乎全是正高、副高职称,无职称的则是县级职务。孙子若丹、若青又分别留学澳大利亚和美国获得硕士学位,小孙子若青目前还在美国攻读博士研究生。

黄惠芬

黄惠芬(1928～　)，女，休宁县黄村人，朱自煊之妻。父黄寿民，母朱时娟(月潭人)。

黄惠芬少年随父母居上海读书，1950年在私立晏摩氏女子中学毕业，考入南京大学(原中央大学)医学院，1956年毕业，分配到北京协和医院，历任神经科住院医师、主治医师、副研究员；神经科领导小组副组长、副主任、兼任科党支部书记。1988年晋升主任医师、教授。1996年退休。

黄惠芬在北京协和医院从事神经科临床实践工作40年。工作期间仍结合实践学习相应的理论，60年代初曾跟着中国著名神经病理学家许英魁学习神经病理学；1982年又作为访问教授，赴澳大利亚墨尔本大学病理系进修神经病理学一年。她专业基础扎实，又十分重视临床实践经验积累，并善于理论联系实践。对遇到的疑难病例，总要寻找文献悉心钻研，并能虚心与人探讨，以不断提高诊断水平；对来院求诊的病人，不论贵贱皆持负责态度，细微周全检查，故诊断准确率较高。外地和边区到京向她求医者，因长期诊断不准确，或初始误诊，迅速得到确诊后，皆对之赞誉不已。

黄惠芬在承担医务工作的同时，还在协和医科大学和护士学校为本科生、中专生、实习医师进修生讲课，又承担培养研究生任务。70年代以来，她参加了赵葆询教授领导的腱鞘炎多发性硬化的研究工作，撰写了有关论文数篇。1992年多发性硬化实验室和临床研究项目，获得卫生部科技进步三等奖。在学科建设中，她尊重和发挥本科老专家、老教授的作用，关心培养青年医师，在全科树立了良好的医术、医德、医风，因而神经科多次被医科院评为先进集体、先进党支部。她个人也在1960年和1986年两次被评为院先进工作者，1987年被评为院优秀党员，1988年被评为医科院优秀思想政治工作者。1993年享受国务院特殊津贴。

1996年退休至今，每周还三次到协和医院专家门诊、特需专家门诊坐诊，为病人服务。

朱世良

朱世良(1928～　)，男，乳名锡康，字梦弼，笔名石梁、怀萱。《黄山日报》副总编，主任编辑。

朱世良出生于书香世家，太祖、曾祖都是举人，祖父是秀才，父亲也高师毕业。他9岁丧母，体弱多病，1941年考上休宁县中未逾月，即因病退学在家学中医。1944年再考入休宁简易师范学校（四年制）就读，毕业后任了小学教师，没有机会再升学深造。1954年走上新闻工作岗位，深感少读书之苦，从此一直发愤自学。

朱世良在近40年的新闻工作生涯中，大部分岁月从事报纸新闻工作。历任《徽州报》、《芜湖日报》、《黄山日报》编辑、组长、主任、编委、副总编。1987年评升为主任编辑。编辑工作虽然是"为他人作嫁衣裳"，但他仍不放弃每一次新闻采访与写作的机会。前期多采写消息、通讯、调查报告，后期承担一些管理职责，则多撰写评论与其他文章。他采写的作品，在严格遵守新闻真实性原则的前提下，既重视思想内容，也讲究文采辞章。"文革"期间的1972年，《徽州报》停刊，他被调入徽州地区广播局（原称广播网办公室），担负广播新闻业务指导工作。由于两种新闻业务各有不同特点，面临着一些新的问题，他依然下工夫学习研究。是时，各县的新闻编播人员因受"读书无用论"、"知识越多越反动"和批判"白专道路"等影响，没有重视业务学习和办好节目，使得地方新闻节目多是抄抄转转，板着面孔说教。改革开放以后，拨乱反正，他更致力于改变这种局面。1973年带队参加省里举办的播音员学习会回来，就写了《谈谈播音》一文刊于当年广播局主办的内刊上，供全区播音员学习。并且年年负责办班，组织基层播音员学习业务，多次举办县站播音、采编人员业务学习班、研究会。还两次带领县站站长与采编人员赴山东和江苏、浙江8个县、市广播站参观取经；在全省率先举办县、市广播站采编与播音评比会；到城乡召开8次听众座谈会，写成反映听众意见的调查报告，以推动各县、市广播站改革地方新闻节目，增添专题节目，得到省广播厅有关领导的多次称赞。他撰写的《谈谈播音》和《听听我们听众的声音》两篇文章,被中央与安徽省以及外省市一些广播局主办的内刊转载。1981年《徽州报》复刊,世良调回报社,经常编写言论,其中《跟上农民前进的脚步》《旅游牵头兴百业》,分别获安徽省好新闻奖(当年未分等级)和好新闻二等奖。还主编《徽商史话》、编著《黄山胜迹》两书出版。这个时期他也曾获得徽州行署记功奖励,被评为安徽省优秀新闻工作者。

朱世良工作到退休年龄,组织上决定延长工作3年。1992年退休,不忘数十年受新闻工作培养之情与同仁间的关爱,参与牵头办起黄山市老新闻工作者协会,先后任常务副会长、会长,坚持按照"以'三个服务'带动和促进会员老有所为、老有所学、老有所乐"的办会宗旨开展工作,使得协会工作规范、有序,活动经常、活跃。2007年该协会获黄山市社科类"先进学会"称号,他个人也被评为先进工作者;2010年协会又获得"全市先进社会组织"称号。同时,他撰稿编书仍笔耕不辍,曾采写不少新闻作品发表于报端,通讯《笑傲人生抗癌魔》一文,获全国老年报好新闻三等奖。主编又自己撰写大部分章节的《黄山市报业志》,1999年获得安徽省第三次地方志优秀成果一等奖。随后还主编新闻史书《岁月留痕》与《岁月留痕》第二集出版发行。

朱典铭

朱典铭(1932~),男,合肥工业大学副教授、高级工业设计师、工业设计硕士生导师、机械部国家自然科学基金委员会工业设计学科组同行评论专家。

1954年,朱典铭毕业于天津大学机械工程系,先后在哈尔滨工业大学、合肥工业大学从事机械设计和工业设计领域的教学和科研工作。曾任合肥工业大学工业设计研究室主任、中国工业设计协会常务理事、中国工程图学学会理事、中国工程图学学会工业设计专业委员会主任委员、安徽省工业设计协会理事长。还曾任北京中国长城计算机集团公司、山东青岛海尔集团公司、合肥美菱股份有限公司等国内著名企业工业设计的技术顾问,从事企业形象、产品造型、品牌推广的策划和设计。

朱典铭勤于钻研,编著有《工业设计基础》、《计算机辅助工业设计》、

《产品造型透视学》、《工程制图》、《画法几何学》、《画法几何在工程技术中的应用》、《矿用采掘工程图 CG 系统》等 10 余部著作,发表论文 100 余篇。负责国家和省、部级攻关课题 8 项,获国家科技三等奖 2 项,省、部级科技二等奖 4 项,其他各种奖励 6 项。其事迹分别入编《中国当代高级专业技术人才辞典》和《科技专家名录》。

朱绛雪

朱绛雪(1932～　),女,中共党员,黄山市广播电视局人秘科科长。

朱绛雪于 1949 年毕业于休宁简易师范学校,6 月参加皖南革命干部学校学习,年底分配至徽州地区共青团工委工作。1950 年之后,历任歙县潜口区、旌德县城关区、乔亭区团委书记,后调绩溪县林业、税务等局工作。1972 年开始在徽州地区广播局、黄山市广播电视局任会计,后升任人秘科科长。1989 年离休。

朱绛雪深受宗族优良传统思想的影响和其父母的言传身教,对工作尽职尽责,对亲人热情关爱。她与姐姐碧云分担弟妹的教养,培育世华弟读完高中,走上小学任教岗位;对子女则是善育严教,生有二女一子,既教他们勤读书,也教他们善为人。

长女黄建军,就读初中时正是"文革"期间,没能继续读书,16 岁就进厂做工。1981 年调到屯溪一中图书馆工作,加入共产党。由于有了较好的业余学习条件,还考入黄山市委党校函授班学习,获得中专学历。

二女黄建和,1975 年高中毕业,先下乡插队,加入共产党,后进厂做工。1986 年参加考试录取为干部。1989 年调黄山市监察局工作,在市监察局与市纪委合署后,任党风室主任。其间,在中央党校经济管理专业函授班学习,获大专学历。2006 年调安徽省财政厅纪检组工作。

幼子黄建树,1975 年高中毕业后,也是先下乡插队当农民,后当工人。恢复高考后,考取并毕业于徽州师范专科学校化学系,分配到祁门二中任教。1982 年调徽州地区环境监测站,历任技干、站长、黄山市环境保护局副局长,加入共产党。1997 年调省环境监测中心站任站长、书记、高级工程师。2008 年升任省环境监察局局长。他在职期间,坚持业余学习,先在中央党校函授学院党政管理专业本科毕业,后在中国人民大学商学院硕士研究生研修班结业。他工作忠于职守,业绩出色,曾两次获全国优秀环境质量报告书三等奖和二等奖,参加研究的"基于遥感信息与常规监测相结合的安徽省生态环境质量评价的研究"获省级科技成果奖。自2001年至2005年,她领导的中心监测站获得省政府授予的"先进集体",省级部门授予的18次"先进集体"、"先进单位"等称号。

其夫黄海,1949年4月参加革命,1956年加入共产党,历任绩溪县团委宣传部长、县报总编辑、县委办公室副主任、县农林局副局长、隆阜中学校长、徽州行署教育局副局长、地区体委副主任。离休后任黄山中华职教社主任,曾获"全国关心下一代优秀工作者"、"全国温暖工程先进工作者"、"安徽省离休干部先进个人"等称号。

朱典智

朱典智(1933～),男,字端根,笔名赤峰。中共党员,高级讲师。

朱典智学徒出身,1950年参加工作,任过小学教师。1954年调安徽省工农速成中学学习,毕业后保送到合肥师范学院历史系学习,1962年毕业分配到屯溪一中任教,曾任校总务主任、校茶林场负责人。1974年调至黄山林校,教政治理论,还曾任校教研组长、校务委员、校党委委员,1988年晋升为高级讲师。并为省中专政治理论课教研会常务理事、省中专政治理论课统编教材编委,主编有省中专通用的《中国革命简史》教材。

1993年朱典智退休以后,编著有《传统道德漫谈》一书出版,撰写有两本《云林文集》书稿,还撰写了《谈谈传统道德的力量和作用》、《试谈"三农"》、《浅谈爱国主义》等文章,曾分别获得组编单位评选的特等或一等奖。

2004年,黄山林校合并到黄山学院以后,朱典智被选为学院关心下一代工作委员会委员、学院党委组织部特聘组织员,曾被评为学院"优秀党员"和"先进个人"。

朱典智酷爱收藏,在2006年至2009年的三年中,曾将收藏的大量照片和火花、门票图片,组制成"弘扬雷锋精神、建设和谐校园"、"世界文化遗产"、"中国革命百年风云"、"迎奥运,促和谐"、"光辉国庆60周年"等五个主题的图片展品,在黄山学院南北两校区展出。2009年,黄山市文明委评选他为"'五老'关爱先进个人"。

朱自熙

朱自熙(1934～1990),男,副教授。在本村小学读了书,即进屯溪中学读完初中与高中,随后考入上海复旦大学化工系,1957年毕业,分配到中国科学院物理研究所工作。1963年,河北大学物理系从中科院引进人才,朱自熙和夫人孟宪械作为"业务骨干"被选入该大学物理系工作,他任致光研究室主任。1978年,他与妻子以及系里几位教师,参加研究的电致发光等项目,受到本校表彰。同年,他参加了全国科学大会。后来,他参与研究固体发光可用于国防科研新项目,又得了全国科学大会奖。从1980年起,朱自熙连续四届为中国物理学会发光分会委员,后调入天津理工学院(现为天津理工大学),因体弱多病,1990年去世。

郑文林

郑文林(1936～),男,中共党员,朱雨芬之夫,河南郑州人。中国社会科学出版社社长、编审。

郑文林1960年在中国人民大学哲学系本科毕业留系任教。1965年调中央马列主义研究院哲学组工作,1973年7月在中共河北省委宣传部理论处工作,后任处长。1985年4月调中国社会科学出版社工作,先后任副总编辑、总编辑、社长。期间,出版社被国家评为全国首批15家"全国百佳出版社"之一,他本人荣获首届"全国百佳出版工作者"称号。1992年享受国务院特殊津贴。

郑文林长期从事学术理论研究和编辑工作。曾发表论著100余篇(部),重要文章有《试论道德义务》、《共产主义道德还是社会主义道德》、《职业道德与职业道德教育散论》、《社会主义精神产品不能脱离自己的精神目的》等,都在国家级报刊发表。《图书商品学》(合著)一书由人民出版社出版。并在出版社策划、编辑过多部重要书稿,重要的有:《外国伦理学名著译丛》、《中国社会科学博士论文文库》、《摩诃婆罗多》、《中国社会科学院学术大师治学录》,还点校和编辑了钱钟书生前最后一部著作《石语》。

朱敏俊

朱敏俊(1937～),男,乳名天赐,笔名朱易。中共党员,中学高级教师。

朱敏俊1958年毕业于安徽师范大学艺术系音乐专业,在合肥任中学教师多年,期间数次承担合肥市歌咏大会的歌曲创作、编排和总指挥。1977年获合肥市先进教师称号。1984年后,加入中国音乐家协会安徽分会,历任合肥市艺术教育办公室主任、合肥市教委教育科学研究所研究员、安徽省音乐系列高级职称评委会评委。还受聘为安徽省少年艺术团钢琴和小提琴教师,培养了很多钢琴和小提琴演奏人才,其中有邬娜考取美国霍普金斯大学钢琴和作曲专业攻读博士、张宁考取奥地利维也纳音乐学院钢琴专业攻读硕士、翟羽考取安徽师范大学钢琴专业攻读硕士、程婷婷考取中央音乐学院本科班、龚建丽考取上海音乐学院管弦乐系、何悦考取广州星海音乐学院管弦乐系。

朱敏俊的歌曲创作也硕果累累,代表作有:《骑上快马再加鞭》(上海交响乐团灌制唱片全国发行)、《姐妹们学理论》(安徽电视台录制播放)、《老师的眼睛》(在《乐坛》上发表),还有《人民老师颂》、《校园歌声》歌曲集等。在钢琴与小提琴教学方面也颇有研究,曾撰写《钢琴和声原理》等文章,还曾代表安徽省参加在海南召开的全国首届"器乐教学研讨会"。

朱典淼

朱典淼(1940～),男,乳名永福,曾名典常,卜卦命中缺水,遂更名典淼。1952年考入徽州师范学校,由初师升中师毕业,保送至芜湖师范专科学校中文科学习。1960年毕业留校任教,期间曾被派往合肥师范学院中文系进修。1962年返回芜湖师专,任中文科《文学概论》课教师。1978年任芜湖师专中文科副主任。1983年调任中共芜湖市委宣传部副部长。1987年在宣传部副部长任上兼任芜湖市文学艺术联合会党组书记、主席。1990年任芜湖市教育委员会党组书记、主任。1994年调回芜湖师专,任党委书记,直至退休。

朱典森幼年丧父,由母抚养成人。母程氏珈宜,小时上过私塾,读过一些诗文,为人仁厚贤惠。她为儿子成就学业,不顾小足体弱,只身在外帮工,备受艰辛。寒暑假期,母子短期相聚,对儿子在外生活与学习总要千叮咛、万嘱咐,经常讲读家中悬挂的朱伯庐《治家格言》中的做人警句,或口诵《千家诗》中的篇章。典森得到传统文化的滋润,萌发了对文学的喜爱,爱读文学作品,并用心于对文学艺术作品的剖析与鉴赏。尔后,由文艺转入对人的关注与研究,探索人的本质特征,研讨人的自我塑造,为人的素质的不断提升,奉献绵薄之力。曾在报刊发表文艺论文、散文百余篇。著有《文学简论》、《石头情思》、《人学四论》等书出版。

朱典雄

朱典雄(1942～　),男,小学高级教师,中共党员。

朱典雄1965年毕业于徽州师范学校,始在王村、上张两个小村落的小学复式班任教。当时这两地村民生活极为困难,为让穷困农家孩子也能上学,他在学校实行半耕半读、勤工俭学制度。1975年调到山岔小学以后,一直任高级班的班主任,教语文。八九十年代,他实践陶行知的教育思想,既教书又育人,并推行农科教结合,为山岔村创建富裕文明新农村尽心尽力。其间,他曾被黄山区评为"先进教师"、"优秀共产党员"。

1978年,同校的黄剑杰老师进入山岔上张大峡谷察看,发现境内有山水奇观,邀典雄与几个村民再度入谷踏勘,他们看过之后,皆感到此谷奇美,是极好的旅游资源,后取名"翡翠谷"。1987年,典雄帮助上张村办起全国第一家农民经营的翡翠谷旅游公司,兼任公司办公室主任三年,由于抓紧谷中道路和设施的建设、导游的培训,很快就开始了农村旅游。如今，这个景区的设施经过不断提升，更加完善。村中数十农户经统一规划还建起了别墅群，名为"翡翠新村"，也参与旅游接待，增添农家旅游项目，被国家旅游局评为4A级风景区，国家级农村旅游示范点。2009年度，门票收入达1200余万元，村民年终所得的，加上自营农家乐旅游等部分，人均达到3万元。

1995年，朱典雄还帮助山岔村，成立全国第一家村级"陶行知教育思想研究会"，被选为第一届秘书长，第二届时出任副会长兼秘书长。山岔村陶研会开展了几年学陶师陶工作，被市陶研会定为"黄山教育实验基地"，又先后获得省"学陶师陶先进单位"、中陶会"陶行知教育理论与实践成果先进集体"称号。典雄与剑杰合撰的《行知思想鲜花开，村民家家富起来》文章，也获得中陶会论文一等奖。2002年以来，中央、省陶研会领导人来山岔视察时皆题词赞扬。

朱典雄2002年退休后，仍担任汤口镇陶研会办公室秘书、镇退休教师协会秘书长、镇关工委成员。近年参加撰写了《汤口镇志》、《陶行知故事》，编辑了《陶行知诗文集》，又主编了《汤口故事》等书。

朱健甫

朱健甫（1945～　），男，从小随父母寓居武汉。1965年毕业于湖北艺术学院美术系，从事美术教育和美术创作40余年，已成为教授级画家。

1985年起，朱健甫先后在湖北省荆州工艺美术学校、荆州师范学院、北京自修大学以及国际电影学院任教，为高级讲师、客座教授、教授。在教学之余，坚持刻苦的美术创作与研究。1995～1998年，受聘于广州市世界大观游乐集团公司，任艺术总监、艺术创作部经理、画廊经理。2004～2008年受聘于北京神州书画院和时代美术馆，任艺术顾问、馆长。2009年辞去所有兼职，作为职业画家，全身心投入艺术创作活动。如今已是中国油画学会会员、中国美术家协会湖北分会会员、湖北省水彩研究会会员，曾出任荆州市油画研究会会长、荆州市美术家协会多届理事。

朱健甫的画作有水彩画、油画、速写和雕塑等，都有很高的造诣。早在 1986 年就在荆州市举办了个人画展,作品被美国友人收藏。此后,常有一些作品在《湖北画报》、《工人日报》、《人民日报》上发表;还有作品参加了"杭州中国水彩画大展",第五、六、七、八届的"湖北省美术展",台湾"两岸美术观摩大展","北京首届当代艺术精品展","北京首届油画艺术联展",中国美术馆"油画艺术与当代社会大型油画展",北京艺术沙龙的"国际当代绘画与雕塑邀请展",中国油画学会在深圳等地的"艺术家眼中的当代中国大型油画巡展"。2008 年北京奥运会期间,在北京今日美术馆举办个人油画作品展,其作品展还被纳入奥运会外围参观活动之一。近些年,汇集自己一些画作,出版有《徽州行》速写画册、《象外——一个人的艺术工厂》油画册。

朱季霞

朱季霞(1945~　),女,丈夫巴钢山。他俩退休后,带着下岗的两个儿女营商 10 年,发扬徽商诚信之道,经营有术,事业有成。

1958 年,朱季霞在月潭小学还未毕业,就因家庭经济困难,大姐朱碧云、姐夫汤太元,把她接到了河南郑州上学。高中毕业后参加高考,成绩虽优,由于出身问题而落了榜,先在市里的毛著展览馆工作,后进入化工厂当工人,丈夫巴钢山、女儿巴黎、儿子巴璐,也都是工厂、商店的员工。

1996 年与 1999 年,季霞与钢山相继退休,2000 年儿女工作的企业又面临破产。季霞当机立断选在郑州市区附近有大中院校的畜牧路,租了三间小门面房,经营起有郑州特色的羊肉烩面等小吃。当时,同在这一处开业的小餐馆有六七家,还有一些饮食摊,竞争压力相当大。身为主管的季霞,与家人商量对策,在各个服务环节上,由家人分工严加管理,以保证饮食清洁卫生、有质有量。结果,他们的小餐馆生意日渐兴隆,羊肉烩面小有名气。而附近的小餐馆却有的冷落,有的停业,有的要盘出,终于他们的小餐馆扩大到 400 多平方米,员工也增到 40 多人。

餐馆的资金渐雄厚,儿女经锻炼也日渐成熟,季霞想着自己和钢山该交班了。2007 年,经观察,发现开发区新建的索凌路有人气必盛的前景,便在大道旁租赁了一幢 1600 多平方米的三层门面楼房,雇用员工增加到百多名,还请来烹调师,开成中餐与快餐结合的"巴老三酒店"。酒店高中档装潢,中低档消费,还在这条大道上率先装上了霓虹灯,以招徕顾客。有了两个店,女儿巴黎主管新店,媳妇美玲主管老店,儿子巴璐则总管两店的原材料采购。

季霞带领一家人走出这条成功路,是受了朱氏伦理道德和克勤克俭风尚的熏陶,他们在营商中继承了徽商的传统:一讲诚信,经营货真价实,买卖公道,保质保量。二讲仁义,以员工为本,相处如朋友,称呼如亲人,遇到员工有困难还鼎力相助。一次有个员工下班,路上被人在脖子上捅了刀,鲜血直流。女儿闻知,当即带上 1 万元,租车把她送到医院抢救,使其保住了生命。三讲勤俭,儿女们起早熬夜工作,数年如一日,员工忙不过来他们就帮着干,下班了自己干,往往干到午夜才打烊。赚了钱却不乱花,积攒下来扩大再生产,所以发展到今日的经营规模。遇有一些公益事业或他人有困难都乐于解囊相助。

朱恬恬

朱恬恬(1947~),女,系朱樸与熊崑珍夫妇之女。台北"雅逸艺术中心"创办人及执行长(总经理),夫黄维金,台湾成功大学外文系毕业,任台北敬鹏工业股份有限公司总经理。

1969 年,朱恬恬毕业于台湾成功大学外文系,先后在亚洲航空公司、凯西国际开发公司、达时兴公司任职 17 年。由于自幼受父母文学艺术的熏染,喜爱绘画,曾从事服装设计并多次获奖,还曾绘粉彩画作品参加"六六画会联展",于省立博物馆及台北社教馆展出。1993 年,在台北天母创办"雅逸艺术中心"。至今 17 年中,代理两岸 20 多位当代优秀画家,以及两岸前辈画家、海外华人艺术家创作的水墨、水彩、版画、油画等精品展出,近年来更致力于台湾中青年艺术家创作的推展,并提供摄影、录像、陶瓷与金工等多元的艺术创作形态,给艺术界注入了新生代的创意思维,也将"雅逸"创业与经营的"艺术生活化、生活艺术化"的理念,融入生活中。为推广美育教育,她还多次举办社区亲子艺文活动,以及艺文讲座。

朱恬恬育有二子：长子黄浩伦,2004年于台湾海洋大学海洋科学系毕业,后于美国圣地亚哥国家大学企业管理研究所获硕士学位,现任职于台湾敬鹏工业股份有限公司营业部；次子黄浩钧 2007 年毕业于高雄医学大学心理系,2009 年赴美国洛杉矶音乐家学院研究所修习音乐。

朱命榴

朱命榴(1950～　),男,中共党员,副教授,江汉大学商学院党委书记。

朱命榴随营商的父亲朱魁先(又名配溁、聚宝)寓居汉口。"文革"期间,虽就读于重点高中,却因大学停止招生,没能实现继续深造的愿望,而到农村接受再教育。后被选调到师范学校学习,分配到武汉市二十八中任教。1977 年恢复高考时,因舍不得在节骨眼上丢下一群即将毕业的学生而推迟到翌年 28 岁时才参加高考,进入原江汉大学金融专业学习。几年寒窗,勤奋研读,1982 年毕业后留校任教。2000 年再入亚洲（澳门）国际公开大学攻读,取得工商管理硕士学位。

朱命榴在大学任教 28 年,主要从事国际金融、国际结算、国际贸易等课程教学。他在教学中不仅注重教好书,更注重育好人,有着深厚的爱生情怀。教学态度严谨,对学生要求严格,为学生成长倾注了大量心血。学生感受到老师的这种情感,也都能"亲其师"而"信其道"。由于工作成绩突出,他获得许多荣誉,最有代表性的是先后被评为湖北省"三育人"先进个人、武汉市师德建设"十佳"教师、武汉市"双创"竞赛(创新业绩、创高效益)创新能手。2005 年在迎接教育部专家组对江汉大学的本科教学评估中,他的教学得到了专家组的高度评价。

1991 年朱命榴开始走上"从政生涯"(注:是双肩挑领导干部),历任原江汉大学经济管理系副主任、副书记、书记,原江汉大学会计统计系主任；新江汉大学成立后,任商学院党委书记,期间还兼任院长两年。另外还曾当选中共湖北省第七次党代会和武汉市第九次党代会代表、武汉市人民政府第五届决策咨询委员会委员。他担任党政领导,特别注意讲团结，正人先正己，不贪功诿过，乐于听取教职工的意见，善于营造团结和谐的工作氛围。2003年，商学院党委被中共武汉市委授予"武汉先进基层党组织"荣誉称号，他本人也曾多次被评为"优秀党务工作者"、"优秀党员"，于2010年退休。他从不计较职称，却一直是一位称职的"教书匠"。

黄扬扬

黄扬扬（1953～　），男，主任医师、中共党员。母朱淑真（原名畹香）与父黄志瑜皆英年早逝，系由月潭表哥嫂朱世良、朱如圭抚养成人。历任马鞍山市中心医院肾内科主任，主任医师，安徽省肾脏病学会常委、安徽省医院协会血液净化专业管理委员会常委。

黄扬扬父母均为屯溪的中学教师。1957年，父亲被错划为"右派"，罚在歙县园林场劳动教养，母亲患病长期住院治疗。1961年困难时期，父亲在劳教场亡故。第二年，江西的姑妈，把已9岁还未上小学的扬扬，带到屯溪送交常年住院的弟媳畹香，失去了丈夫又被病魔缠身的畹香，工资减到六成，无力雇人照顾孩子，只有与屯溪的内侄朱世良商量托代照顾。1963年，畹香也不幸病故，从此黄扬扬就由表哥嫂抚养栽培。他先后在屯溪二小、屯溪一中就读，1974年高中毕业后，下乡插队，入厂做工。1977年恢复高考后考入大学，毕业于皖南医学院医疗系，先分配在区、县医院任职，1987年调到马鞍山市中心医院（原为马钢医院），主要从事肾内科及血液净化医疗。1997年之后，历任肾内科副主任、主任。其间，他主持筹建肾内科病房，扩建血液净化室，使中心医院成为全省开展血液净化项目最完善的医疗单位之一。

黄扬扬从事医疗工作，深入钻研，敢于创新，应用与改良了不少新项目、新技术，其中"双泵密闭血液透析——腹水浓缩回输方法"、"短期腹膜透析在急性重症胰腺炎治疗中应用"、"尿毒症患者血液透析前后AB变化及影响因素"、"血液净化技术在非肾科疾病治疗中的应用"，分别获市医学科技进步一、二、三等奖。同时，他还不断总结医疗实践经验撰写论文40余篇，发表于省级以上医学杂志，其中《B例脑脊液正常偏瘫患者的临床和BSA对比分析》、《床边无钾盐血液透析抢救重症高钾血症》,均获省优秀论文奖。2004年晋升为主任医师。

黄扬扬主管的肾内科,1999年与2007年先后被评为市"卫生行风建设先进集体"、市"重点扶植专科",2009年还被安徽省定为"血液净化专科护士教学培训基地"。他个人和专科的成就,受到省内外同行的关注,曾多次受邀在省内及江苏扬州的"血液灌流"与"专业继续教育"等研讨会上作专题演讲。2006年以来,并多次被县、市医院请去指导血液净化室的改、扩、建工程,培训专业医护人员;附近一些医院还常请他前去会诊,指导解决血液净化和腹膜透析中遇到的问题。如到当涂县、黄山区、庐江县、东至县帮助急诊插置深静脉导管,到芜湖市解决腹膜透析插管后腹膜液渗漏问题,还曾到当涂县、芜湖市、庐江县、合肥市帮助处理重度急性中毒、严重挤压伤、多脏器损伤急诊抢救,得到了当地医院和病人及其家属的好评。2007年,他又被市卫生局授予马鞍山市第二届"优秀专家"称号。

妻子孙晓峰,马鞍山市纺织厂代销科负责人。其子孙畅于2008年皖南医学院医疗系毕业,走上从医之路,继承了他的衣钵。

朱力平

朱力平(1953～　),男,安徽人民广播电台记者部主任,主任记者,中共党员。

1961年,朱力平在屯溪一小念书,恰逢该校实行五年制教改,提前一年进了屯溪中学(现屯溪一中)读初中,又碰上"文化大革命",只上了一年课,就停课闹革命两年。1968年初中毕业后,面临上山下乡,而他当时只有15岁,还不到插队的年龄,于是在家呆了一年,于1969年底去休宁源芳公社插队落户。他在一年多的插队落户生活中,得到了劳动锻炼,学会了种田、采茶、放木排等农活,也当过村里业余"红夜校"的教师,帮助农村青年学习文化。由于表现好,多次得到公社表扬。

1971年初,朱力平被推荐招工返城,先后在铜陵大钢厂、青山矿、化纤厂等企业,当过矿工、电工、操作工和宣传干事等,在工作之余,他从文自学,写新闻稿件,逐渐在铜陵市业余通讯员队伍中崭露头角。

1980年,朱力平走上专业新闻工作道路,始在复刊后的《铜陵报》任记者,1985年后,历任安徽人民广播电台驻黄山市记者站记者、站长。他还先后在职读了铜陵师专夜大学中文专业、中央党校函授党政专业,相继取得大专与本科学历。2003年,省电台机构改革,他通过竞聘,走上了记者部主任岗位,2005年晋升为主任记者。

朱力平在安徽人民广播电台工作期间,注重新闻理论与实践相结合,加强综合素质的修养和磨练,不断提高新闻宣传水平。自1995年以来,共有40多件新闻作品在省级以上新闻作品评奖中获奖,其中独自采写或合作采写的新闻作品:《最后的村落,永久的家园》、《花山谜窟,千古之谜》、《青春永驻迎客松》分获中国彩虹奖一、二等奖;《新生》、《牛粪卖出一千万》、《灾后看老街》、《徽州区八户企业不惜重金治污染》分获安徽新闻奖一、二等奖;《广播要积极应对新媒体的挑战》,获第四届安徽广播电视论文论著二等奖。在省电台年度考核中,多次被评为优秀,并曾获省广电局优秀党员称号。

其妻曹丽,初中毕业后下乡插队,1972年招工到绩溪县广播站从事新闻编采工作。1984年考入安徽广播学校新闻编采专业,在校期间参加全国成人高考,考取北京广播学院(今为中国传媒大学)新闻编采专业,取得大专文凭。毕业后继续回到绩溪县广播站任编辑记者。1991年调入《黄山日报》社,曾任新闻出版部副主任。从事新闻工作30多年,有数十篇作品获奖,其中:《走进浙江看黄山》等5篇作品分获中国地市报一、二、三等奖;《洋媳妇入乡随俗记》等5篇作品分获安徽好新闻一、二等奖;《跨越国界的爱》获安徽社科类期刊优秀作品一等奖;其编排的版面曾获安徽新闻好版面奖。

朱少飞

朱少飞(1953～　),男,父张伯言,母朱乙飞。

朱少飞出生于屯溪,后随父母到合肥读小学。1966年小学毕业正逢"文革"十年动乱,学业荒废,但他求知欲望未泯,喜读文艺作品,偶尔寻得一本难见的好书,便爱不释手。"文革"期间入卫校学医,"文革"后,就读安徽大学经济系。毕业后进入安徽省医药管理局企业管理处工作，后评任经济师。1995年，下海到安徽省医药器械公司，任副总经理、总经理。

从商数十年，未敢忘徽商先辈"诚信第一"的优良传统。虽身在商海，依然嗜书如故。加之生意场上四处奔波，走过许多地方，见到不少红尘琐事，偶有所思所得，于工作之余，笔耕不辍，赞美祖国山河，抒发人生感悟，鞭挞丑恶现象……迄今已在国内数十家报刊杂志上发表散文、游记、杂感等文学作品数百篇。《失落的玩具》、《波光桥影话合肥》等散文作品入选多部文学专集；《慢慢行走》、《十年物价》、《梨花巷口梨花雪》等多篇文章获得省级文学奖。2008年由大众文艺出版社出版散文集《夜雨自话》，并在合肥市安徽图书城签名售书，深受读者欢迎。2007年入选安徽省散文家协会理事，2009年成为安徽省作家协会会员。

朱飞鸣

朱飞鸣(1960～　)，男，安徽茶叶进出口有限公司内销部经理，《安徽茶业》主编，高级经济师。

1983年，朱飞鸣于安徽大学中文系毕业，文学学士。同年即在休宁县工作，历任县人事局副股长、干部外语夜校副校长、县委办公室秘书。1988年起，先后任安徽省茶叶公司经理办公室秘书、副主任，安徽茶叶进出口有限公司内销部副经理、经理。2006年调到安徽省茶叶行业协会秘书处，负责协会重组工作，历任协会副秘书长、秘书长，兼任协会会刊《安徽茶业》杂志和《安徽茶叶进出口有限公司志》的执行主编。

朱飞鸣在休宁工作期间，获"县人民政府先进工作者"称号。在安徽省茶叶部门工作期间，获"省公司年度先进工作者"称号。在安徽省茶业协会工作期间，获中国茶叶流通协会授予的2007年度和2008年度"全国茶叶行业优秀社团组织"称号、"中华全国供销合作总社优秀行业协会"称号。

朱飞鸣致力于写作，1983年以来，曾在《安徽日报》、《中国供销合作经济》等省级以上报刊杂志发表文章数十篇，并参与《安徽省茶业志》、

《供销社志》、《对外经济贸易志》,以及《中华茶叶大辞典》等志书和辞典的编纂或供稿。

朱世皑

朱世皑(1964～　),男,大专学历,中共党员。父朱典禹,母宋桂凤。

朱世皑之父初中毕业后,参加了安徽省商业厅招干考试,分配到合肥五金站,先后在经理室、计划科、工会工作,还当过业务员。任职期间经数年自学,进入合肥电大经济专业函授班就读,毕业后任合肥市贸易中心营业部经理,再调任合肥市政府体制改革办公室科长。其母一直在合肥市果品公司从事财务工作,获有会计师职称。

朱世皑受父母工作与勤奋学习精神的熏陶,1983年于合肥第四中学高中毕业,即在合肥五金站(后改制为金宝集团)就业,其间还考入安徽大学中文系成人班读到毕业。1987年他在金宝集团的下属商场任经理,被选到香港、澳门、泰国考察学习,由于金宝集团在计划经济向市场经济转型过程中经营不善面临倒闭。2000年,他辞去经理之职下海谋生,开始受聘合肥港商投资的珠宝商场与西餐厅任总经理。两年后与友人联合在合肥沿河路,创立了一个有上千平方米规模的"徽风楼餐饮有限公司",由于经营有道,又对厨师进行了徽菜烹饪技术培训,使徽菜在省城风靡一时,徽风楼天天顾客盈门,不少各界名人被引来品尝。全国人大北戴河管理处,还曾邀请店中师傅前去帮助烹调,他们做的菜肴还得到了中央领导同志的称赞。2006年,为独自发展商业,他在青年路146号租赁一个与原公司规模相似的楼房,办起"徽商故里餐饮有限公司",店内装潢从大厅到包厢,皆悬挂行楷书法的条屏、楹联,包厢定名又多是徽州名景名地,其中一间还以家乡村名"月潭"命名,"徽商故里"充满了徽文化的氛围,顾客见后多啧啧称赞。由于市场竞争激烈,此路市口又欠佳,2009年生意每况愈下,他当机立断,于年末停业另走经营新路。

朱红娟

朱红娟(1969～　),女,中共党员,在黄山市人口与计划生育委员会主持工作。

1987 年,朱红娟于休宁第二高级职业技术学校毕业,先在五城镇团委工作 7 年,后上调到县团委,历任办公室主任、副书记。1999 年至 2003 年,调任兰渡乡党委书记兼人大主任、县计生委主任。在这些工作岗位上,她曾多次被评为省、市、县优秀团干部、优秀乡镇党委书记、全省计生系统先进个人。她撰写的《关于计划生育流动人口管理与服务的探述》一文,被省计生委评为"优秀论文"。

2007 年,朱红娟任休宁县副县长,分管农业、林业、水利、交通、计划生育等部门工作。她深入基层,调查研究,督促检查,帮助解难,因而促进了 205 国道改(扩)建、县城改造和道路建设及时完成;5.6 万农村人口饮水难和 41 座病险水库的安全隐患问题得以解决;多次率队赴京、沪等地与有关方面洽谈,使县里的特色农产品徽山茶油、五城茶干、有机绿茶、徽州贡菊等扩大了市场;率先在全省突破农村垃圾无害化处理难题。在休宁县被评为"全省农业产业化先进县"、连续七年被评为安徽"人口计生工作先进县"等成就中也尽了大力。2011 年 10 月底调黄山市人口与计划生育委员会任副职主持工作,翌年底任命为该委员会主任、党组书记。

(注:以出生年月为序)

(三)简　介

朱应中

朱应中(1875～?),男,乳名肇开,字伯乎,号禹。清光绪廪生,后留学日本,在政法大学专门部政治科毕业。回国后历任奉天省(辖境今辽宁省)沈阳地方审判厅高等审判推事,吉林省洮南地方审判厅厅长,辽宁省锦县地方法院院长。民国二十年(1931年)以后任职情况不详。

朱思诚

朱思诚(1880～?),男,字纯夫,号月升,又号遹声,邑庠生(即秀才)。参加北伐战争后,历任湖北汉口军政府参谋,山东鲁军都督府秘书,浙江盐政局科员,两浙穿长场盐事长,晋北府谷清涧等处榷运分局局长,曾授五等嘉禾章。后因妻亡子卒,灰心世事,于民国十五年(1926年)隐居于育王山。

朱懋功

朱懋功(1902～1990),男,又名梦耻,乳名有年,号子安。天资聪颖,嗜学钻研,多才多艺。他早年丧父,家境贫寒。民国初期,他还未成年就在江苏海门三阳镇当铺,做学徒、当店员。6年后回归家乡,办过养蜂场,手工制作过"古泉"、"哈哈"牌过滤嘴卷烟,生产过日化产品牙粉、香水、雪花膏,参办过营商合作社,还到屯溪办过照相馆。他又善于绘画、变魔术、演戏。抗日战争期间,曾在本村、邻村和县城的墙壁上,绘制了许多抗日宣传画,每年在家乡演戏宣传抗日救亡,他也参加过现代戏、京戏和魔术表演。中华人民共和国成立后,他被分配至徽州公安处担任摄影工作,后调黄山管委会下属的公安局做户籍工作。1971年退休居汤口。从此自学《新编中医入门》、《中草药方选编》以及搜集民间偏方、单方,还自背药筐进山采药,为本地与外地来人治病,诊治了不少患者的疑难病症,一时颇有名声。

朱懋襫

朱懋襫(1912～2006),男,字健行。1936年8月毕业于国立暨南大学历史地理系,获文学学士学位。同年在上海安徽中学任教,1937年在南京行政院举办的专科以上学校毕业生就业训练班受训。后任安徽教育厅见习科员,并历任六安、休宁、歙县、绩溪等县督学、视导主任。1938年9月由段天爵推荐到万安徽州中学任副教导主任、初中部主任。1940年后,在财政部贸易委员会安徽及浙江办事处、福建中茶公司等处供职。抗战胜利后,调任东北区财政金融特派员办公处接收员。1948年初,任中央印制厂总管处襄理,1949年4月调任中央印制厂重庆办事处主任兼中央造纸厂厂长。中华人民共和国成立后,留任重庆造纸厂厂长。1950年调西南造纸公司工作,1956年调成都量具刃具厂工作,1977年退休。1986年受聘为成都市政协文史资料研究委员会文史研究员。撰写有《陈公亮先生及其对抗战经贸的贡献》、《中央印制厂在重庆恢复印钞的前后情况》、《回忆抗日胜利后东北地区货币比值的拟订》、《我国化学工业的先驱沈觐泰先生》等文章。

朱敏政

朱敏政(1927~),男,宁国县税务局主办会计,省劳模。1948年从安徽中学(即皖中)高中毕业走上社会,1949年4月随根据地游击队到休宁县城,参加新政权建设。历任财政、税务主办会计,勤勤恳恳,任劳任怨。在人少事多的情况下,计、会、统工作一肩挑,计算数字一丝不苟,从不出差错,达到优质快报的要求。并且坚持原则,按章办事,廉洁奉公,敢于抵制违反制度的人和事。曾多次被评为省、地、县先进工作者,1958年还被安徽省人民政府授予"省级先进工作者"(省劳模)称号。1988年离休。

朱典尧

朱典尧(1928~),男,中学高级教师,中国民主同盟会盟员,曾在合肥师范学院中文系肄业。1950年至1953年,任休宁县月潭小学教导主任、黟县中学语文教师。尔后在休宁中学任高中语文教师、副教导主任。60年代和80年代,连续多年担任高中毕业班语文教学工作,其所教学生高考成绩卓著。1985年以来,连续三年进行初中语文教材教法改革实验,在开发学生智力、培养自学能力、提高写作能力方面,取得了显著成绩。曾被选为黄山市语文教学研究会理事,先后应邀在徽州地区、安徽省和全国中学语文教学研究会上,介绍教改经验,撰写的论文曾在省级刊物上发表。1987年晋升为中学高级教师。

朱命栖

朱命栖(1928～2008),男,常用名天锡。1944年初中毕业离开家乡,到浙江建德朱同丰油坊当学徒。1947年起,先后在建德朱同丰分号、洋溪酒业联营酒厂任会计、出纳。1956年,调入公私合营建德严东关五加皮酒厂,开始学习闻名全国的致中和五加皮酿酒工艺,逐步晋升为高级技师。从此他成为严东关致中和酿酒工艺传承人,为致中和五加皮酒的传承、创新作出了贡献。1988年12月退休,仍被聘为酒厂顾问。1998年原建德市严东关五加皮酒厂转制为浙江致中和酒业有限责任公司后,续聘他为公司高级技术顾问至2006年。朱天锡工作近50年,培育出致中和五加皮酒的传承人。

龚和德

龚和德(1931～),男,江苏省启东县人,朱华时之婿。1954年毕业于中央戏剧学院华东分院(今上海戏剧学院)舞台美术系,随即分配到中国戏曲研究院从事研究工作。"文革"后转入中国艺术研究院戏曲研究所,任研究员。1992年起享受政府特殊津贴。现任中国戏曲学会副会长、中国舞台美术学会顾问、中国戏曲学院客座教授、《中国京剧百科全书》编委会常务副主任。曾参与《中国戏曲通史》、《中国戏曲通论》、《中国大百科全书·戏曲、曲艺卷》等国家重点科研项目的编撰。著有《舞台美术研究》、《乱弹集》。

朱配演

朱配演(1931～　),男,中共党员。福建省林业科学研究院高级工程师,福建省林学会会员。1956年南京林学院毕业,继续在该校攻读造林专业硕士研究生,1958年毕业后,分配在福建林学院任教,曾参加华东区高等林农院校《特用经济林》教科书和其他教材的编写。1970年起在福建省林业科学研究院从事科研工作,1984年担任所长,先后承担科研课题10余项,发表论文5篇,其中《木麻黄地理种源及抗主要蛀干害虫的研究》、《木麻黄二代更新技术研究》分别获得省科技进步二等奖和三等奖。并参加《中国主要树种造林技术》和《中国栗树志》两部著作的编写。

朱命楠

朱命楠(1932～　),男,上海造纸研究所高级工程师,中国造纸学会、上海市造纸学会会员。1951年在黑龙江省第一造纸厂工作。1952年入黑龙江省工业学校造纸专业学习,毕业后分配在上海市大明造纸厂从事工艺研究,曾参与打字纸、描图纸、卷烟纸等新产品的试制工作。1970年调上海造纸研究所,在所工作期间,有10余项科研成果,其中"zet2"电位仪获上海市轻工业局科技进步一等奖;"家用检孕卡"(上海市医学化学所合作研制)获国家计划生育委员会科技进步二等奖;"RPR性病检测用卡纸"获轻工业部技术进步三等奖。曾发表论文5篇。1988年晋升为高级工程师。

朱志军

朱志军(1932～　),男,原名懋猷,中共党员。1950年12月,入安徽军区后勤干部学校学习,结业后留校任文化教员兼部队文书。1952年6月,在南京航空学院航空发动机系学习。1955年毕业分配在沈阳黎明发动机制造公司工作,历任技术员、工艺室主任、总工艺师、副科长、科长兼党支部书记等职。1988年9月晋升为高级工程师。

朱政文

朱政文(1933～　),女,中共党员。朱配演之妻,歙县人,高级工程师。1957年毕业于北京农业大学,分配在吉林省工作,1964年调福建省南平地区农业局,1975年调福建省林业科学研究所从事科研工作,先后承担科研课题10余项,《木麻黄毒蛾病毒研究》于1985年获得省科技进步三等奖。另发表论文10余篇。期间晋升为福建省林业科学研究院高级工程师。

朱雨芬

朱雨芬(1934～　),女,中共党员。1961年,毕业于中国人民大学哲学系,被分配到北京艺术学院(后改名中国音乐学院)马列主义教研室任哲学教师。1973年在河北医学院马列主义教研室任教。1980年调中国人民大学一分校任教,兼哲学教研室主任、校务委员,期间晋升为副教授。1991年一分校并入北京工业大学后,任该校社科部副主任,兼哲学教研室主任、校课程建设委员会委员。朱雨芬从事教育工作30余年,刘马克思主义哲学原理颇有研究。曾任《哲学新编课程》副主编,参与编写了《哲学范畴史》、《哲学疑难问题新探》。还发表论文多篇。

汪醒华

汪醒华(1934～　),朱华时之女。1955年调入中国戏曲研究院,任副研究馆员、音响资料室主任。长期从事中国戏曲音响、图片资料收集管理和编辑出版工作。曾用7年时间负责组织选编《中国戏曲艺术家唱腔选》100集,包括40多个重要剧种、110多名戏曲表演艺术家的精彩唱段,集中反映了新中国戏曲艺术百花齐放、流派纷呈的历史面貌和卓越的演唱水平,由中国唱片社出版。

朱真如

朱真如(1936～),女,1952年小学毕业,在父亲工作的厂夜校文化班学习两年,到四川成都第一机械砖瓦厂医务室工作。1960年调江西上饶专区荣复军人疗养院任护士,后在临江荣复军人疗养院、清江县回龙大队卫生所工作。1974年调樟树市经楼中心卫生院任护士。1988年晋升为主管护士。朱真如在从事护理工作30余年中,曾被评为县、地、省优秀护士、先进工作者。1988年被卫生部授予"模范护士"称号,并被评为"市先进工作者",获晋升一级工资奖励。其事迹被收入卫生部以及人民出版社出版的《护理群英》和《中国当代护理群芳谱》。曾当选为中共樟树市第一届党代会代表、樟树市第二届政协委员。

张意璋

张意璋(1937～),女,朱配洲之妻。1960年毕业于华南农业大学植保系,分配在北京农业大学(今中国农业大学)农业分校师资培训班任教,次年夏赴东北农大参与高等农业院校统编北方本教材《果树病理学》的编写,1983年调湖北省襄樊市轻工业研究所任高级工程师,曾于1985年获襄樊市"飞龙杯"新产品开发二等奖、湖北省轻工系统1986年度优秀科技三等奖。

章锦湘

章锦湘(1939～),是月潭朱伯坚迁居温州后代朱淑贞的女儿。1961年毕业于浙江医科大学医疗系本科。在温州医院附属一院从事内科、神经内科医疗、教学、科研工作50年。获主任医师职称,曾任神经内科主任、副院长、中华医学会浙江省神经内科学会副主任、温州市神经专业委员会主任委员、高级职称专业组评委。多项课题分别获1985

年卫生部"科学技术成果乙等奖"、1986 年浙江省"科学技术进步三等奖"。《临床神经病学》杂志1988 年创刊至今,一直任该刊编委。

1988 年获"浙江省首届先进女科技工作者"称号,1989 年获省、市及全国"三八红旗手"称号。第八、第九届全国人大代表,温州市政协第七届委员会副主席。1993 年享受国务院特殊津贴。2011 年著有《往事情深》一书出版。

朱自烈

朱自烈(1940～),男,本村小学毕业后,入屯溪中学就读初、高中。1960 年考入安徽省农业大学畜牧兽医系,1964 年大学毕业分配到河南省农业科学院畜牧兽医研究所工作。1970 年 1 月下放到河南省荥县农村劳动锻炼,1973 年调往郑州市肉品联合加工厂卫生检验科任技术员,1978 年调回原研究所从事畜禽传染病研究,1983 年担负"鸡传染性支气管炎细胞灭能苗"课题研究,所获成果被评为省科技进步二等奖。1984 年调任本所科研管理工作,后晋升副研究员,任副所长。2000 年 4 月退休。

范寿荣

范寿荣(1942～),女,霍邱县邵岗埠人,出生于农民家庭,初中毕业。1962 年与朱典郧结婚,开始在丈夫工作的宁国水泥厂当临时工,1969 年,已有两个女儿,定居于丈夫的大姐云霞居住的休宁五城乡古林大队清漪堨生产队务农。1976 年 9 月被大队推荐到民办幼儿园,担任 60 多个孩子一个班的保教员。在任职期间,她勤恳学习与工作,既能弹琴绘画、唱歌跳舞,又能读写汉语拼音,编讲新、老故事。工作之余,曾自己动手粉刷教室,长年累月无偿为孩子理发,春游时还带着自产甘蔗、花生分给孩子们吃。并且常与家长沟通带动家教,以让孩子们更好地增知识、守规矩、讲礼貌,她因而在村人中是有口皆碑。她在任教的 21 年中,曾数次被评为县、地区、省幼教"先进工作者"、"好园丁"、"三八红旗手"。

1983 年与 1987 年,还先后被评为"全国三八红旗手"和"全国优秀保教工作者"。1983 年被选为五城乡政府妇联会副主任、休宁县妇女联合会委员,1988 年当选为安徽省第七届人大代表。

朱求型

朱求型(1948～　),男,中共党员,出生于湖南长沙市。1968 年中学毕业,下放在湖南省安乡县安康公社,曾在生产队务农、大队砖瓦厂烧砖、社办中学任民办教师。1974 年招工至长沙重型机器厂子弟中学教书。1976 年脱产至湖南师范大学化学系读书,毕业后继续任教。1973 年 8 月招聘至广东珠海市前山中学任化学教师,晋升为高级教师,后选为珠海市中学化学教研会常务理事,兼任湖南教育学院主办的《中学生理化报》珠海记者站站长,还与同仁合编中学化学教材 3 本。

朱步炯

朱步炯(1949～　),男,北京大学国际政治系国际关系专业研究生毕业,法学硕士。曾任温州市人民政府办公室副处长,温州市对外开放办副主任,温州大学国际贸易教研室主任,温州大学学术委员会委员,温州经济技术开发区政策研究室主任,办公室主任,温州高新区、留学生创业园、博士后工作站负责人,温州仲裁委员会仲裁员;在国家级、省级及市级报纸刊物上发表二十多篇论文,入选《对外开放理论探讨》、《开发区之路》等书刊。参与撰写国家"七五"社科研究课题《中国华东沿海开放地区经济发展战略研究》及《中国区域经济发展战略选》,在全国有关论文评奖中获一等奖至三等奖多次;作为特约编辑,参与《中国对外经济贸易年鉴》、《中国开发区年鉴》、《温州市志》的编写工作。

朱幼芬

朱幼芬(1952～　),女,出生于上海,中专学历,中共党员。1968 年初中毕业,到安徽亳县观堂公社插队务农,1975年回城,在虹口区长春街道人防组当了数月工人,后被安排到虹口公安分局乍浦路派出所,先后任户籍专管员、科长。其间脱产到上海市公安专科学校读书2年。在从事户籍服务工作中,32年如一日,真心、热心、耐心地接待群众,做到想群众之所想,急群众之所急,既求快,又准确无误。有时还上门办理,并解决了许多户口疑难问题,所以连续获得各级表彰。1993年至1997年期间,获4次市公安局三等功,1次虹口区"三八红旗手";1999年被评为市公安局窗口服务优秀民警;1998年与2000年,2次被评为全国优秀人民警察;2003年被评为上海市公安局优秀共产党员。

朱幼宣

朱幼宣(1957~),男,朱自煊与黄惠芬之子。他自小由祖父母带大,在上海读完小学。1972年到北京随父母生活,入清华大学附中读书。1977年毕业,适逢恢复高考,考入哈尔滨建筑工程学院建筑系。1982年毕业后公派到美国麻省理工学院建筑与城市规划学院,攻读建筑学硕士,获哈佛大学燕京奖学金,在3年内,取得建筑与城市规划两个硕士学位。1986年继续在美国费城宾夕法尼亚大学攻读城市规划博士。1993年获得哲学博士学位,受聘于世界银行,从事有关移民贷款工作。20年来,他认真负责工作,深入调查研究,积累了丰富经验,成为世界银行移民贷款业务专家,并应聘到亚洲开发银行任职。

朱加良

朱嘉良(1959~),男,改名加良。1977年高中毕业,到枧忠公社插队落户。第二年应征入伍,在武汉空军地勤部队服兵役。1983年退伍,被分配在屯溪市文化局,参加修复戴震纪念馆工作。同年9月考入安徽大学历史系与省文物局联合举办的文博进修班学习两年,获大学专科学历,回戴震纪念馆工作,被吸收为安徽省博物馆学会会员。1986年参加屯溪博物馆筹建,收集整理了大量的文物档案,参加了全市地上文物普查。1989年改行在行政部门工作,历任隆阜、黎阳、屯光等乡镇武装部长、乡长助理、党委办主任、副镇长、党委副书记、政法委书记。1998年以后,历任屯溪区计划经济贸易委员会副书记、文化局副局长、外事侨务办公室副主任、老干局副局长、关心下一代工作委员会办公室主任等职。在行政单位任职期间,先后被授予"基层优秀武装干部"、"优秀共产党员"、"市社会治安综合治理先进个人"、"优秀公务员"等称号。

朱国凤

朱国凤(1961~),女,中学毕业后,入工厂工作两年,后考为乡镇干部,先后在休宁县兰田乡、岩前区任妇女干部。1992年上调到县妇联会任秘书,其间参加省委党校妇女干部大专班学习两年,获得大专学历。后历任县妇联副主席、主席。2003年开始调任休宁县文化广播局党组书记至今。在县妇联会任职期间,曾三次被评为县先进工作者。2004年,被选为休宁县京剧联谊会会长,参加黄山市第二届京剧大赛,演唱的京剧《大雪飘》,获得一等奖。

朱以倚

朱以倚(1975~),女,北京中国音乐学院声学专业本科毕业,艺名懿筠。曾演唱电视连续剧《大屋里的丫环》的主题歌《雾里看花》、"大学生毕业生之夜"晚会主题歌《告别校园》、MTV《青梅青青》、《开放的中国欢迎你》(为第21届大学生运动会而创作)等大量歌曲。1996年在中央人民广播电台"全国听众喜爱的歌手"评选中荣获连续两年空缺的唯一"新人奖";1997年又被评为"全国听众喜爱的十佳民族歌手";2001年荣获全国少数民族文艺会演"新人奖"。现为中央民族歌舞团独唱演员,红色诱惑演唱组合主要演员,曾出版过《乘着歌声的翅膀》等多部歌曲专辑。

朱 凡

朱凡(1980～),又名邓登登,男,高中毕业后,原考入大连医科大学,因对学医缺乏兴趣而退学备考,后考入北京电影学院摄影系(后该系改为学院)。2004年毕业后,先在中国摄影家协会工作,不久转入北京数码摄影杂志社,从栏目编辑、编辑部主任,到杂志社主编,主持社务工作,组织策划了各种大型摄影艺术活动。

(注:以出生年月为序)

(四)名 录

科级以上职务表

姓名	性别	出生年月	学历	职务	备注
				(行政单位)	
朱承铎	男	1878年6月		休宁财政管理处主计委员	
朱承敏	男	1901年5月		北伐革命军代旅长	
朱懋祁	男	1918年3月		西家行营上尉报务员	日机轰炸牺牲
朱懋造	男	1924年		浙江长兴县李家巷镇党委书记	
朱彩云	女	1926年4月		上海市劳改局主办会计	
朱燕方	男	1931年4月		台湾云林地方法院书记官长	
朱致修	男	1932年8月		休宁县老干局局长、书记	
朱志坚	男	1932年8月		休宁县五城区纪检委书记	
朱懋显	男	1936年7月		徽州地区劳动局就业训练科科长	
朱典禹	男	1936年8月	大专	合肥市体制改革办公室科长	
朱有志	男	1947年12月	大专	黄山市司法局科长	
朱嘉民	男	1955年10月	大专	屯溪区安全管理局书记、局长	
朱秋芳	女	1957年8月		黄山市发改委专职副书记	
朱跃平	男	1958年10月	大专	黟县经济开发区副主任	
朱伟华	男	1959年		长兴县地税局警缉科科长	

续表

姓名	性别	出生年月	学历	职务	备注
朱月霞	女	1962年9月	大专	休宁县民政局双拥办副主任	
朱艳萍	女	1965年11月	大专	屯溪区发改委副主任	
朱世浩	男	1968年10月	大专	休宁县司法局公证处副处长	
朱泽宁	女	1969年7月	硕士	美国州政府法院程式设计师	

* * * * * *

姓名	性别	出生年月	学历	职务	备注
张伯年	男	1903年5月		安徽省财政厅副厅长	朱乙飞之夫
丁好学	男	1913年5月		上海市冶金局书记	朱彩云之夫
汪言孚	男	1916年8月		休宁县手管与物资局局长	朱雯英之夫
严慧珍	女	1929年6月	本科	国家商务部副处长	朱月红之媳
陶宏增	男	1929年8月		黄山市工会主席	朱日虹之夫
黄永昌	男	1931年	本科	国家商务部副局长	朱月红之子
徐承伟	男	1934年		芜湖市政协主席	朱春媚之夫
赵衡遽	男		本科	安徽省政府副秘书长	朱以鸿之夫
汪嘉祐	男	1938年8月		黄山市经委副主任	朱雯英之子
毕定祥	男	1934年3月		休宁县经委主任	朱春华之夫
黄汝禧	男	1941年8月	本科	休宁县政协副主席	朱接顺之子
孙文懋	男	1943年11月		休宁县五城区税务所所长	朱顺娟之夫
钟华山	男	1951年2月	大专	湖南常德市国土局局长	朱求玲之夫
庄雅范	女	1952年4月	大专	仪征市政协常委	朱庆元之妻
冯光辉	男	1954年3月	大专	黄山市技术质量监督局科长	朱秋芳之夫
赵建萍	女	1955年10月	大专	黄山市检察院检察处处长	朱嘉民之妻
曹新化	男	1956年11月		金寨县民政局副局长	朱世藩之婿
宁一杰	男	1957年1月	大专	黄山市粮食局监检科科长	朱静琴之夫
胡兴光	男	1957年3月		休宁县扶贫办公室主任	朱翠霞之夫
熊宁东	男	1961年1月	本科	宁国县招商局局长	朱敏政之婿
徐鸣	男	1963年4月		芜湖商业银行副行长	朱春媚之子
毕艳仙	女	1964年11月		休宁县老干局局长	朱春华之女
敖荧	男	1965年9月	硕士	绵阳市检察院民事处处长	朱锦堂之婿
许建平	男	1966年10月	本科	休宁县法院副院长	朱红娟之夫
赵勇	男	1972年10月	大专	郑州市北林税务所所长	朱春妍之夫

续表

姓名	性别	出生年月	学历	职务	备注
陶 洪	男			芜湖市税务局纪监科副科长	朱让宁之夫
汪向阳	女	1967 年 6 月		休宁县机关事务局局长	朱世浩之妻
（企事业单位）					
朱志忠	男	1930 年		屯溪市公证处主任、二级公证员	离休
朱典鄞	男	1932 年		休宁县文化馆馆长	
朱懋藩	男	1932 年		黄山市饮服公司政工科科长	
朱遗润	男	1932 年 9 月		合肥工业大学宣传部副部长、学报副总编	
朱庆向	男	1933 年 7 月		岳西县石油公司经理	
朱典郧	男	1936 年 10 月		宁国水泥厂办公室主任	
朱敏毅	男	1937 年	大专	芜湖仪表厂厂长、书记	
朱世荣	男	1938 年 12 月		屯溪水泥厂副厂长	
朱命良	男	1939 年 9 月		芜湖卷烟厂部门经理	
朱自跃	男	1942 年 10 月		安徽第一棉纺厂保卫科长	
朱典周	男	1942 年 10 月		四川清平磷矿设备动力科副科长	
朱开化	男	1949 年 5 月		上海橡胶二分厂厂长	
朱求玲	女	1950 年 11 月	本科	湖南常德市盐业公司政工负责干部	
朱小石	男	1950 年 12 月		四川成都量具刃具厂科长	
朱建军	男	1951 年 8 月	大专	建德市食品城有限公司董事长	
朱庆和	男	1956 年 1 月	本科	上海深圳财务咨询公司董事长	
朱 珠	女	1963 年 3 月	硕士	合肥高等幼师教务处主任、副教授	
朱怿玫	女	1964 年 5 月	硕士	美国纽约大学分校管理助理	
朱艳莉	女	1965 年		宁国水泥厂办公室主任	
朱泽安	男	1968 年 2 月	本科	台北德利多富咨询公司部门经理	
朱育新	男	1969 年 4 月	大专	襄樊中国银行分理处主任	
朱 辉	女	1969 年 9 月	本科	海南海之南实验学校校长	
朱自烨	男	1970 年 1 月	大专	合肥铁四局建筑公司部门经理	
朱春妍	女	1973 年 1 月	大专	郑州市建行下属支行副行长	
朱育鸿	女	1973 年 3 月	大专	华润公司华南总部高级经理	

第四章 历代人物

续表

姓名	性别	出生年月	学历	职务	备注
朱 静	女	1978年6月	大专	北京程氏服装集团艺术总监	
朱潭亮	男	1979年8月	本科	中国软件总公司市场部经理	
朱 凯	男	1979年10月	本科	中国银行武汉开发区支行客户经理	
朱敏治	男			湖南发动机厂车间总支书记	
朱湘建	男			长沙市保温瓶厂劳资科长	
朱 鹏	男	1983年10月	大专	合肥市移动通讯部门经理	
* * *					
汤太元	男	1914年		重工业部第一机装公司等单位党委书记、经理	朱碧云之夫
王克任	男	1926年		安徽佛子岭水库总指挥	朱如意之夫
金 优	男	1930年11月		重庆市綦江区城建委党组书记	朱梅丽之子
马秀英	女	1939年8月	本科	合肥市土产公司书记	朱敏俊之妻
何叔琼	女	1942年10月	本科	四川清平磷矿医师、副科长	朱典周之妻
童爱兰	女	1946年4月		宣城地区机电公司副科长	朱典森之妻
何清清	男	1955年		安徽丝绸厂车间主任	朱彩云之子
吴存灵	男	1956年12月	大专	芜湖车务段教育科长	朱佩兰之婿
陶 立	男	1960年6月		黄山市中心血防站社会服务部主任	朱日虹之子
任 安	男	1960年10月	本科	安徽省立医院内科主任	朱配泳之婿
程自更	男	1962年4月	本科	黄山市人民银行纪检副书记	朱爱武之夫
葛 红	女	1962年4月	本科	上海书店出版社校对科长	朱紫宵之女
毛春明	男	1962年8月	本科	北京金融出版社出版部主任	朱雨芬之婿
陶 新	男	1963年11月		苏州大食馆经理	朱日虹之子
华 宁	女	1965年	本科	上海深圳财务咨询公司经理	朱庆和之妻
徐 宏	女	1967年11月	大专	安徽永丰投资担保公司经理	朱小虎之妻
张伟倩	女	1969年4月		台北杂志社编辑	朱泽安之妻
李 葭	女	1978年10月		北京市工行长安支行副经理	朱佩芬之女
史 源	男	1980年1月		浙江金道律师事务所律师	朱亚军之子
沈 涛	男			北京新世纪华贵公司经理	朱秋绮之子

（注：一、未入"传记"、"传略"、"简介"的科级以上职务者
二、分行政与企事业单位两部分职务，以出生年月为序）

高、中级以上职称表

（一）

姓名	性别	出生年月	学历	职务	备注
朱乙飞	女	1920年3月		安徽五金站高级统计师	
朱国英	男	1921年4月		上海第一机械工业局高级会计师	
朱配泳	男	1929年2月		安徽茶叶公司高级经济师	
朱丽芬	女	1933年2月	本科	上海第五毛纺厂高级工程师	
朱春媚	女	1936年3月	大专	芜湖市第三中学高级教师	
朱秋绮	女	1936年8月	本科	武汉职业软件学院副教授	
朱配洲	男	1938年1月	本科	襄樊市工业学校高级讲师	
朱命格	男	1938年10月		宣州市公路局高级工程师	
朱干儿	女	1939年4月	本科	安徽水电勘测设计院高级工程师	
朱世瑛	女	1942年5月	大专	安庆市第四中学高级教师	
朱端芬	女	1942年6月	本科	上海海员医院副主任医师	
朱命樑	男	1944年7月		武汉市第八中学高级教师	
朱庆元	男	1946年5月	本科	仪征市统计局高级统计师	
朱庆勋	男	1949年8月	大专	溧阳申菱电梯公司高级会计师	
朱觉非	男	1956年5月	本科	安徽省硅酸盐公司高级会计师	
朱　宁	男	1961年	本科	天津理工大学物理系教授	
朱俊文	女	1973年12月	本科	屯溪第二中学高级教师	
朱以鸿	女		本科	芜湖冶炼厂高级工程师	
朱飞跃			本科	北京某设计院高级工程师	
＊	＊	＊	＊	＊	＊
陈绳德	男	1911年	本科	台湾中兴大学教授	朱筱春之夫
孟宪械	女	1932年	本科	天津理工大学教授	朱自熙之妻
沈跃华	男	1933年9月	本科	上海纺织工业局高级工程师	朱丽芬之夫
马宗良	男	1937年8月	大专	安庆第十二中学高级教师	朱世瑛之夫
程家齐	男	1938年7月	本科	屯溪隆阜中学高级教师	朱鸿之女
贾维秀	男	1939年11月	本科	安徽水电勘测设计院高级工程师	朱干儿之夫
陈贤德	男	1943年12月	本科	上海海员医院副主任医师	朱端芬之夫
程学奋	男	1945年	大专	休宁临溪中学高级教师、校长	朱文英之子

续表

姓名	性别	出生年月	学历	职务	备注
李 强	男	1945年12月	本科	新华社译审、驻外首席记者	朱佩芬之夫
黄慈海	男	1948年10月	大专	休宁洪里中学高级教师	朱美玉之子
邓绍英	女	1949年		荆州公安县官沟医院主治医师	朱健甫之妻
郑文千	女	1953年1月	本科	无锡市第一中学音乐特级教师	朱锡开之妻
王建民	女	1953年1月	本科	巢湖市人民医院副主任医师	朱如意之女
郑 立	女	1958年9月	本科	安徽省地质局高级工程师	朱觉非之妻
陆晓伟	男	1959年10月	硕士	合肥高等幼儿师范专科学校副教授	朱珠之夫
张 辉	女	1961年	本科	天津理工大学物理系教授	朱宁之妻
洪 峰	男	1963年12月	博士	美国纽约大学康顿分校教授	朱怪玫之夫
贾尚宏	男	1965年5月	硕士	安徽建筑工程学院副教授	朱干儿之子
吴 霆	男	1971年		江苏省会计事务所注册会计师	朱红云之夫
肖学芹	女	1972年2月	本科	襄樊市第一医院高级护士	朱育新之妻
袁曦临	女	1972年2月	本科	南京东南大学硕士生导师	朱毅之妻
陈 新	女		博士	北京师范大学副教授	朱飞跃之妻
施国杰	男			武汉地质学院教授	朱新亚之夫
吴家燕	男		本科	中国科学院地理所副研究员	朱彩霞之子

(二)

姓名	性别	出生年月	学历	职务	备注
朱可婷	女	1921年		合肥市税务局经济师	
朱佩兰	女	1925年1月		屯溪第三小学高级教师	
朱新亚	女	1926年		湖北省统计局会计师	
朱剑英	男	1928年8月		黄山学院讲师	离休
朱锦堂	男	1928年11月		绵阳市邮电局经济师	
朱懋蕴	女	1929年2月		休宁五城小学高级教师、校长	
朱玲蕴	女	1930年12月		屯溪区计生委主治医师	
朱懋定	男	1931年11月	大专	休宁海阳一小高级教师、校长	
朱典试	男	1934年8月	大专	屯溪隆阜中学一级教师	
朱 易	女	1934年9月		宁国县工商银行会计师、审计师	
朱懋武	男	1939年10月		黄山市汽车运输公司经济师	
朱命柱	男	1940年1月		徽州地区水电局工程师	
朱锡开	男	1941年1月		无锡能源研究所电气工程师	

续表

姓名	性别	出生年月	学历	职务	备注
朱世华	男	1942年2月		休宁万安小学高级教师	
朱命楷	男	1943年7月		休宁五城小学高级教师	
朱命森	男	1945年4月		休宁石田初级中学一级教师	
朱自炽	男	1945年12月		休宁月潭初级中学一级教师	
朱佩芬	女	1946年12月		北京教育学院外语系讲师	
朱以辉	男	1946年12月		芜湖第二人民医院主治医师	
朱云枝	男	1946年12月		休宁月潭小学高级教师	
朱荣辉	男	1948年2月		休宁西田小学高级教师	
朱双全	男	1948年11月		休宁临溪中学一级教师	
朱友强	男	1955年10月		重庆钢铁集团有限公司经济师	
朱质美	女	1957年7月		黄山市血防所主治医师	
朱正纲	男	1958年1月		黄山市第二人民医院高级技工	
朱少宣	男	1959年11月	硕士	美国建筑设计公司建筑师	
朱正纶	男	1961年4月		海螺集团计算机工程师	
朱艳玲	女	1962年		休宁图书馆二级馆员、馆长	
朱建生	男	1962年9月		浙西电力技术学校汽车技师	
朱永芬	女	1962年12月	大专	浙西电力技术学校会计师	
朱丽君	女	1966年8月		全椒县医院主管护士	
朱子明	男	1967年10月		台湾电子公司工程师	
朱清平	男	1968年12月	大专	浙江永信数码科技有限公司会计师	
朱基农	男	1969年1月		休宁五城初级中学一级教师	
朱小农	女	1971年	大专	中铁四局第三分公司工程师	
朱红云	女	1972年8月		黄山市汽车运输公司会计师	
朱 毅	男	1973年	博士	江苏省人民医院主治医师	
朱 玲	女	1975年4月		化工部合肥第三设计院工程师	
朱朝东	男	1975年9月		上海铁路局芜湖工务段高级技工	
朱志强	男	1976年8月	本科	日本YT仃総合研究所工程师	
朱莉莉	女	1976年8月		上海申伟国际货运公司会计师	
朱 巍		1977年7月	本科	郑州市第三小学高级教师	
朱志兰	女	1982年9月	大专	江阴华姿职业中学讲师	

第四章 历代人物

续表

姓名	性别	出生年月	学历	职务	备注
朱让甜	男			芜湖光学仪器厂总工程师	
朱重辉	男			长沙市印刷厂高级技师	
朱飞虎	男			长沙市印刷厂高级技师	
* * * * * *					
戴承裕	男	1927年2月		屯溪高枧小学高级教师	朱桃仙之夫
王如玉	女	1928年10月		休宁星洲小学高级教师	朱典翰之妻
曹美丽	女	1934年3月		宁国县东津小学高级教师	朱敏政之妻
王风书	女	1934年7月		屯溪隆阜小学高级教师	朱典试之妻
王梦玫	女	1934年12月	大专	安徽省中医学院讲师	朱典铭之妻
黄美秋	女	1936年2月		休宁县霞浦小学高级教师	朱志坚之妻
张玉海	男	1937年5月	大专	宁国农业银行会计师、宣州市行科长	朱易之夫
黄汝祺	男	1937年		休宁齐云山镇小学高级教师	朱接顺之子
宋桂凤	女	1939年8月		合肥市果品公司会计师	朱典禹之妻
魏玉梅	女	1940年10月		郑州市第一小学高级教师	朱自烈之妻
程佩英	女	1941年		休宁县海阳第二小学高级教师	朱懋定之妻
柳 平	女	1948年9月		合肥市第四小学高级教师	朱自跃之妻
陈 岚	女	1949年10月	大专	珠海市前山小学高级教师	朱求型之妻
魏 军	男	1950年1月		上海中华造船集团公司高级技工	朱幼芬之夫
胡华希	男	1954年1月	大专	休宁职业中学一级教师	朱元珍之婿
刘曼丽	女	1954年2月	大专	安徽华普会计事务所会计师	朱少飞之妻
郑祖萍	女	1955年		休宁海阳一小高级教师	朱文英之媳
宋书芬	女	1956年7月	大专	合肥皖安机械厂统计师	朱彩云之媳
汤小丰	男	1958年6月		洛阳市铜加工厂高级技工	朱碧云之子
陶建明	男	1959年3月		黄山市商务局高级技工	朱日虹之子
吴 若	男	1962年3月	本科	黄山市中医院推拿科主治医师	朱艳萍之夫
徐光伟	男	1963年10月	本科	霍山县梅山水库电站工程师	朱亚琳之夫
蒋 叶	女	1965年	硕士	美国华盛顿特区建筑工程师	朱少宣之妻
马 杰	男	1965年11月	大专	安庆造纸公司工程师	朱世瑛之子
苏元庭	男	1966年3月	本科	六安田家炳实验中学一级教师	朱世藩之婿
汪和平	男	1966年11月		休宁西田小学高级教师	朱雯霞之夫

续表

姓名	性别	出生年月	学历	职务	备注
李佩凌	女	1967年10月		台湾电子公司工程师	朱子明之妻
徐宏	女	1967年11月	大专	安徽永丰投资担保公司经济师	朱小虎之妻
吴宝利	男	1970年1月		黄山市司法局会计师	朱俊文之夫
章龙成	男	1972年7月	本科	黄山市人民医院呼吸内科主治医师	朱蕾晔之夫
李云飞	男	1972年11月		化工部第三设计院工程师	朱玲之夫
张建葱	男	1975年7月	本科	浙江浦江人民医院会计师	朱琳之夫
汪少敏	男	1977年1月	本科	上海张江高科微软公司工程师	朱婉姣之子
王海燕	女	1981年	大专	合肥新安医院护士长	朱丽娟之女

（三）

姓名	性别	出生年月	学历	职务	备注
吴惟安	女	1936年11月		全国三八红旗手	朱典义之妻

（注：一、未入"传记"、"传略"、"简介"的中、高级职称者
二、分高级与中级两部分职称，以出生年月为序）

大学生以上学历表

（一）

姓名	性别	出生年月	学历	备注
朱小虎	男	1965年8月	安徽师范大学硕士学位	
朱正明	男	1968年6月	台湾师范大学博士学位	
朱献	男	1979年6月	皖南医学院硕士学位	
朱若丹	男	1982年2月	澳大利亚麦考瑞大学双硕士学位	
朱若青	男	1983年11月	美国北卡罗莱纳大学教堂山分校攻读博士学位	
朱婧	女	1986年3月	南昌大学金融系攻读硕士学位	
朱剑英	女	1987年	北京航空航天大学攻读硕士学位	朱婉华孙女
陈萍	女		华东师范大学硕士学位	朱敏毅之女（从母姓）
朱锂	女		湖南大学艺术系攻读博士学位	

* * * * *

| 贺芳 | 女 | 1956年 | 美国麻省理工学院建筑学硕士学位 | 朱幼宣之妻 |
| 孙立天 | 男 | 1980年11月 | 美国哥伦比亚大学攻读博士学位 | 朱小石之婿 |

续表

姓名	性别	出生年月	学历	备注
黎娟	女	1981年	湖南农业大学硕士学位	朱求玲之媳
曹娴	女	1983年2月	美国密苏里大学堪萨斯分校攻读博士学位	朱若青之妻
吴莎	女	1985年5月	上海复旦大学新闻系硕士学位	朱佩兰甥女
崔一帆	男	1987年10月	美国华盛顿大学攻读硕士学位	朱红兵之子
林福莹	女	1988年1月	云南大学经济系攻读硕士学位	朱典郎甥女
江向东	男		上海交通大学博士学位	朱敏毅女婿
熊倩	女	1991年1月	美国密歇根州立大学攻读硕士学位	朱霞之女

(二)

姓名	性别	出生年月	学历	备注
朱懋绅	男	1908年8月	上海光华大学本科	
朱典教	男	1922年11月	安徽大学金融系本科	
朱典诗	男	1928年2月	山东大学本科	安师大执教
朱婉蓉	女	1940年	皖南大学中文系本科	
朱求明	男	1955年5月	湖南电视大学经济管理专科	
朱玲玲	男	1962年11月	安徽师范大学财会专科	
朱霞	女	1963年9月	铜陵财经学院财会专科	
朱萍	女	1964年5月	闽江大学本科	
朱慧珍	女	1964年6月	台湾逢甲大学本科	
朱正红	男	1964年9月	合肥工业大学计算机应用系本科	
朱美娟	女	1965年12月	台湾大学本科	
朱小军	男	1967年8月	合肥工业大学夜大机械制造工艺及设备专业本科	
朱咏红	女	1968年10月	安徽电视大学会计专科	
朱红	女	1972年4月	绵阳市电视大学财会专科	
朱华平	男	1973年8月	江西电视大学专科	
朱能农	女	1974年2月	徽州师范专科学校旅游专科	
朱俊海	男	1975年3月	安徽大学计算机系本科	
朱建蓉	女	1975年9月	成都电子科技大学商务外语专科	
朱建冰	男	1975年9月	安徽旅游经济管理学校专科	
朱自熹	男	1976年11月	安徽省委党校旅游专科	
朱薇	女	1978年10月	广东民族学院财经系本科	

续表

姓名	性别	出生年月	学历	备注
朱　敏	男	1978年11月	黄山电视大学计算机专业本科	
朱迎春	女	1980年9月	宁国电视大学法律专业本科	
朱　蕾	女	1981年2月	合肥工业大学本科	
朱　昵	女	1981年6月	四川师范大学中文系本科	
朱　阳	男	1981年12月	成都电子科技大学计算机专科	
朱　霁	女	1982年11月	烟台国际管理学院专科	
朱　晔	男	1983年1月	重庆工商大学本科	
朱敏芳	女	1983年10月	黄山学院专科	
朱　旭	男	1984年	湖南农业大学计算机系本科	
朱跃东	男	1984年1月	哈尔滨理工大学计算机系本科	
朱建宁	男	1984年1月	北京外国语大学国际贸易本科	
朱　蓉	女	1985年11月	宜春法学院法律与经济系本科	
朱　艳	女	1986年2月	安徽建工学院财经系本科	
朱自成	男	1986年4月	合肥炮兵学院本科	
朱莉娅	女	1986年7月	黄山学院中文系本科	
朱　敏	男	1986年11月	杭州职业技术学院专科	
朱丹萍	女	1987年1月	南昌师范大学外语系在读本科	
朱　蕾	女	1987年7月	浙江水利水电大学城市水利专科	
朱　悦	女	1987年6月	美国沃顿商学院双学士学位	
朱政帅	男	1987年8月	杭州技师学院专科	
朱　晶	女	1987年	徽州师范专科学校体育专科	
朱明燕	男	1988年	香港中文大学新闻系在读本科	
朱静娜	女	1988年	阜阳职业技术学院在读护士专科	
朱　斌	男	1988年4月	合肥中澳职业学校建筑专科	
朱　曼	女	1988年5月	西北大学工程造价专业在读本科	
朱　贤	男	1988年9月	巢湖学院经济系	
朱　琨	女	1988年11月	芜湖信息技术学院应用电子专科	
朱　涵	男	1988年12月	安徽职业技术学院专科	
朱　玲	女	1989年5月	吉林外语学院旅游管理系在读本科	
朱泽宏	男	1989年8月	安徽职业技术学院机械工程系	
朱旭娴	女	1989年9月	合肥大学新闻系在读本科	

续表

姓名	性别	出生年月	学历	备注
朱伟杰	男	1989年10月	上海立信会计专科学校日语专科	
朱曼曼	女	1990年	合肥师范学院在读本科	
朱天骏	男	1990年9月	合肥学院财会专业专科	
朱龙卿	男	1991年	池州学院电气专业在读专科	
朱洪卿	男	1991年9月	安徽城市管理学院管理专业在读专科	
朱明瑶	男	1992年3月	上海交通大学外语系在读本科	
朱世锦	男	1992年5月	成都电子科技大学电子工程系本科	
朱旭薇	女	1992年6月	安徽警官职业学院书记官专业在读专科	
朱静思	女	1992年9月	苏州利物浦大学金融数学系在读	
朱雅梦	女	1993年	亳州市师范学院在读	
朱春民			芜湖机电学院在读	
*	*	*	* * *	
刘燕棠	女	1955年10月	湖南电视大学经济管理专业本科	朱求明之妻
舒电亮	男	1961年11月	中国农业函授大学专科	朱月霞之夫
崔栋梁	男	1962年4月	徽州师范专科学校物理系本科	朱红兵之夫
祝畅飞	男	1964年4月	成都电子科技大学本科	朱辉之夫
郑 梅	女	1964年12月	北京师范大学历史系本科	朱雨芬之女
林厚俊	男	1965年4月	中国纺织大学本科	朱萍之夫
王怿尧	男	1966年3月	合肥工业大学计算机系本科	朱典铭之子
柳 宏	男	1968年5月	中国科技大学计算机系本科	朱敏慧之子
张平春	男	1969年2月	郑州解放军信息工程学院本科	朱春棉之夫
柳 宁	男	1973年7月	北京地质学院地质系本科	朱敏慧之子
李 昱	男	1974年7月	中国公安大学民法专业本科	朱佩芬之子
应 寳	男	1976年4月	徽州师范专科学校旅游专科	朱能农之夫
杜志刚	男	1976年12月	南昌大学法学系本科	朱真如之子
王玉平	女	1977年11月	日本富山大学经营管理本科	朱志强之妻
汪少华	男	1978年7月	合肥电力学院计算机系专科	朱婉姣之子
霍 爽	女	1979年10月	成都中医药大学针灸系本科	朱小石之女
钟 宏	男	1980年2月	北京飞行学院本科	朱求玲之子
张 勇	男	1980年10月	安徽河海大学水利工程专科	朱懋祎孙女婿

续表

姓名	性别	出生年月	学历	备注
张 峰	男	1981年8月	合肥工业大学本科	朱 蕾之夫
何学员	男	1981年11月	安徽师范大学教育系本科	朱志兰之夫
苏云芳	女	1982年2月	成都教育学院金融系专科	朱 阳之妻
张远思	女	1983年1月	西南交通大学国际经济系专科	朱世锦之妻
郑 旭	男	1983年7月	安徽财经大学市场营销本科	
张 鹏	女	1983年9月	苏州科技学院美术专业本科	朱维庄之子
宁少英	男	1984年11月	福州大学科学材料与工程学院本科	朱静琴之子
王 丹	女	1985年5月	武汉江汉大学继教院工商管理本科	朱 凯之妻
王 璇	女	1986年4月	暨南大学建筑设计专业本科	朱小红之女
魏晓霏	女	1987年4月	上海医药高等专科学校专科	朱幼芬之女
程 朱	男	1989年12月	北京经贸职业学院计算机系在读	朱爱武之子
吴 旷	男	1990年2月	南京中国药科大学在读	朱典试外甥
许 潇	男	1990年5月	铜陵职业技术学院本科	朱红娟之子
程元敏	男	1992年4月	华北电力大学保定分校在读	朱典义外甥
徐梦媒	女	1992年8月	北京矿业大学自动化电气工程系在读	朱自涛甥女
朱映凡	女	1994年3月	上海海洋大学在读双学士学位	朱世浩之女

（注：分研究生与大学生两部分，以出生年月为序）

补 录 表

姓名	性别	出生年月	学历	职务	备注
朱榕榛	男	1942年7月	本科	本溪市高级中学高级教师	
朱俐如	女	1938年9月		温州电化厂化验室主任、经济师	
朱小云	女	1948年8月		温州同仁堂主治医师	
朱 亮	女	1955年7月		温州市疾病预防控制中心药剂师	
朱怀宁	男	1972年2月		本溪市国有银行银行卡部经理	
朱 昉	男	1983年4月	本科	电子计算机高级程序员、数据库工程师	
＊＊＊＊＊＊＊					
张长刚	男	1943年7月	大专	温州市司法局法制处副处长	朱小云之夫
卢 浩	男	1956年12月	本科	温州市公安局大队教导员	朱霞之婿

续表

姓名	性别	出生年月	学历	职务	备注
董重光	男	1935年12月		浙江炼油厂经济师	朱淑心之夫
李兆丰	男	1956年12月		温州直属中学英语高级教师	朱亮之夫
杨 敏	女	1962年12月	本科	温州直属中学英语一级教师	朱霞之女
杨永宁	男	1967年3月		温州某房地产公司南京分公司副总	朱霞之子
汤蕴慧	女	1958年2月		温州五洲集团电控分厂总经理	朱俐如之女
张 淼	女	1974年12月		本溪市医院主管护士	朱怀宇之妻
李 栋	男	1982年8月	本科	宁波进出口公司经理	朱义之婿
蔡如君	女	1982年10月	硕士	宁波进出口公司总经理	朱义之女
黄诚忠	男	1929年12月		浙江平阳京剧团团长、总导演	朱俐如之夫
林苗苗	女	1953年12月	本科	温州直属中学校长、高级教师	朱步炯之妻
刘蔚青	女	1984年2月	本科	温州直属中专英语一级教师	朱步炯之媳
* * * * * *
董 晖	女	1972年10月		加拿大渥太华大学计算机硕士学位	朱淑心之女
董 勇	男	1975年2月		天津大学生物专业本科	朱淑心之子
蔡文斌	男	1956年7月		宁波大学经营管理大专毕业	朱义之夫
林世伟	男	1962年2月		海军第二炮兵学院毕业	朱淑心之婿

第五章

村风民俗

祝寿

月潭村有流传久远又具有个性特点的村风民俗。只是民国以来许多民间风情习俗渐被淡化乃至淡出民间生活。本章所列节日时令风情、婚丧喜庆礼俗、其他习俗撮要三节,也多是举其大概,并且如今大多不复存有。

紫 气 东 来

第一节 节日时令风情

传统年节习俗

古云:"百里不同风,千里不同俗。"中华民族农历过年的传统风俗,遍及全国各地,但各处各乡风,年俗在徽州也不尽相同。

值此辞旧迎新的年节之际,形成了众多习俗。每年农历腊月初八的腊八节,开始有了"年味"之后,即不断出现"年"的活动,直到正月十八,年才过完。在月潭,腊八这天早餐,家家按例要吃红枣、莲子、红豆、花生等掺和大米煮成的"腊八粥"。接着,开始一系列的过年准备,主要有:一、"打埃尘"。家中的厅堂庭院、卧室厨房、家什灶具,乃至房前屋后,都要打扫得干干净净迎新年。二、"做年粿"。一种是用红漆木雕粿印压制而成的籼米粿,粿印图形有"福、禄、寿、喜"等单字围上花边的长方牌糕状,也有寿仙、狮子、麒麟送子、状元及第、聚宝盆、元宝、寿桃等吉祥物的多种形状。米粿

祖宗容

做年粿

粿印与枣糕印

既可自食,也是敬神、祭祖、赠亲所需。另一种是手工拍打而成的糯米扁馃,大小如碗口,厚薄均匀,蒸熟后在馃品中间点上一红点,寓意有红运,主要是自食。蒸好的米馃冷却一晚,浸入清水缸中,每隔五六天换一次水,能储藏一二个月,随吃随取。三、"办年货"。殷实之家要大办年货,普通、穷困之家,也都尽力去办。家家都要或多或少地采购过年所需的食用物品,很多人家还杀年猪、腌肉鱼、做米糖、裹角粽……

随后,即开始丰富多彩、接二连三的年节活动。

拜神与祭祖

腊月二十三夜"送灶神"。传说灶神是"素神",在立有神座的大锅灶上,摆上素食供盘,燃烛烧香,顶礼膜拜,祈求灶神爷"上天奏善事,下界保平安"。到了除夕夜,又如前行礼"接灶神"回家过年节。二十八日过了亥时(二十四点),要打开大门,用猪头三牲,焚香燃烛,正襟恭祭,叫"谢神"。跪拜中,要放三响爆竹,以期声闻于天,是为感激天地的庇佑。有些拜神习俗在民国中后期已渐渐淡化。

族人崇尚慎终追远,一直盛行祭祖。到了腊月二十四的"小年",家中子孙不忘"接祖宗"回到家里同过年节,于是开始把祖宗容画轴高高悬挂在厅堂正壁,下置系上红色绣花桌围的八仙桌,摆上香炉、烛台、香筒(也称"五司件")和祭品,子孙每日焚香燃烛跪拜,以传承敬老敬祖的宗族观念,直到正月十八行过"送祖礼",才将祖宗容画轴收藏起来。

杀年猪

高高挂着年前包的角粽

团圆饭与守岁

妇女在厨房里忙烧菜

大年当天,一家人团聚了。一早,大人们就忙碌起来,男的在大门、后门、屋里隔间门上,张贴一副副抒发美好愿望的大红春联,又在猪牛栏、磨房、农具上贴上红纸,还在多处挂上一对对大大小小红灯笼和彩灯;女的则在厨房里炒瓜子、花生,以及炖鸡烧肉……准备年夜的丰盛团圆饭。掌灯时分,点燃了厅堂、居室和灯笼中的大小红蜡烛,把家里映得一片红光,先由一家之长领着后辈祭拜祖宗,再与全家老小围坐饮酒品菜。全家人同围坐在一张方桌或圆桌边,若桌子容纳不下,则把二、三张方桌拼在一起,名曰"牵牛席"。席间欢声笑语,叙亲情、聊年景、谈打算,祝福来年更美好。大家和和乐乐地吃过年夜饭,一个个晚辈要向长辈行"辞年"礼,长辈准备了红纸包着的"压岁钱",赐给未成年的晚辈。据传"压岁钱"寓意"压祟祈福",因为"祟"与"岁"是谐音,故称"压岁钱",是望孩子得了"压岁钱",平安度新年。初一忌讳扫地、倒水出门,是怕失去新一年的财气,女眷们在年夜饭后即做好这些事,然后在厅堂、居室换上一斤头的大红烛,与孩子们围着火盆团坐"守岁",家人们在红烛燃亮满屋之夜,一边嗑瓜子、吃花生,一边谈古论今、听讲故事,谈笑风生,达旦不寐,象征着红光把一切邪瘟病疫照跑驱走,期待着新一年的吉祥如意。

拜年与聚乐

初一早晨,家中老少都换上新装或干净衣裳,喜气洋洋地在爆竹声中打开大门,吃过寓意年头甜到年尾的莲子、栗子、红豆汤,再吃意为长

儿孙向祖父母拜年

长利市的面条。然后集合家人到厅堂,先向祖宗容像拜年,再按辈分一个个晚辈向长辈拜年。上午,族丁还要进祠堂,参加拜祖宗,以及向族长团拜。新媳妇则要到亲房中向长辈拜年。其他人一般不外出串门拜年,如果要出门,路上与人相遇,都要拱手作揖,相互恭喜、祝福。初二开始,家家户户开始忙着上祖坟、到亲友家拜年。各家有客至,都要先献甜汤、摆出果盒,再上五香茶叶蛋、肉丝面。还要送给来的小客人一双用红绳捆扎的红皮甘蔗、一包百子(响)小爆竹。亲友间拜过年后,又要陆陆续续择日请客吃"春酒"。

年节期间,大人小孩相聚休闲作乐活动也多,有沏茶闲聊的、有打牌取乐的、有玩彩灯或其他游戏的,还有看舞狮舞龙的。舞狮班是从附近乡村请来的,有一对雌雄大狮共舞,还有钢叉、连星锤等表演。狮子伴着锣鼓声,会做出搔痒、舔毛、打滚、抖毛等温顺动作,也会做出跳蹦、跃扑、登高等凶猛动作,最后是雌狮下狮崽的表演,场面更为热闹。娶了新媳妇和未添丁的人家,都要把他们请到家里表演。一对大狮进入新夫妇的房间扑来扑去舞一会,雌狮产下小狮,背着出来向主人报喜,这家人得到"产子添丁"的好兆头,喜上眉梢,当即送给红包。舞龙是村里人自己组织的双龙闹元宵活动,从正月十三至十五连舞三夜,把年节结束前的文娱活动推向高潮。

过年讲吉利话

过年都求个吉利如意,从除夕夜起到初五止,大人小孩讲的话要有忌讳,听起来谐音不吉利的话都要用吉利话来替代。小孩难免讲错话不吉利,家中老太则事先用粗草纸挨个给孩子揩嘴,这是把孩子的嘴当做"屁股嘴",说的话不算数,或谓之"童言无忌"。

吉利话中,含有"发财"意思的代名词有:吃鸡蛋、寿桃,讲"捧元宝";黑炭烧的火,讲"元宝火";睡觉说"挖窖",甚至说"挖金窖";跌跤说"滚元宝"。除夕团圆饭最后上的一盘鱼留着不吃,曰"年年有余";开门来了一条狗,讲"来富到家"。含有其他吉利意义的代名词还有:点燃蜡烛,叫"发丁";来客献甜汤,说"吃到年头,甜到年尾";送给孩子甘蔗,讲"吃得一年甜一年";初一吃面条,讲"长长利市",初二吃粽子,讲"四角平稳",初三吃油菜心炒馃,讲"节节升高";请人吃糕与粽,讲"高中"(科举时代中的举人、进士);打碎了碗碟,讲"岁岁(碎)平安"等。

元宵双龙闹春

正月十五元宵节,又称"上元节",是徽州历史上农历春节期间最热闹的一个节日。相传在汉武帝时,有位宠臣东方朔到御花园折梅花,遇见一位宫女泪流满面意欲投井,他趋前劝阻,询问原因。得知此女名叫元宵,被征到宫里为皇家做汤圆,一直未回家和父母、妹妹见过面,每到腊尽春来时节,更是思念亲人,想着自己没有为双亲尽孝,不如一死了之。东方朔听后深受感动,随即施计,编造占卜人之说,在京城散布"正月十五火神君奉玉皇大帝旨意,要火烧长安城"的谣言。汉武帝闻之大惊,召见东方朔献谋。东方朔早已成竹在胸,假作思考之后奏曰:火神君最爱吃汤圆,听说宫女元宵有一手做汤圆的好手艺,何不令她做汤圆,让万岁爷焚香上供,使火神君吃下汤圆软了心?同时诏告城中臣民,家家挂红灯笼、放鞭炮,造成一种满城大火的假象,以瞒过玉皇大帝。并且发动城内外百姓,以及宫娥宫女等都出去观灯,以消灾弥难。由此让元宵有了机会出去与家人团聚。事后,汉武帝见闹了一夜灯会,长安城平安无事,心中大喜,便降旨每年正月十五挂红灯笼、做汤圆供火神君。元宵做的汤圆好吃也好看,人们就把汤圆叫做"元宵",这一日也就被称为"元宵节"。此风俗在民间流传以后,各地挂灯、观灯、舞龙灯等闹元宵活动的花样也逐渐增多。

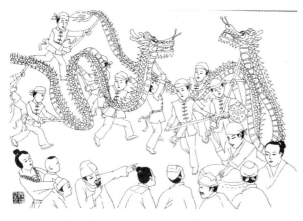

观看舞双龙

月潭的元宵节,也早有制灯、挂灯、玩灯、舞龙灯、观灯等习俗,这些习俗究竟起于何时,还不清楚。族中老辈人说,清代的元宵节,家家户户的大门口都挂上一对大灯笼,小孩们还玩小彩灯、小红灯笼。民国时村中舞的龙灯,上村一条,下村一条,都是板龙,叫双龙起舞,更加热闹。板龙分龙头、龙身、龙尾三部分,龙头与龙尾用质地坚实、纹理细密、不翘不裂的木料精雕细刻而成,下村龙队的龙头用青石雕成,龙睛、龙角、龙须、龙鳞与尾翅都雕得活灵活现。龙身用类似长板凳凳面的板,制成一节一节的身段。每块龙段板,长有七八尺,阔约一尺多,板的中心点钻个圆榫眼,用于安装驮龙身的木棍;板的两头还凿有两个圆形榫眼,板板相接时,用来系上棕(麻)绳,或插上榫头,几十上百节龙段相互连接,每节板面上都装上两对冬瓜形的大红灯笼,成为一条长长的有灯笼的龙身,而且转动自如。舞板龙由有丁之家出资,一户一板(有说是一丁一板),由村里五谷会组织农家青壮年负责驮舞和各自保管龙段;龙头、龙尾,指定体壮力大、手脚灵活的人驮舞,舞毕各自送到上村和下村的五猖庙里存放。每年正月十三、十四两日,两条龙分别出动,各自独舞,十五元宵则同时出动,双龙并舞。

十五夜晚,村人喝过元宵酒,大约八点左右,舞龙者听到鸣锣召集声,就穿上古装舞龙衣帽,扛着龙头、龙尾和一段段龙身,汇集到朱氏宗祠大门外的广场上,连接成两条板龙,点燃龙灯笼中的红蜡烛,游走到下村水口两排高大古松相夹的一条通道中,称为"钻龙洞"。远看两条板龙进入洞中,一身红灯从古树丛中射出忽现忽隐的红光,逐渐现出瑞龙出洞的情景,别有一番情趣。

龙出洞,入了村,在相随乐队的锣鼓管弦乐声中,摇头摆尾地由下村到上村,沿街蜿蜒而行,玩着小红灯笼和各式小彩灯的孩子们,也纷纷奔来跟随在板龙尾后与龙同游,到处是欢声笑语,沿途商店、住户燃放爆竹之声不绝于耳,新婚或未添丁的人家为讨个吉利,等候在路旁,龙一到就送上一对点燃的红蜡烛,换下龙身上的龙灯烛,美其名曰:

火 桶

"麒麟送子"。两条板龙游到下村口和上村头上宅厅大门前的两个平坦上,在人群的围观中各舞一场,最后游向河滩的"靖阳坦"。这时,观看舞龙的人群,已密密麻麻站在村边沿河滩的堤塝上。一时间,锣鼓喧天,鞭炮齐鸣,两条龙分分合合,由慢到快地打了三圈,随着龙头起舞,还连环使用跪姿、蹲姿,左旋右摆,腾挪闪跳,上下盘旋,后又舞出多种阵势造型,一会儿金龙盘柱,一会儿龙驾祥云,一会儿瑞龙卧岗,一会儿双龙戏珠,招式迭出,龙姿百态,此时群情激昂,欢声雷动,人与龙狂欢劲舞达到高潮。

立夏时令吃俗

"立夏"是夏季的开始,虽非大的节日,人们也把过好入季的头一天,视为"平安度酷夏"的预兆,因而人们沿袭了一种"吃"的习俗。

立夏的"吃"俗,讲究"清淡、有益",吃的不是美酒佳肴,而是家常食物。这日清早煮好鸡蛋以后,家中祖母就要拎着鸡蛋,牵着孙辈的手,走在阶沿上,丢下鸡蛋让它一阶梯一阶梯地滚到下面,给孩子们捡起来剥壳吃,还一遍一遍说着:"滚一滚,长三节。"寓意孩子身体健康,无灾无病,安度炎夏,俗称"耐夏"。

吃的点心、菜肴也都是平常的素食。采来的野苎叶掺入糯米粉中,用馃印打成一个个茶杯盖那么大的芝麻馅糖馃,说是苎叶馃清凉祛火,夏季吃了不会中暑,不会生疖。吃的时新蔬菜红苋菜、嫩蚕豆、鲜竹笋,谓之"尝新",也含有新生旺盛和盼望丰年的寓意。

家家还要吃一种特制的"乌饭",里面加有一点小荤。乌饭,是从山中长有一种甜味黑果的"乌饭树"上采的叶,捣碎滤汁浸糯米一夜使之变成黑色后,加点小肉丁蒸煮成饭,然后再用鸡蛋、韭菜下锅爆炒,其味清香诱人又耐饿,说是吃了也少病痛。"乌饭"还有个美丽的传说:目连为了解救有饿鬼看守的母亲,使其在狱中免受饥饿之苦,把白米煮成黑色的"乌饭",冒充猪食,以免众狱鬼抢食,其母终于没有被饿死。

端午龙舟竞渡

农历五月初五,是民间传统的端午节,也是纪念两千多年前战国时期楚国爱国诗人屈原被贬,饮恨投入汨罗江致死的日子。传说这个节日原称"端五节",到了唐代,因八月五日是唐玄宗的生辰,为避"五"字讳,当时宰相宋璟提议,改为"端午",又因古人常把"午时"当做"阳辰",于是"端午"也称"端阳"。月潭村端午节也有许多习俗。五月时至初夏,梅雨潮湿,"五毒"(蜈蚣、蝎子、壁虎、蜘蛛、毒蛇)俱出。节前,村里的道士就送来印有"五毒"图形的"五毒符",让各家到时贴在水缸、菜厨等器物上以除邪避瘟。为了消毒杀菌,驱除虫害,各家屋子里的阴暗角落和潮湿之处则洒上雄黄水,门上皆插挂艾草,室内又在火盆里点燃苍术、白芷烟熏,都是为了净化空气,驱赶蚊蝇,消毒除邪。其时屋里无不烟岚缥缈,香郁扑鼻。端午日,各家厅堂正壁,换挂上钟馗画像,说是钟馗惯于唊食一切恶鬼,能驱邪恶。家中的孩子,一个个的额头上都用雄黄写个"王"字,还头戴虎头帽、脚穿虎头鞋,颈脖、手腕、足踝上又套上或金或银项链,或红、黄、蓝、白、黑五色线制作的"百索"(也称"长命索"),以降服鬼怪；妇女和一些孩子，还佩戴缝制精致的"香包"，里面装有大蒜、樟脑、雄黄以及香粉，包上有绣小老虎、小猫、金鱼、白兔的，还加些桃子、葫芦等花草与果实，其图案逼真而夸张，线条流畅而别致，散发着浓郁的乡土气息。

楚国诗人屈原投江而亡，也是五月初五。当时百姓闻知，纷纷竞舟去追，可已不见其踪影。事后，百姓先以米，后改包粽子投入江中，以让水中鱼鳖有得吃，不去啖食屈原的尸肉。竞舟与投粽活动沿袭下来以后，演变成端午节"赛龙舟"和吃粽子的习俗，遍及全国各地。在抗战之前，月潭也有"赛龙舟"活动，是由村里船民拆下几只帆船的船篷，在船的两头装上龙头和龙尾，船身的两旁，安上四把木桨的桨架，架边围上大红布，又插有五颜六色的彩旗，船里用三四张八仙桌叠起一个高平台。船中除了几个锣鼓手，都是划桨竞渡与水上游戏的参赛者。午后，三声铳响，率水河上龙舟竞渡活动便在紧锣密鼓声中开始了。小伙子们从牛舌埠奋力划船，逆水而上，游至月潭汊，行程三华里，一个又一个地来回竞赛。观众云集岸边，见到龙舟游行至水深处，有人抛入鸭蛋，有人投进一头扎铜钱一头扎红布的"竹标"，参赛的水手们争先恐后地从高高的平台上，翻筋斗跳下，潜进深水，欢快地从水里捞出鸭蛋或"竹标"，岸上发出阵阵喝彩声，直到夕阳欲坠，这场热热闹闹的龙舟赛才结束。

青苗立节祭天

农历五月，农民莳好秧苗，迎来了"青苗节"（也称"安苗节"）。这是农耕社会南方稻谷地区的一个重要节日活动，主旨是通过祭天敬神，祈求风调雨顺，保佑稻禾苗壮成长，期待一个好收成，过上丰衣足食的好日子。

月潭村的"青苗节"，由村中的五谷会操持，在朱氏秋报会拨付大部分经费以及农民捐款的支持下，进行一次隆重的祭天敬神活动。活动的前一天，"五谷会"请人蒸制米馃，发送给各农家，喻示在此期间青苗平安长成稻谷，收获到丰硕的果（谐音馃）实。

节庆活动开始，要在大河滩的"下边坦"（靠近下村的敦和）搭台演戏三日三夜。头日一早,十多名农民司事先到五猖庙,请出五尊五猖菩萨坐上神轿,抬到"下边坦",安放在戏台对面,然后在菩萨座前的一张香案供桌上,点燃红烛,由身穿竹布黑长袍、头戴黑礼帽的五谷会会首,带领农民大众,先焚三炷香,献上三杯酒,再行三跪九叩头礼,向天祭拜。接着,用同样的礼仪,向五尊菩萨行祭拜礼。然后,村民群众与菩萨同乐,一道观看演出。

戏台上开了锣,先是"天官赐福",一位头戴官帽、身穿官袍、脸挂白色面具的"天官",提着一叠刺有吉祥语的五彩条幅,伴着"咣、咣、咣"的小锣声,迈着八字台步,悠悠走向台前,随着乐曲伴奏,一幅一幅翻开"福星高照"、"风调雨顺"、"五谷丰登"的条幅,展示给观众,也表明青苗节演出活动的主旨和期盼。如此天官赐福完毕,就响起一阵开台锣鼓,上演的一出出剧目都是欢乐、吉利、祥和的大戏。每日下午与夜间演出两场。附近十里八村的人也纷纷赶来看戏并在亲友家做客。

中秋香龙舞月

中秋,在农历八月十五,早先是帝王祭月的礼制,后来达官文士也效仿祭拜,此风逐渐传到民间,便有了中秋节祭月、拜月、赏月的风俗,历代相沿,形成民间一个传统节日,并为此衍生出许多神话和民间传说。

中秋节祭月,供品是与月亮形似的圆圆果饼,原俗称"月光饼",后名"月饼",取团圆之意。这日,就业他乡的男人,能归来的都回家中团聚;回娘家探亲的女人,也需回婆家"团圆"。俗话有"宁留女一秋,不留过中秋"。晚上举行中秋家宴,不能回归的亲人,也要为其设虚座,摆杯筷,以示阖家团圆。独居异乡未曾归来的,此时此刻也多凭栏望月寄托自己对故乡和亲人的思念之情。所以人们又把中秋节称作"团圆节"。家宴毕,八仙桌移至天井下,摆上烛台、香炉开始祭月,因为月光菩萨不

锡茶壶

吃荤，供品中一盘特大月饼，四盘时令果品：芋头、雪梨、柿子、石榴；还有一酒壶清水，一段长有小瓜的南瓜藤头。燃烛上檀香祭拜过后，全家人坐下分尝月饼。月饼原本是祭月的一种供品，后来成了很可口的食品，又是节日相互馈赠的礼品，花色名目日渐增多。徽式月饼在全国月饼品种中独具特色。还有一个利用月饼与统治者抗争的传说。元代是蒙古族统治，有些当权者利用民族矛盾，任意盘剥民财，掠夺土地，残害良民，奸淫民女，百姓积怨极深，意欲串通造反，徽州人就在月饼背面贴的一层薄纸上，写了"八月十五杀鞑子"的联络起义信号，终使这次造反一举成功。

"月到中秋分外明"。月潭村拜月之后，许多成年人三五成群走向大河滩，围坐着谈天说地，欣赏一览无余的广阔天空，探求天宫月殿奇幻仙境的奥秘，遐思浮想。老年人大都带着小孩在家中大院赏月，指指点点向孩子们讲述"嫦娥奔月"、"吴刚伐桂"、"玉兔捣药"等神话故事。

中秋在秋收之后，为了庆丰收，也为节日凑热闹，一些孩子在大人的帮助下，节前就相约扎香龙。香龙头是用水竹编成的两块栅状框架，相叠固定在龙身的前端，再用短棒把它撑开形成"血盆大龙嘴"，还剪红纸做龙舌，又用白纸条做龙须，龙额正面贴上"王"字，再用一对鸭蛋壳涂上黑漆饰成亮晶晶的龙眼珠，很是威武。龙身是用粗稻草绳节节捆扎而成，身围不过二尺，身长有几丈、十丈。龙尾则是用稻草绳编结的三瓣构成。

祭过月，舞龙的孩子们集中到约定地点，用水竹秆插入稻草龙肚中驮起，点燃棒香插满龙身。锣鼓响起，提着大红灯笼者在前引导，香龙即跟着摇头摆尾地游走，游到下村头、上村尾、村中间的平坦上，都要作些造型表演，有盘成圆圈，顺绕、反绕地走圆场，象征着亲人的团圆；有圈成圆堆，以龙头为中心渐渐突起如粮囤，表达丰收的喜悦。香龙进入人家，围着祭月的方桌打圈圈，还齐声朗诵一些吉祥话："香龙舞进来，今年大发财"、"香龙兜一圈，全家人平安"、"香龙舞一舞，讨个好媳妇"，讲得家家大人小孩喜洋洋。每家主人不仅送给一把把棒香为龙身添香火，还赠给孩子们每人一筒小月饼。香龙从村中舞到河边的大靖阳坦，伴着急促的锣声鼓声，不断地打圈，且越圈越快，在这热烈的氛围中走到率水河边,即把香龙送进水宫,祈求香龙为农家治水,永保年年丰收。这时已至深夜,舞罢香龙的孩子,还趁着月光去果园、菜地"摸秋",或摘果、或采瓜、或拔菜,以摸到之物来占卜运气。但只能是取其所需的一点吉祥物。所以流传有这样的顺口溜:"摸秋不为偷,只能用衣角撑开兜,而不能装担用肩挑。"

靖阳祭神演戏

农历八月十三靖阳节,是徽州人祭祀敬仰汪公大帝的节日。月潭很早就建了汪公殿,塑了汪公与其子八相公、九相公,以及张巡将军的神像供祀。清乾隆时,朱、程两姓同创"永宁匪",又紧连老殿造了一座新的汪公殿(俗称"新殿"),专供汪公与俩子的神像,年年隆重祭拜,久而久之,汪公已被神化,成了当地消灾降福的地方神。每年农历正月十八汪公的生日,都要在殿里举行跪拜祭祀,秋收后还要在偌大的"靖阳坦",举行具有浓厚地方色彩的靖阳节祭神活动。

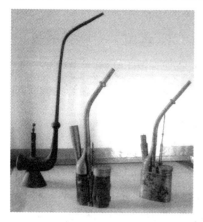

水烟筒

靖阳节,在率水河畔中段一片绿茵茵的高大草坦上举行祭神活动,年复一年,这片草坦地也就被称为"靖阳坦"。每年靖阳节十分隆重地祭拜汪公大帝等四神,皆搭建四门出入的大戏台,演戏三日三夜,求神庇佑,与神同乐。节日的全部活动,由朱氏秋报会主管负责操作。神帐设在靖阳坦之南,背倚天柱峰;戏台搭在神帐对面,临河之坦北;中间空着可容纳千多人看戏的大场地。看戏者都自带长条木板凳,按到场先后有秩序地排成一行行看戏;有的人家做有靠背"木马"高凳,因规定不许抢先摆在前面或中间,族人都自觉地把"木马"摆在观戏场地的两边或后面,避免挡着后面神像与观众的视线。八月十二,节庆活动准备就绪,村中的许多人家已是宾客盈门;经营吃、用、玩的许多摊担,也已在戏场左右两边的空场上摆好,营造了一种热闹的氛围。

十三日上午举行祭礼前,一干祀事服务人员汇集到下村外的新殿,为汪公等四尊神像更袍换盔并将其请上八人抬的四顶大轿,他们自己也换上各司其职的衣帽。然后,有殿中道士及七八十人组成的游街队伍,包括手挚刀、枪、斧、戟和五色旗幡、凉伞的仪仗队,敲打锣鼓铙钹、鸣奏唢呐箫笛的鼓乐队,排成两列纵队进行游街活动。神像游街时,队伍前面鸣锣开道。一路上,威严爆响的铳炮声,音律优雅的奏乐声,店家、住户欢庆的爆竹声,与众村民的欢歌笑语声交织在一起,非常热闹。四尊神像游行到上村头,转向"靖阳坦",被请进神帐的台座上,仪仗队的凉伞、旗幡、兵器,也插到神帐外两旁的枪架旗座上。然后,由道士在帐内为家家户户前来杀鸡祭拜者奏乐。入内祭拜的人群,不只是本村的,还有许多是外村的,人群摩肩接踵,香火不断,延续到第三日演戏结束,四尊神像才被送回殿中。

靖阳节的三日演戏,有从歙县、休宁或祁门请来的戏班,剧种有徽剧、京剧、目连戏,每天下午和夜晚演出两场。每场演出,本村村民和周边十里八村的人,大都早早扶老携幼汇集而来。开场前,还有锣鼓闹场,以示"戏将开演"。阵阵紧密的锣鼓声,传到四方八面,"锣鼓响,脚板痒",闹得未到的人急急奔向"靖阳坦"看戏。闹场过后,正日放三响通天铳开场,先演大开台,再是"天官赐福",出台的天官,手持一卷条幅,伴着"咣、咣、咣"的小锣声,迈着八字步,悠悠走向台前,随着乐曲伴奏,翻出写有"三星高照"、"五谷丰登"、"龙凤呈祥"、"年丰人寿"等吉祥字样的条幅,展示欢庆祥和的祝愿!然后按主人事先点的剧目上演,有折子戏,也有连本戏,台下人山人海,人人看得津津有味。场外两边卖农具的,捏面人儿的,卖甘蔗、橘子、板栗的,以及煮馄饨、油豆腐角的,蒸包子、烧卖的,煎烤毛豆腐的等摊担,也吸引了不少顾客,香味四溢、热气腾腾的食品,更吊众多人的胃口,那些饿肚子的、口馋的、想尝鲜的观戏人,又能饱尝口福,所以入场者总是看到半夜演出圆场才尽兴而归!

第二节　婚丧喜庆礼俗

男婚女嫁礼仪重

婚姻是"合二性之好"、"承万世之嗣"的大事。明清时期月潭的男女婚姻，严格恪守"父母之命，媒妁之言"，其婚礼仪式，逐渐由简到繁，由俭而奢。联姻的过程有三个阶段：

求　媒

明清时代求亲几乎全是靠媒人，那时乡间已有职业性的媒婆，她们有一张巧嘴，平时又注意打听十里八村的弱冠之男与及笄之女，遇有委托做媒的，总是勤快地做着一系列撮合之事。首先的一步，是送男女"庚帖"到对方。男女庚帖上都写明姓名、籍贯、祖宗三代，更主要的是出生年、月、日、时。配以天干地支，每项有两字，合称"八字"，也叫"八字帖"。男女双方收到"庚帖"，先要安放在厨房灶神爷的神座边，如果三天之内家中平安无事，那就请算命先生"对八字"，算算属相和生辰八字有无相克相冲，遇有龙虎斗、鼠马冲或是男属羊，抖抖忙，女属羊，守空房等相克相冲之类的，双方就要慎重对待，或以"八字不合"终止求婚应婚之事。有些父母经过媒婆巧言撮合，或信其破法，也有同意联姻的。然后，男方向女方正式提亲，还得在家族或亲友中请来有身份的人为"大媒"，由媒婆领着一起上门，代表男方向女方正式求亲，并讨"礼单"。女方如若表示同意，即写出接多少定亲礼银和礼物的"聘礼帖"（即礼单），由媒婆递送到男方。

定　亲

　　男方收到女方允婚的"聘礼帖",当即按礼单所列各项,准备礼银红包和首饰等礼物,以及喜糕(即枣糕)、喜包(即肉包)、猪肉、鲜鱼以及挂面若干担(篮),由媒婆带领送到女方,联姻便算正式下定。但从定亲到完婚,有一段或长或短的时日,至少有一年半载。在此期间遇有节日,男方都要自制或购买糕饼、肉粽、甜包、点心,以及肉、鱼、面、米等礼物,装成四屉篮或几个礼担送到女方。在两家有了完婚意向时,男方便拣个让双方都有时间准备的吉日,写了完婚日子帖和喜礼,请人跟着媒婆送到女方,这叫"送日子"。

　　婚期既定,待嫁女方则忙于备办嫁妆,表示娘家心意。嫁妆视家境情况而定,有四季衣:单衣、夹衣、棉衣、皮衣;一套被:厚薄被褥、床毯、枕头;各色鞋:新娘鞋是大红缎绣花鞋,有五子登科、凤仙送子、黄金落地等花样,还有夫君鞋、公婆鞋、童子鞋;多样盆桶:面盆、脚盆、浴盆、火盆、水桶等。除此还有一些房中家具,如梳妆台、衣橱、衣箱、马桶(又叫子孙桶)、夫妻椅、子孙凳等。富有的娘家陪嫁之物,还扩展到大型家具,甚至因"棺"与"官"、"材"与"财"是谐音,也有为表示祝福升官发财之意,选用优质木材制成棺材作为陪嫁之物,显示自己的富有阔绰。在嫁妆中,无论家庭贫富,娘亲还要或多或少拿出金银戒指、耳环或手镯、项链之类的首饰送给女儿以表心意。

完　婚

　　办理完婚大事,至少三天时间,男女双方都请一位长者为完婚主持人。这期间,双方家中张灯结彩,厅堂布置得富丽喜庆。头一日男方的一件大事,是物色一位德高年长、夫妇齐眉、子孙孝敬、家庭和睦的女眷,作为利市人,携带新郎已填好姓名和生辰年、月、日、时的两份"鸳鸯书",以及新娘婚礼穿着的凤冠、蟒袍,组队送到新娘家中,敬请丈人设香案填写"鸳鸯书"。与此同时,男方租用的一顶四人抬大花轿,也抬来家中置放于准备迎娶新娘的厅堂中央。夜间,宴请亲房男客吃"暖房酒",有六碗、八碟、四大盘(东坡肉、鸡块、鱼块、大圆子),新房里也摆有一桌,由两个男童陪伴新郎"暖房"同饮。同一天,女方先要把新娘全部嫁妆装好担,用染红的丝绵网住,组成一支送嫁妆队伍,由伴随的鼓手吹吹打打送到新郎家。同时,也宴请亲朋喝"别离酒",又称"待囡"。

第二日是完婚的正日。新郎家组织一支四人抬大花轿的"接亲"队伍,由新郎与完婚主持人率领,一对少女提着红纱灯、一对少男握着火把、一大班锣鼓队和鞭炮手走在队伍的前面为四人抬的花轿开道,还有一班挑(抬)着喜礼担的跟随在轿后。一路上,不时地放鞭炮和奏乐,好不热闹。接亲队伍将至新娘的家门口,锣鼓敲得更响,鞭炮放得更多。新娘家也敲响锣鼓与燃放鞭炮回应,以表示欢迎。可此时的新娘家却把大门紧紧关上。候在门外的接亲队伍只好停轿,新郎不断地敲门和喊叫,完婚主持人也急着把各种装着银钱的红包从门缝中一个个塞进去,直等女方满意时,才将大门打开。据说,接亲关门这一招,让新郎反复地敲,反复地叫,寓意是为新郎"敲发,叫发"。

绣花小脚鞋

花轿抬至新娘家的堂前,放在一个预先摆好的大烘盘上,新娘家请新女婿和接亲人一一坐下,上了碗茶、甜汤、茶叶蛋、长寿面、肉包。新娘则在闺房换上凤冠、蟒袍,在要出房时,母亲发出"哭嫁"声,房外男方闻到哭声即放鞭炮、奏乐"催亲"(催促新娘上轿),隔一时,催一次,催过三次,"哭嫁"啜止,新娘才由亲爹或兄弟抱着或背着送上轿。"哭嫁"一幕,一是为娘的舍不得女儿离开;二是为叮嘱女儿,要遵从三从四德,当好媳妇;三是为"不哭不发,哭哭大发"。

抬着新娘的花轿进入新郎家大门,由男方特聘的女利市人启开轿门、撑开伞,牵着新娘出轿。在旁的新郎兄弟辈,在地上用两只麻袋一只接一只地相互交替向前铺开,叫"传袋"(谐音传代),新娘行走在袋上,完婚主持人则带着众人在旁高喊:"一代传十代,十代传百代,百代传万代。"忌言"百代传千代",是因为休宁方言中"千"与"绝"同音讳不吉利。传袋走到厅堂上方,行婚典大礼,"一拜天地,二拜高堂,夫妻对拜"。礼毕,一群家人拥送新娘到新房歇息。房中备有一盆温热清水,称为"和气水",女利市人见到新娘入房,当即在"和气水"中拧一把稍温的湿毛巾,递给新娘揩面,再传给房里所有的家人也揩一下,以祝福新娘与大家和睦相处。

夜间,举行隆重的婚宴(新娘家路远花轿来得迟,也有安排在次日举行)。贺喜宾客众多,少的上十桌,多的数十桌,家中厅堂难以容纳,大都借用宗族中各房的支祠或家祠大厅。宴席一般是八碟小菜、十碗大菜、四盘点心。开席后,新郎新娘到各桌敬酒,大厅下边的一班吹鼓手随即配奏乐曲。宴席的最后一道菜是"全鱼"。宴罢,男女利市人手捧果盒引领新郎新娘入洞房,众人簇拥在后。一路上,利市人每讲一句"吉利话",众人则齐声帮腔"接口彩"。如利市人喊出"手捧果盒喜洋洋,八仙聚会贺新郎",簇拥着的众人即齐声大喊——"好啊!"……气氛热烈。完婚期中,有三朝无大小的习俗,因而"闹洞房"无拘无束,是婚礼中的余兴,也是最轻松嬉闹取乐的活动,因为有老中青一起参与,又可随便逗乐,更是热闹。新房里点燃的一对一斤头红喜烛,把壁上的大红"囍"字和红床、红被、红家具,照得红彤彤,喜洋洋。新郎新娘站在床的前沿,由一位长辈从果盒中抓出一把一把花生、红枣、莲子、瓜子、糖果……撒在床上,叫做"撒帐",口中念念有词:"撒帐,撒帐,撒到新娘床,早生贵子,得个状元郎";"新郎新娘,夫妇齐眉,和和乐乐,白头到老"……接着,要新郎新娘挽臂同喝交杯酒。一对有红绳连接的高脚"合卺杯",由撒帐的长者一手拿着一只送到新郎新娘嘴边各喝一口后;又把两杯酒相互掺和,再往里卷起红绳缩短距离,送到新郎新娘嘴边喝上第二口;最后的第三口酒,红绳已卷得让新郎新娘面贴面地喝进嘴,引

雕花洗面架

得满房的欢叫声。随后,利市人上前撒帐,也是他讲一句吉利话,众人齐声帮腔"接口彩"——"好啊!"同时还怂恿孩子们爬到床上去抢果子。长者与利市人离开新房后,闹新房就更随便了,有向双方提问见了对方有何好感的,有以谈情说爱古诗文逗趣的,有要新郎新娘拥抱、香嘴(接吻)的。过去男女定亲大都未见过面,要当众香嘴十分为难,但闹新房的总要闹到新郎新娘照办,皆大欢喜才退出新房。

饭 盒

第三日晨起,新婚夫妇到厅堂跪拜公婆和认亲分大小(全体家人),长辈被新娘叫一声,都要赐给一个红包,名曰"见面礼"。然后由长一辈人陪同新娘出门,到宗族各房拜谒尊长,也同样有"见面礼",可行遍上下村,走酸了两腿、跪痛了两膝,新婚夫妇都还得照例行事。

婚后,新娘家很快择定吉日"接回门",新婚夫妇带着装有喜礼的"望娘担",新娘的轿要在前,新郎的轿要在后,来到新娘家拜见丈人和丈母。俗话说"丈母娘见女婿等于见皇帝",所以中午宴席十分隆重,八仙桌前系上绣花"龙凤呈祥"桌围,前沿摆有"五司件",女婿正中坐定,左右各两人作陪;女儿则另设一桌由姐妹辈作陪。席散后两人上轿返回,则要新郎在前,新娘在后,回到新郎家。随后,男方还要择定吉日"接回亲",由男方父母亲自出面敬请亲家、娘舅、小姑们上门会亲。会亲以后,联姻过程方告全部结束。

旧的婚俗繁文缛节,规矩多多。五四运动以后,新的婚礼传到月潭,旧的婚俗已逐渐消退。

隆丧厚葬祭亡人

乡谚有云:"生要生在苏州,死要死在徽州。"这是因为徽州乃风水胜地,讲究隆丧厚葬,尊奉亡人。月潭的丧葬旧俗,其隆重程度和丧仪的繁缛,非同寻常。

第五章 村风民俗

大体说来，整个丧仪过程分为入殓、出殡和安葬三个主要环节。

旧时，在家中亡故的人，年满六十的称为"老安人"。亡人要换上新的白色内衣内裤，用白布盖着脸摆在床上，先在床前置放一把椅子，放上堆得满满的一碗饭插香，受家里的后辈人拜尸，也有族中亲房派人前来参拜。入殓前，又穿上多层新衣，叫做"寿衣"。寿衣的布料质量和穿着层数有所不同，有"上九下七"、"上七下五"、"上五下三"（上指衣，下指裤），等等。家境好的人家亡人穿着更为讲究，光身尸体全包扎上丝绵，入殓下棺后再从头部剪开丝绵，叫"开面"；外层还着明朝服饰：男的戴儒生帽，穿开襟斜领衣；女的戴凤冠、穿蟒袍，以示明降清时约定的"生降死不降"。亡人唇间都放一枚"口衔钱"，还有左手"如意"，右手"盒"，全是纯金品，三样合计重两钱。困难人家死者的"口衔钱"，则用铜钱代替。死者穿戴的帽子前端和鞋子尖头，都缝上一颗珍珠，说有"指路明灯"之意。为防尸腐，棺材里尸身四周，塞满锡箔灰包和石灰包，放锡箔灰包是让亡人带足银两在阴间受用。亡人棺材大都早年备好，名曰"寿材"。棺材的制作，一般是用老杉木料，也有用柏木料。棺材的盖、底和两边，都用二段或三段约三寸厚的木块密拼而成。棺盖与棺身的相接处，做有凹凸榫头，上下榫头楔，由后向前推上关闭，有着极高的密封度，以缓尸腐。

入殓时，要行隆重的殓礼，亡人全家人皆穿戴孝衣、孝帽、孝鞋痛哭跪拜。直系子孙和媳妇等身穿麻布衣，腰系稻草绳，脚穿缝有一方块麻布的白鞋，是为重孝；旁系叔伯家和出嫁女儿家的后辈人也要戴孝，而是身穿白衣，头戴白帽，脚穿白鞋。其他亲属则在鞋上缝块白布，戴顶三角搭缝的白孝帽。

灵柩停放家中都设置灵堂，举行家祭和接受亲朋故旧吊唁。灵堂中，沿着灵柩前端的上面和两边，悬挂白布做成的一排丧帐，隔为内外两部分。帐外，灵柩前设案桌，摆果盒、烛台和香炉，悬挂一盏日夜点亮的"长明灯"；帐壁两侧悬挂挽联，下方用纸扎的男僮女婢分列两旁，一人手执水烟筒，一人手端盖碗茶。帐内，有子、媳等日夜守灵，或守候亲朋故旧吊唁陪跪答礼。家祭日还有鼓乐队蹲在灵堂前方右侧，有亲朋故旧入门吊唁，司鼓手先点鼓通报，如是年长者到来，孝子得先上前下跪。吊客跪拜上香时，乐鼓齐奏哀乐，孝子孝孙也跪在右旁答礼，孝媳则在帐内痛哭陪跪。

设灵堂办家祭到撤灵的时间,视死者的地位、声望、寿命,以及经济条件而不同,最长的"七七"49日,也有丧事从简,过了"一七"或"三七"、"五七",就撤灵出殡。寿命短、很贫困的都不设灵堂,过了三朝即出殡。灵柩停在家中时,每隔七日祭一次,俗称"做七",通常只做"头七"、"三七"、"五七"三次。这几"七"的祭礼仪式与祠祭基本相同,礼生各司其职,有司仪的、有引孝子行跪拜礼的,有司樽盥的、有读祭文的,只是礼生较少,时间较短。其间,还要请道士或和尚或尼姑做斋、打醮,以超度亡灵。"头七",搭台请道士放"焰口",族中亲房各户都去烧香纸;"三七",由女儿请尼姑敲木鱼念经,"破血糊";"五七",请和尚敲钟念经,俗称"开悼",亲房各户也都派人参拜。"满七"出殡送灵,先也举行祭礼仪式,再将备好的纸扎灵床(灵屋)、衣被和箱、盆、桶等用具,以及灵堂上的纸扎男僮女婢,都即一起焚化,让死者带去。然后,组成出丧队,棺材披上大红毡,还缚上一只公鸡,说是"辟邪",抬棺材的有8人或4人。儿女、媳妇、女婿和孙辈全披麻戴孝;儿子还赤脚穿稻草鞋,依次紧随左右扶着抬动的灵柩;女儿、媳妇则边走边哭,亲朋故旧也都戴孝帽送行。还有一班吹鼓手跟着奏哀乐。中午,请参加出殡者吃"老人饭",最少的十几桌,多的达到三十余桌。每人都发给一份"老人碗"或"老人杯",以作纪念。

"满七"出殡后,大多不能立即下葬,因为亡人埋葬既要择吉年、吉月、吉日,又要择风水龙脉真穴,当时子孙的贫富、贵贱、贤愚、寿夭,以及人丁兴衰还被看成与祖坟选地有关。因而月潭宗族周义会在村口不远的"东林别墅"和"金佛寺"附近,建有两排矮小的"厝屋",每排10间左右(一间放一棺),以供族人存棺。村人建造坟墓,选地讲究山水形势、朝向、高低、土质等风水元素,上好的墓穴,名曰"金井"。造墓,也讲究造型、大小、石材质量。棺材入井以后,多用杨桃藤汁拌土填充"金井"四周,然后填入山中泥土,埋立青石墓碑,坟的中心做成隆起的圆堆,四周留尺余空隙,砌成一个半圆形外圈,以利排除积水。墓堆前铺石阶两级,再往前接着铺平一块石板地,以便子孙扫墓跪拜。很多坟墓背后和左右,都栽些树木,墓前平地则栽松柏常青树木,有的还设些石桌石凳供子孙扫墓休息。

祝诞庆寿俗风盛

据唐《封氏闻见记》称:"近代风俗,人子在膝下,每生日有酒食之会。"清汪士慎《事叙之孝》文中则曰:"一日,值叔诞辰,大集亲戚上寿。"可见做生日之风历史悠久,明清以来做生日的习俗日渐增多。月潭村人做生日,从婴儿诞生至成年乃至死后,都有阶段性迥异的习俗。

婴幼儿和孩童时期过生日

婴幼儿和孩童时期,大人为小孩做生日就费尽心机。婴儿出生,大喜临门,两亲家忙碌不迭庆贺,奶奶家当即染红数以百计的鸡蛋,分送外婆以及亲戚朋友家报喜。外婆也是很快回送母鸡、火腿、红糖、粉干、干苋菜等"望产妇",还送给早已准备好的一顶婴儿帽。帽的式样以出生季节的不同而异,春秋是狮子帽,冬是狗头帽,夏则荷花帽。帽的制作也极讲究,大都镶上珍珠帽圈,帽绳的坠子还有美玉或翡翠制品。经济困难之家,也有用铜钱代替的。婴儿出生第三天,俗称"三朝",要用艾叶煮水为婴儿洗澡,说是可以祛病除邪。婴儿长到30天,称为"满月",要请"满月酒",以答谢"望产妇"的众亲友。婴儿到了周岁则要做生日。先得把外婆家送来的衣帽裤靴放在红漆盘中,置于楼上观音菩萨面前的供案上,点燃蜡烛,由寿高福大的利市老人为婴儿穿戴完毕,抱去向菩萨行三叩头礼。中午,宴请前来庆贺的宾客之后,家人便围着看婴儿"抓周",即在桌上的红漆盘里,放些笔墨书本和刀枪、算盘、戥秤、剪刀、笛子等实物或小玩具,给婴儿随意抓拿,以此来推测他长大后的爱好。如抓到书本笔墨,预示孩子可以习文成才;如抓刀枪,当可习武;抓到算盘,即可为商致富云云。这也是对孩子未来的一个祈求。这一日,婴儿成天要抱着,连夜间睡觉也要抱在母亲手上。孩子到了10岁,"做十岁"生日就比较隆重,外婆家要送给衣服鞋袜,以及寿桃(平面桃状面食)、寿面。奶奶家也要邀请本家、亲戚、朋友聚会,给孩子做生日,为孩子健康成长祈福。

老年人的寿庆

进入成年后,要到老年期才能做生日。流传下来的俗话是:"三十、四十无人得知,五十、六十打锣通知;做七不做八(指做七十不做八十,有忌讳'八'之意),做虚不做实(指不做足龄)。"老人做生日,称为"做寿",是后辈人抱着一片孝心操办祝寿事宜。殷实的人家遇上老人生日大庆,都要举行祝寿活动,为高龄老人祝寿更为隆重,大都是在住屋的大厅中布置寿堂,上壁一幅大红绸缎的衬底,居中贴个大金"寿"字,两边悬挂子孙和亲友们送的贺联、贺幛。这一日早晨,家人都吃寿面、寿桃,然后儿孙媳婿到寿堂行拜寿礼;陆续前来祝寿的,也要吃长寿面。中午,寿星家摆筵席,办寿宴,放爆竹,请吹鼓手在席间吹打演唱。宴毕,还给每家回送寿桃。民初,朱氏孟房的朱恩湛喜逢七十大寿,上午在寿堂行过祝寿礼,吃寿面、寿桃;中午,在大厅摆上十余桌筵席,堂下的大门左侧,设吹鼓乐手座,请来村里的鼓乐队,一人操一种乐器,有的还能唱一种角色戏,为寿宴吹打唱戏助兴。开席时,先鸣放爆竹,吹打奏乐,向老寿星敬酒。尔后席间,每上一道菜,奏一次乐、清唱一个京剧选段,最后上一道鱼,示意要散席,又大放爆竹、大奏乐,热闹非凡。清康熙年间仲房朱之焱,生有十四子,居于"敦和"一片,其中,有一排房子,朝外分几个大门,内里住屋全部连通,居有百余子孙,喜逢八十寿诞之时,夫妇齐眉没有做寿,儿孙们为其建造了一座大厅,取名"介眉堂",表示祝寿。有些老年人逢十不做寿,或因缺乏经济条件不能做寿,一家人只吃碗长寿面,或者在夜间再吃顿酒食饭。

百岁亡灵做冥寿

老人亡故届临百岁,很多人家的子孙,虽然平常要开展多种形式的祭祖活动,但还要为祖先做一次冥寿。忌辰前,就送寿桃通知儿媳、孙媳的娘家和本家中"五服"以内的亲房。亲家都要送来一个数层果盒担,内装有用彩纸剪制的寿衣、寿帽、纸钱,以及鱼肉等干货,核桃、枣子等干果,本家中的亲房也都要送些香纸等冥寿礼。

祭拜百岁冥寿祖先,要在厅堂八仙桌上方置一把太师椅,摆上纸做的寿衣寿帽,作为百岁祖先的席位,左右两边则设些亡故作陪的其他祖先席位,全部摆有杯筷并斟满酒。桌中间上边的一个大圆盘里,压成一个圆圆的白糖堆,插上"寿仙老",再围着摆十碗十碟,每碗菜还插上一朵花,桌子的前沿,则系上绣花桌围,摆一排插烛上香的"五司件"。夜里,先举行接百岁祖先入座的仪式,再先主后客挨个跪下、献酒、磕头拜寿,一旁也有吹鼓手吹打奏乐。祭拜毕,再请祭拜冥寿的客人入席喝冥寿酒。第二日早上,子孙又一次祭拜后,才烧化寿衣寿帽和纸钱送祖先归天。

第三节　其他习俗撮要

日常行止规矩

月潭朱氏宗族是紫阳世家,在大的方面尊崇儒教,践行忠孝节义;在日常生活方面,也重视行为举止的规矩。到了民国时期虽然有些老规矩被破了,但诸多方面依然袭用旧习。近边村落一些姑娘晓得月潭朱家规矩重,多不愿到朱家当媳妇。所以流传有"外村姑娘怕嫁到月潭朱家"之说。如民国后期,相邻十里的首村一位查姓姑娘,媒人上门为朱家求亲,她知晓了此事,死活不听媒妁之言,不遵父母之命。

日常生活行为举止的规矩,主要表现在如下方面:

在家在外待人礼为先。每日大人、小孩晨起,小辈的要向辈分高的挨个称呼请安,平辈的要相互称呼。女人见到未成年的小叔、小姑,也不能直呼其名。晚上睡觉,家中的子媳辈,要等到当家人和老人进了卧室,自己才入房歇息。如果家里有花甲以上老人,或患病长辈,进了卧室以后,还要等到喊过他们一声,得知已安睡,自己才解衣上床。家里或族里大小辈或长幼一起外出，要按辈分与岁数顺序走在前后。路上遇到高辈或长者，则要站到一旁作揖称呼让路。清代以来，只有个别殷实人家雇有佣人，没有佣人之家，族中家庭的日常家务，都由小辈自己动手，如给长辈，或是给来客送水、送茶、送汤，还要双手捧上，以示敬意。

平时注意讲究仪表。男人戴帽穿衣，女人梳妆穿着，即使是一般人家，没有高贵衣饰，也求整齐清洁。仪表方面还有许多要求：如坐有坐相，站有站相，睡有睡相，吃有吃相。跟长辈或客人讲话，坐要端正，不能架起二郎腿；站也要端直，不能偏弯。谈话时，人家讲话要静心听完，不能随意插话，自己讲话则要注意谦让。睡觉的姿态也要像样，不能手脚朝天摊开睡。吃饭则要先在差菜下筷，只夹身边碗中菜，夹菜要从上到下地轻夹慢提，不能把筷子伸进碗底向上乱翻乱捡。对女人的要求更严，要讲话不动唇，走路不动裙；笑不露齿，吃不出声。

对待公众的事信守公德。村居的水口、龙脉山、渡船码头、楼亭周围的树与林都要倍加爱护，封禁的林山也不能乱砍滥伐。月潭汦中一直封禁，鱼长到一米多长，谁也不去捕。街中的水渠，从没人丢垃圾、倒污水，保持了清水长流，小鱼戏游。村两头的荷花池边、街中的水渠边建的石栏杆与石凳，刻了"不许磨刀"几字，几百年竟没人在上面磨过刀。村居中分段建造了一些"垃圾炉"和"惜字炉"（专供烧有字的纸），各家扫除的垃圾都倒进里面焚化。家家做有粪窖，都不随便倒马桶，积肥用于种菜。街巷的道路卫生，由路边的住户分段负责打扫，谁也不推诿。耕牛牧放在河滩草地，经过的道路，拉有粪便，总是养牛户自己畚去积肥。没有专人管理的个别楼阁，公众上去观景或聚会，也能自觉爱护里面的设施，清除自己在里面戏嬉后留下的垃圾。

对孩子的行为举止严加管教。各家各户的大人都能注意从幼儿教育抓起，日常严加管教。如家中的父母、祖父母平日总向孩子唠叨行为规矩方面的事，并且身体力行做出榜样，遇到孩子们犯了错，都及时晓之以理，从不护短，以形成一种良好的行为举止，一代一代延续下来。下面记述两件事：

第一件事是民国时期，几个年轻族人，在星聚楼上饮酒观景叙谈，喝得酩酊大醉，没想到一向循规蹈矩，又教育有方的朱梦耻，在发泄对个别宗族掌权人的不满情绪时,竟几拳砸碎一些窗子玻璃。回家后,他对自己这种破坏性的举动进行了反思,很感内疚,第二日上午就同砸窗人一起跑到龙湾区署自首。区长鉴于他们能自觉认错,又是宗族内部事,要求他们回去向管理楼亭的族人作检讨,赔偿损失,他们都照办了。

第二件事也是在民国时期,朱顺意因儿子天赐在大商岭背后的山场做事,不慎引起火烧山,烧毁了一些林木。她当即带了儿子跪在族长朱济美面前,自责和求罚。族长严厉批评了她儿子一顿,并借给40元大洋让她交到管理祠堂的负责人手里赔偿损失。这两件事传播开来,也对教育村里成人和孩子起了很重要作用。

同时,宗族中还有些长辈,看到族人的孩子有不讲礼貌、蛮横无理、骂人打架、乱画墙地等不合规矩的行为举止,也会给予训斥。如一次辈分很高的朱有庆,看到几个孩子在敦和厅门前"打鳌",玩过之后没把搬来的砖头搬回去,还留下许多糖纸等垃圾在地上,要孩子们清理干净,他们却不听,气得走上前去给了每人一个"栗子"(即用手指弹击孩子的头部以示惩戒)。有的孩子回家告状,母亲却说:"有庆公打得好!"孩子在外嬉戏还有族人帮助管教,这也有助于日常生活中循规蹈矩风气的形成。

践行"会做人家"

"会做人家"是徽州流传的方言土语,意为勤俭持家。月潭"会做人家"蔚为成风,早就出了名。

自朱氏迁徙到月潭,繁衍生息,备尽艰辛,随着一代又一代的承传,农耕经济也逐步有了发展。为了让子孙后代不断接受"要知家苦"、"不要忘农"的教育,在生活中朱氏宗族一直崇尚勤俭,艰苦兴家。受自给自足的自然经济形态影响,家家都有个或大或小

当年朱梦耻在养蜂

的菜园。园中既种四季瓜菜,又栽麻,植茶,种竹,栽养柿、梨、板栗等树,有的人家还圈养猪、鸡等家禽家畜,自备石磨自行加工米、豆制品及饲料。这么多的种植、饲养与加工劳动,除个别的殷实人家雇有长工、短工或女佣代劳外,绝大多数家庭皆由主妇承担。她们除了承担相夫教子、做鞋缝补、洗衣烧饭等繁杂的家务,还要带着儿媳或女儿,担当菜园

升与斗

中的农事劳作,只有在实在忙不开、重活难承担的情况下,才临时雇人做几日事。以朱鸣凤家为例,其曾祖父在清咸丰年间任县、州官,功绩显赫,病亡之后,皇上曾追赠道衔观察御史,赐给产粮3000担的田亩,他这样的人家也自种半亩多地的大菜园。其妻黄氏草市人(今属屯溪区屯光镇),原是个大户人家的闺秀,裹着一双三寸金莲小脚,嫁到他家,也跟着婆婆劳作,后来自己当了主妇,一个人包揽一切家务,还亲自管理大菜园。后来媳妇进门,女儿成人,她依然与儿媳或女儿抬粪下菜园,挖垱栽菜、除草施肥。尔后年龄渐增体力渐减,栽菜除草感到吃力,她就半跪在地里操作。再如敦和朱之炎支下十四家,除各自有个小菜园外,还都被分有大茶园的一部分,各家不论经济条件好与孬,也都悉心管理茶树,所产的茶叶自食有余还出售,补贴一些日常生活开支。所以村里流行有这么一首民谣:"有囡怕嫁月潭郎,月潭媳妇苦难当,三寸金莲种菜地,挑着粪桶摇晃晃,扑在地上除小草,跪在畦边栽菜秧。"

日积月累的"会做人家",使月潭人形成了这样的共识:"做人做人就要做","富是做出来的,也是俭出来的"。《朱子格言》中的"一粥一饭,当思来之不易。半丝半缕,恒念物力维艰",也成了族人的口头禅。

敏树的妻子在挖地栽菜

对于不勤不俭的人,还流传着"懒惰媳妇望雨雪,好吃公婆望年节"两句讽刺性的俗话,这反映出月潭人对"会做人家"的看重,所以他们在吃、穿、用等诸多方面,养成了节俭的习俗。

  每家的日食三餐,大都只在过年过节的日子,才稍丰盛些;平日里,一般只吃自种的新鲜瓜菜,或自己腌制的菜,有点荤腥主要是供给老人和男人吃,女人和孩子吃得很少。如 1998 年黄翠娥带着两个最小的子女,从上海伴同病后的公公朱配海回到家乡疗养,一家四人每日早上只煮一个鸡蛋给公公吃,中晚餐或烧鱼或炒肉,都只给他老人家吃,子女看了嘴馋,她总是耐心教育孩子说:爷爷是老人,又是病人,要敬重和关心,尽他吃才是!你们小小年纪,吃的日子长,大了还怕吃不到这些好东西!现在刻苦点才是好孩子!在对待来客方面,一般的常来常往亲友上门,基本上也是随菜便饭,加上一些小荤,只比平常家人伙食稍微丰厚些。朱懋文就是这样要求家里人的。他是前清秀才,其父与祖父都是举人,祖父还当过县里的儒官。他向来吃穿节俭,老了,即便在四子家中轮流赡养,还是要求以素为主,每餐只要一个或肉或鱼或禽的荤菜,其余都是瓜菜、豆腐,再就是晚餐喝点黄酒。一般客人上门,也不主张做很多菜招待。有时,其子因为请县府下来的人多做了两个荤菜,他就要在厨房里骂娘,说他们白吃白喝不知廉耻,由于对当时社会不满,还作了一副对联:"介石难为砥柱子/五木岂是栋梁材"。月潭人为省米,还采取一种"煮粥捞饭"的方法做饭,即米随水下锅煮些时候,就用笊篱捞出,留作中、晚两餐食用,剩下的米汤连未捞净的极少数米粒熬成粥,说是赚出来的。这已成了家家数百年不变的做饭习惯。

  讲到穿着,家中的大人小孩也都十分节俭,"新三年,旧三年,缝缝补补又三年"成为定规。富足的人家虽然有的是绫罗绸缎、羊皮狐裘,平日也不舍得穿着,大都是在应酬宾客和过节时拿出来穿穿,平时多是一身布衣,内衣也免不了打补丁。民国初期,家中建了大房子,又置有很多田产的朱承绪,有一日身穿短衣,系上短围裙,在大厅里漆小家什,大门外进来一人问他:"老绪先生在家吗?"没想到却是问了他自己,闹成一个大笑话,流传至今。

  家中男女主人选购物品都要精打细算,看中的大件东西总是反复考

马灯与煤油灯

虑,算了又算,量力而行;小的东西也锱铢必较,力求价格低廉,经久耐用。到了民国期间,市场上瓷器的杯盘碗碟品种已经很多,搪瓷也已很盛行,孩子用的饭碗,还是那种价格低廉又牢固经用的老竹筒碗。就是吸烟用的纸媒(用表芯纸剪搓成细长的杆状),花钱不算多,许多人家还是用捡来的板栗花扎成辫晒干代替;至于雨天穿的胶鞋、撑的雨伞,尽管市场上有的是,许多人家仍然自制防水油钉鞋,买箬笠,孩子们上小学几乎普遍用着这些老旧笨拙的雨具。村中有些做小生意的人,要走40华里路到屯溪购物,也不穿布鞋穿草鞋,中餐还舍不得在店家吃碗面或饭,只在摊上买个粿将就充饥。日常物品的使用是非常爱护,搬动器具轻手轻脚不让碰撞,吃喝按量食用,不让剩余,饭总要吃得碗中一粒不留,饭粒掉在桌上还要捡起来吃。消耗物品的使用也极其节约,晚间点的油盏,只要不是读书写字或缝补衣裳,都只用一根灯芯,说是"家有千金,不点双芯"。到了用煤油时期,平常也是把灯芯捻得小小的,以节约用油。当时,村里的外姓人流传着两句话:"你们朱家人,三粒黄豆、一只辣椒能下一碗饭,盆中一点水晒热了也能洗个面。"这话虽然有讽刺挖苦的意思,但也从另一角度说明当时"会做人家"的节俭之风达到何等程度。

祭天求雨救旱

旧时的月潭山村,遇到严重的干旱就要求神降雨,其组织规模之盛大,畏敬神灵之虔诚,活动方式之规整,进行程序之苛严,都是少见的。

元朝初期,朱氏祖先虽已从颜公山麓下的将军殿,劈山建造了一条通向月潭的9道坝10余华里长的大水渠,引水灌溉沿途至村西大田畈(俗称"上田干"),可村东的大田畈(俗称"下田干")以下的田,以及许多山坞田,都还是只靠小塘小池蓄水灌溉,故多是"靠天收"。这一问题关系到全村一年的民食,所以遇到大旱,民众只有求助于神灵降甘霖。明弘治年间《休宁县志》记载:"距月潭十余华里的颜公山上有'龙王祠',每岁旱祷雨辄应。"又说"颜公……善豢龙,以行雨拯旱为事"。可见古时早有祷神求雨之俗。

月潭遇到久晴大旱求神降雨,事先都要择定黄道吉日,请出村里菩萨巡游求雨。此日一早,一大批年轻司事,头系白布巾,身穿武打衣,聚集到下村村外的新殿,两个背着装水葫芦的年轻司事,先向殿里的汪公大帝、八相公、九相公和张巡将军,焚香跪拜请命之后,立即飞奔到颜公山"龙王祠",在"天池"里取出水,灌满两个葫芦,说是取回天池水能引来倾盆雨。期间,来到殿里的其他年轻司事,换好四尊神像的盔袍之后,一个个请上四人抬的大轿中坐定。另一班年轻司事也到村头五猖庙,请出五猖菩萨坐上轿,抬到新殿大门前。然后,组成一支求雨队伍,排成两列纵队,前头四人抬着两面大锣鸣锣开道,再是二十面彩旗和一班吹鼓手随后,引领着诸尊神像。村中的田主与农家,也都派人加入长长的民众队伍,拥跟在菩萨后头。浩浩荡荡的求雨队伍,从下田干到月潭街,再到上田干,缓缓地巡游。一路上,只是一片"咣、咣、咣"震耳的锣声,"噼啪、噼啪"震天响的爆竹声,以及"呜、呜、呜"轰鸣的长喇叭声,没有人声喧嚣,不见孩子嬉闹,沿途的人家开门出来跪拜,祈祷菩萨早降甘霖,都是静悄悄的,充满着一种沉重而庄严的气氛。巡游到河滩中心"靖阳坦",才停轿等候赴颜公山取水归来的司事。

与此同时,还指派两名年轻司事爬上大商岭顶的凉亭里,抬着一尊保护亭边甘泉垱的大圣菩萨来到"靖阳坦",坐在烈日下暴晒求雨。说是这位小菩萨是玉皇大帝的外甥,舅舅怕外甥久晒要出大汗,也会下旨降甘霖。

两个取水司事在"天池"装满两葫芦水,即急切地飞奔下山,赶到

油盏

"靖阳坦",跪下举起水葫芦向菩萨复命。随后,菩萨起轿,求雨队伍再从上田干行往下田干,由取水司事把葫芦中的水洒向田中稻禾。这时,尽情燃放的爆竹声,呐喊助威的呼叫声,经久不息,响彻云霄,才送菩萨回到殿庙。组织完求神降甘霖活动,有时会立马乌云密布,大雨哗哗而下,村人见了皆笑逐颜开,许多求雨者高兴得光头冒雨奔向田间,看到龟裂的田块浸入雨水,更是乐得手舞足蹈!

上梁拜神祈福

徽州各地建造民居上正梁的隆重风俗由来已久,带有浓郁的祭神色彩,也表达了人们对美好生活的希冀和追求,月潭也是如此。

旧时做砖木结构的房屋,都要选定黄道吉日先打好墙脚、竖起屋架,然后钉椽、盖瓦,再从外到里地砌砖封墙,以及在屋里装修。在屋架将全部竖好之时,后堂的正枋上要贴上"紫微高照"的横幅,最后装上正梁,整体屋架才大功告成。

锡制烧水壶

当时做屋的正梁呈点圆形,俗称"冬瓜梁",是整个屋架的最主要梁枋,一直被视为"屋神",所以从山上选梁材皆以神待之,不容它受到半点亵渎。一般是事先择定吉日上山选定梁材和进行砍伐,在树砍倒、打枝桠、抬下山、运进家贮存待用,每一步都小心翼翼地操作,不让它有点碰撞。后来动工制作的正梁,两端内外两侧,均雕饰有月形花纹,梁下与两柱之间,则雕刻有寓意吉祥如意的梅花、喜鹊等图饰的"雀替"用来支撑。上正梁之日,备好的正梁要披红挂绿供于新屋正中,上放墨斗、曲尺,以表示依照鲁班先师的规矩行事。梁前供桌上放一个大木盆,内装"三牲",还有几盘块肉、豆腐、包子,都各有 10 双;桌前置放烛台与香炉。屋主人点烛燃香行过跪拜礼后,由一位木匠师傅手持斧头,朗诵起歌颂鲁班先师功德和祈祷吉利的话语:"金斧一动天地开,鲁班先师下凡来;东家择个好日子,要做万年大屋宇;百样材料都备足,单缺一支大正梁;鲁班先师不辞苦,寻得五爪蟠龙树";"金斧响到东,文武在朝中;金斧响到西,福寿与天齐"。他有声有色、又有声韵地朗诵,每唱一句,四旁围观的人,都不约而同地叫喝一声"好啊!"场面十分热烈。

接着,又是木匠师傅手持酒壶酹酒祭天、祭地,并唱曰:"酒祭梁头,万里封侯;酒祭梁尾,万担粮米;酒祭梁中太极图,世代富贵水长流。"祭毕,提起一只红毛大公鸡,赞喝道:"此鸡不是平凡鸡,似是王母娘娘座下报晓鸡,头戴紫金冠,眼镶夜明珠,脚踏龙凤爪,身穿五宝衣。少年听见此鸡鸣,前程得意;老者听见此鸡鸣,添福添寿;东家听见此鸡鸣,排列择吉日;鲁班听见此鸡鸣,此时此刻正是上梁时。"讲完,用斧割鸡颈、沥鸡血、祭正梁,随即将鸡往空中一抛,大声念道"金鸡落地,大吉大利"。

祭罢上梁,木匠师傅将两只装满五谷的开口红布小袋,拴在正梁两头垂下的两根红绳子上,顿时爆竹齐放,百子飞炸,五谷红袋徐徐上升。上梁时放的爆竹均为娘舅家送来,响的时间越长,主人越高兴,娘舅家也显得更有荣光。然后,木匠师傅站在屋架上从红袋中抓出一把一把五谷,撒往东南西北中五向,也各有一番赞辞。两只装有五谷的红袋子,一袋存挂于梁头,说是请"五谷神"镇屋。另一袋五谷从梁上放下来,主人上前恭恭敬敬地用整洁的衣裳前襟兜住,放到谷仓里,预兆来年五谷丰登。接着是挂木质八角小锤,正梁高悬九对,西枋挂上十三双,取个九子十三孙之大吉。八角小锤一寸见方,截成六面体,以竹筷为柄,用高粱米壳汁煮红,每个锤面都写有四字利市话。在挂八角锤的同时,屋主也向看热闹的乡亲们抛散果品、块糖、八角小锤,众人你抢我夺,都为能捡到一点"利市品"而心满意足。上正梁之日如遇天落雨,主人还会喜上加喜,因俗传"屋宁要雨",新屋架竖好之日恰遇"檐前见水",是个很吉祥的预兆。

上梁仪式告成,木匠师傅向主人道喜,主人会赠送一个红包,所有的供品和红毛大公鸡,也全部归木匠师傅所有。这一日,木匠不仅拿双份工钱,酒筵上还坐在首席。正如俗话所说"神灵漆匠做,木听匠人言"。在徽州民间都把匠人看做是神灵的弟子。如鲁班是木匠的先师;吕洞宾是剃头匠的鼻祖;李老君代表铁匠;泰山则代表竹匠。这些说法可见匠人受到尊重,也是徽俗中所特有的。

打会助人解难

俗话称的"打会"(也有叫"邀会"、"摇会"),是月潭朱氏族人之间利用民间资本,帮助族中人解决临时困难,这是通过互助形式帮困解危的一种自发性临时活动。

"打会"往往是一人在生活与工作中遇到亟待解决的经济困难时,由多人借贷不计利息的借款。一般是借贷人自己邀些人参加,如朱乙飞的父亲在苏州阊门开布店赚了一些钱,回到家乡买了幢旧屋和几亩田,因筹备的款项有短缺,就由他自己找了几个人讲清借贷原因、数额和还款时间,以"打会"的形式借贷。做土特产生意的朱华积,到上岩溪向农民谈妥购进一批笋干,因资金不足,也是自己找了朱观进、朱五喜等五位本家参加"打会"解了难。又如朱杏林患病急需到屯溪诊病治疗,亦是得到几位亲朋戚友用"打会"的办法给予帮助。还有的是他人牵头帮助组织"打会",如朱家媳妇黄翠娥,见丈夫的堂弟孩子多,生活拮据,欠了一些债亟待归还,连棕绷床坏了也缺钱修补,就出面帮助邀了七位亲友打了个"会",让他一次性还清了这笔旧债。

"打会"的借钱还贷,在时间上,一般有一年、半年、三个月等不同的还款日期。至于还款的先后次序,由借款人坐在一起,商定排好"收头会"(第一次收回借款)直至"收末会"(最后一次收回借款)的次序;也有每到还款日,债主准备好一只有盖茶碗放入三粒骰子,请来借款人挨个摇骰子,谁摇的骰子点数多,就确定谁是这次的收回借款人。每次的还款日,债主还款如果确有困难,提出与众商量,往往也能得到参加"打会"者的同情而延期。

第六章

艺文述事

伦堂亭

本篇三节内容，记述有宗族大事，还有民间故事、传说、逸闻，以及古诗、民谣、乡谚，当属"百姓文化"，也是文化软实力，可惜文字与口头资料，皆难搜集，是以述略记之。

方 外 社

第一节　大事记述

八个世纪　四修族谱

族谱是"家之大典"。"立族之本,端在修谱。族之有谱,犹国之有史也,国无史不立,族无谱不传",是以徽州各地各族对编修族谱极为看重。明成化壬辰年(1472年)《重修月潭朱氏会谱序》中,对修谱的意义也作了阐述。其文曰:"夫谱牒之作,所以厚本始,序昭穆,隆宗支,别亲疏,属涣散,而厚人伦,其于风化之系重矣。"

月潭朱氏宗族始祖朱兴,系新安朱氏婺源茶院府君瓌公的十一世孙,于南宋前期1200年左右从休宁的临溪迁来,至民国二十年(1931年),已繁衍到三十八世。在元、明、清、民国四个时期,共纂修了四部族谱。

第一部,十四世孙朱汝贤弃官归隐颜公山后,纂修十一世至十五世谱,于元大德九年(1305年)修成。这部族谱虽已失传,但他自撰的《月潭朱氏谱序》和《族谱凡例》,皆转载于后来纂修的族谱中。从中可知该谱为"欧、苏谱体",有如下特点和内容:一、断自可知。"以婺源茶院府君为始祖,盖据朱文公谱,不敢轻臆冒载远祖"。二、一图一传。"五世一图,下加一世,以起第二图,盖有便于易览"。"小传、行,叙其人也;事,纪其略也;生,表其年也;殁,

珍藏宗谱箱

考其寿也;葬,著其地也;娶,明其配也;子某,嗣其传也;女适某,重其姻也"。三、继嗣规定。"伯叔从子继者,书某子绍;外姓继者,书其来绍,示不当来者;继外姓者,书其出绍,示不当出也;以弟继兄者,书其下绍,示不当下也"。四、尊卑有别。"世以继世曰系,有官书官,重爵也;无官书公,尊称也;已下直书名,降卑也"。五、支派迁徙。"小序,序其祖迁徙事由。开卷一览,则知其所自,庶无妄引之弊"。六、祖德文翰。"子孙以显祖宗之令德为孝;有令德而子孙不知者,非孝;知而不传者,也非孝也。先世文翰,皆巨儒所撰,谨为辑录,以诏于后,庶几表子孙之孝耳"。

第二部,二十世孙朱齐宗,纂修十六世至二十世谱,于明成化八年(1472年)修成,此谱也不知是否存世。在后来纂修的《新安月潭朱氏族谱》中,转载有赐进士出身、嘉议大夫、南京大理寺卿致仕仁夏时和撰写的成化壬辰《重修月潭朱氏会谱序》,阐述了婺源茶院府君后裔繁衍迁徙的支派:"五世芦村府君振,生四子,中立、绚、发、举。"绚为文公先生曾大父,而生森,森生韦斋先生,韦斋去尉尤溪,生文公先生,因家建阳遂为建阳朱氏。举之长子瓒,亦徙休宁之临溪,为临溪朱氏。瓒之孙时,与时之从孙兴同徙月潭,是为月潭朱氏;时之子坰又徙歙之杏城,即环溪,为环溪朱氏(但据清康熙《新安月潭朱氏族谱》的《家谱弁言》一文称:"兴公自临溪东徙月潭,是为月潭府君;同时,有时公者,自月潭徙居歙之环村,是为杏城府君")。

第三部,二十七世孙朱国兰,纂修二十一世至三十世谱,清康熙四十六年(1707年)修成,名为《新安月潭朱氏族谱》,共10卷5册,木刻本。谱中,国兰撰写有《月潭朱氏修谱启》,还有清康熙提督江南学政、詹事府左春坊兼翰林院编修魏学诚作《序》。这部族谱仍然是欧、苏谱体,一图一传。魏学诚在《月潭朱氏族谱序》中,将此谱概括有八个特点:"表章绝学"、"推扬义节"、"山川景物"、"起居风俗"、"岁终伏腊"、"四时家祭"、"宦于四方"、"官于京师"。此谱可能在上海博物馆收藏。

第四部,三十五世孙朱承铎会族之长老与昆季,纂修三十一世至三十八世谱。从民国十七年(1928年)冬开始,至二十年(1931年)修成,仍名为《新安月潭朱氏族谱》,共22卷14集,木刻活字印刷。这部族谱有朱承铎自撰《第四届续修宗谱自序》,还有清末进士、翰林院编修、民国甘凉道尹许承尧,清举人出身儒官、民国驻日大使许世英,以及举人何承培三耆宿作《序》。此谱体例与康熙谱体例基本一致,只是篇幅大大增加,一集为新序、旧序、村图、墓图、凡例、谱目;二集至十二集为世系表与人物简介;十三集与十四集为序、弁言、传、行状、记、墓志、诗词等旧文翰与新文翰。许承尧在此谱的《月潭朱氏族谱序》中,强调"尊祀考亭"的观点,其文曰:"新安,则里各别姓,姓各有祠,祠各有谱牒,阅岁千百,厘然不紊。用能慈孝敦睦,守庐墓,长子孙,昭穆相次,贫富相保,贤不肖相扶持,循循然,彬彬然,序别而情挚。试稽其朔,固由考亭先生定礼仪,详品节,渐渍而成俗。吾徽人食考亭之泽深且远,宜今之旅于外者,为馆舍必尊祀考亭也。"

月潭朱氏宗族历次纂修的族谱,都强调撰写具有真实性的信谱。明成化谱《修谱凡例》曰:"寿文奠章,类多庸词,存之不足为其人重,旧谱不登,良有以也,兹故仍之";"名贤赠答,诗、记、序、铭、传、赞,亦必于其人肖、于其事真,乃可传后,不然则撰辑者能毋审慎乎哉?"清康熙谱朱士骐撰写的《书族谱后》一文又曰:"惟谱牒之修,联世系,志祖德,其意于宗法庶几为近古。然今日之谱牒,或自耻其家之衰落,则扳授望族而强附之;或欲侈其族之繁盛,则搜罗异派而杂编之,所以谱牒之修,名虽存而实又亡。"民国谱中朱承铎的《第四届续修宗谱自序》也曰:"其有懿行令德,硕学官勋,得之志乘,闻之故老者,必核实登载。其事迹湮晦,传闻异辞者,则切实调查,阐幽表微,致严致谨。"

月潭朱氏聚族而居,经历八个多世纪,宗族繁衍裂变,支分派别。明代以后的各个时期,都有一些族人在外工作而徙居他乡。通过修谱,会使五服以外的居家与居外宗亲皆知道"子孙千亿,其初兄弟也,又其初一人也;犹水之千溪万壑而源同,木之千枝万干而根同"。通过修谱,还能阐明宗族成员之间的血缘关系。血缘明,则人伦厚,人伦厚则族谊敦,又可增进族谊。

随着沧桑巨变,子孙繁衍,徙居四方,纂修宗谱的篇幅和难度是一次比一次增大,每次倡修者会长老而行,自任主笔,挑选一批谙谱学者,组成纂修班子,聚集一堂,分工负责,或查访人与事,或整理支派世系图表,或约写、编写先世简介和文翰,或筹集资金请工刻版、印刷。民国时期纂修出版的族谱,朱承铎任主笔,组织有朱典麟为主笔助手、朱懋功绘制村居图,还有朱宝琰、朱懋文、朱华光、朱承谋、朱基坤、朱鹏云、朱言铃、朱鸣凤等9人为各时段、各支派世系表的校字。此外,又有各门司事及其他出力者帮助各项工作。所需经费,月潭同仁宗祠和平湖颂清义庄,各乐输4000元和1000元(银洋),各支派、各房也有出资购谱的,都一一载入谱末。

修谱大功告成,是一件特大的可喜可庆之事。头一日入夜,志立小学的学生们提着扎好的各式花灯,举行了灯会,穿街过巷地游了一大圈表示欢庆。然后是在靖阳坦上放焰火,焰火由青阳出名艺人制作、燃放,既有五彩缤纷的烟花,又有双龙戏珠、鲤鱼跳龙门、百凤朝阳、天女散花等花样焰火。后两日,祠内举行盛大祭礼;祠外的偌大广场,面对祠堂搭建了两个四门出入的大戏台,请来屯溪的"新阳春徽剧团"和歙县新建的京剧团,同时上演打擂台,每天日夜两场,十里八村的人都赶来为朱氏宗族修成谱牒助乐。对于族谱的珍藏也极其重视:每套族谱都有特制木匣保存,每年祠堂的清明与冬至祭祖之日,谱中登记的存谱人家,均需带来族谱参加"会谱",发现有保管不善的,会受到族长的批评;如见有虫蛀、破损的,还当即予以没收,另选族人珍藏。

动员民众　抗日救亡

日本侵略者于1931年占领我国东三省后,仍不收敛其扩张野心,1937年又在卢沟桥制造"七·七"事变挑起战火,接着还在上海发动"八·一三"事变。之后,日寇在我国华北、华东、华中和华南地区大举进攻,并频频出动飞机对我国后方狂轰滥炸,使得我国从北到南,烽火满天,狼烟遍地,无数同胞家破人亡,颠沛流离。全国军民义愤填膺,奋起抗日。

国难当头,举国上下开展的抗日救亡活动热火朝天。月潭山乡也燃起抗日救亡之火,成立的民众抗日总动员委员会设在志立小学,朱典麟任主任。动员委员会首先组织本村小学师生、年轻族人给抗日前方将士写了200多封慰问信。接着,广泛开展了各种形式的抗日宣传,以及其他救亡活动。

志立小学的老师一马当先,有的拎了拌和的红土水,走向村头、村尾和村中心,在粉白的墙壁上,刷写"打倒日本帝国主义"、"国家兴亡,匹夫有责"、"有钱出钱,有力出力,团结抗日,支援前线"、"日本侵略者还我河山"等大标语。有的在学校给学生讲授都德的《最后一课》、组织学生举行"中国一定会胜利"的演讲比赛。会绘画的年轻族人朱梦耻,还在村里村外绘了很多抗日宣传画。月潭街五方大墙上,画的"看!日本鬼子在屠杀中国妇女"、"日军侵华罪行滔天"、"中国人民在怒吼"、"放下你的鞭子"等生动逼真的巨幅宣传画,揭露了日本侵略者的狰狞面目,也展示了我国军民威武不屈、团结抗日的战斗精神。

抗战八年,几乎是年年都在村中心的"新厅"或靖阳坦搭台演戏宣传抗日。志立小学的洪大白、朱道业、李一木等老师,或教唱抗日歌曲,或导演话剧、歌剧。演唱《流亡三部曲》大合唱、《义勇军进行曲》等歌曲;演出《古城怒吼》、《放下你的鞭子》、《松花江上》等歌剧、话剧,高级班的朱丽仙、朱淑芬、朱映芬、朱美玉等同学都曾担任主角。在外地中学读书的朱健骅、朱可婷、朱彩霞、朱玉燕等一些学生,在暑假期间也参加家乡抗日宣传活动,还曾邀来戴圣明、段永龄、李雪香等同学,把在学校学唱的抗日歌曲、跳的抗日舞蹈、演的抗日戏剧,带到月潭演出。朱梦耻还与朱承敏等人演唱京剧、编说相声,连表演的魔术也有抗日内容,如演"刺杀日寇",一个农民手持匕首狠狠一刀刺入鬼子胸膛,即见"鲜血飞溅";又如"抗日宣传变标语",明明看到他的手中拿的是一顶空礼帽,却从帽里慢慢抽出一幅又一幅的红布抗日标语。当时的上海战地服务团,也曾来月潭表演和演讲宣传抗日。那些年演出的抗日节目,有歌颂中国军民一致抗日坚强不屈精神的,也有揭露日寇对中国同胞烧杀淫掠罪行的,大大激发了村人的爱国热情。当村人看到《松花江上》等歌剧中无家可归的同胞流浪在外的悲惨情景时,台上台下都是一片呜咽哭泣之声。这是他们为同胞遭受苦难而悲痛,也是对日寇横行暴戾的愤怒控诉。每次演出结束前,总会爆发出阵阵"打倒日本帝国主义"、"讨还血债,抗战到底"、"把侵略者赶出中国大地"等怒吼声。"抗日救国"理念深入人心,如小学生朱彩芬拿了舅舅从上海带来的一只茶杯到学校喝茶,洪大白老师见到说:"这是日本货。"她听了气愤得当即把杯子砸得粉碎。

那时,乡动委会为了抗日救国,还曾发动村人捐钱捐物支援前线,许多民会、商家、住户都踊跃把一沓沓钱币、一包包衣物送到动委会。第一次朱氏同仁会就捐出食盐10担,新棉背心30件。小学生们也都为募捐救国出力。他们回家向家长要来破铜盆、铜匋等废铜铁交到学校,还独自或结伴走街串巷,出入村民家,奔向村外的龙湾商家,募来很多钱币和废铜铁。当年在高级班读书的朱丽仙说:"那时,我们班上同学全出动,光是募来支持国家制造枪炮子弹的废铜铁就有1000多斤。"

1942年左右,迁来月潭的陆军第三医院,有300多名伤兵,宗族安排了祠堂、东林别墅、新殿给伤兵设病床,族人朱六九也腾出宅屋给医院做总部,小学老师还多次带领学生前去慰问演出。有的伤兵病故了,无法送回家乡,族中的周义会,敬爱这些为国捐躯的英雄们,还拨墓地、送棺木、建义冢,让他们入土安息。

东鳞西爪　几桩史事

月潭村居的两次劫难

据族谱记载,月潭在元、明期间,已逐渐建成叶形村落,但在明代与清代,好端端的村居,遭受了两次大灾难。

一、明代末期,"萑苻(即草寇)猝起……公庐独无恙,而村里许多房舍已成废墟",月潭"老八景"的部分景点,也已湮没。

二、清咸丰年间兴起的太平军(俗称"长毛"),剪掉辫子以示抗清。咸丰十年(1860年)前后,李世贤部进入休宁一些地方,与清代重臣曾国藩亲自督战的江南大营清军展开激战,战乱曾扰及月潭。无辜的村民,有的躲进山洞遭到长毛往里戳刺,有的逃往外地受尽跋涉之苦。仲房的朱承鸿带领亲族百余人,携老扶幼避于三十三都的土坞坑,过着日食三餐稀饭和野菜佐餐的日子。劫后归来,满目尸骨纵横。承鸿不忍惨死的乡亲暴尸于野,迅即筹集资金收殓尸体,埋入义冢。这次战乱,村居建筑损毁更为惨重,偌大的朱氏宗祠、文德堂、麒麟厅等支祠,以及文昌阁、星聚楼、关帝庙等楼阁均遭烧毁,民居、店铺也毁之六七。

红军、解放军路过月潭

民国期间,共产党的军队两次路过月潭村。

一、民国二十三年(1934年)12月,方志敏率领的红十军团部和二十师北上抗日,经过月潭。当时村民信谣受骗,误视其兵为"匪",多外出躲藏。其实红军在月潭只住了一夜,纪律严明,烧菜做饭都掏钱购物,也未擅自闯入民宅拿走东西,只叫了贫苦农民到地主家里拿了些吃用之物回去。当时,他们查问了当地恶霸地主欺压农民的情况。据下村一位名叫花仍的老农说:他们问了朱家一个曾在国民党军界做事的人和一个当时曾有欺压贫苦农民劣迹的保长,只枪杀了他们两人。

二、民国三十八年(1949年)5月间,一支解放军部队向浙江方向行军,须从大商对岸渡河至月潭。先头部队考虑到运载马匹和辎重武器摆渡困难,与月潭村干部商量采用搭浮桥的办法。

溪北船民和村里人众得知此事,有的撑去船只,有的送去门板,很快就在大商渡口到对岸,搭起了一座浮桥,让部队顺利渡过。同时,村里的妇女,还夜以继日地赶制军鞋,准备送给过境的解放军。

部队陆陆续续通过浮桥,经越大商岭,高声唱着《三大纪律,八项注意》军歌进入月潭村,他们多数在河滩上行进和歇息,只有部队首长等少数人,进入村里找村干部商量一些事,歇息在民家。日间过境的部队就地烧饭进餐,村人送去食物,他们都有偿付票,送米来的给粮票,送柴来的给柴票,日后可抵作应交的公粮;夜间过境的部队,需安排在民家住宿,也不拿百姓一针一线,向村人问事,都和和气气,"老乡,老乡"的叫得很亲热。这样经过三日三夜,这次部队的过境行军才结束。

一群青年参加解放休宁

民国三十八年(1949年)4月初的一个晚上,在稍早就与附近游击队有联系的陈尚瞻家中,由游击区皖浙赣支队婺休县大队,召集月潭志立小学校长朱懋祉和教师方士珍、朱命树、朱世良、朱典尧、朱典翰和村中青年朱剑英等人开会。会上，游击大队首长陶钢、廖凤英（鲁枫），作了"解放军很快要渡江解放全中国的大好革命形势"报告，希望月潭的青年行动起来投入革命工作。会后，懋祉校长安排典尧与世良书写一些解放休宁、解放全中国等的革命标语，藏在低年级教室存放图书的高低两层橱里，以备休宁解放即张贴在村庄墙上。

4月28日，休宁县城和平解放的前一日，月潭志立小学停课。夜里，陶钢又来小学开会，参加者除了小学教师，还有村里青年朱剑英、朱敏政、胡文萱、朱配泳、朱世杰、朱彩芬、朱懋定等人。会上组建了一个临时工作组，准备第二日启程赴县城，参加接收民国政府的工作。他们到县城后，编入了接收工作队，朱懋祉任副队长，其他人分在下设的接收、清理、征购三个组工作。典尧、世良未去县城，将写好的标语贴在月潭、伦堂、龙湾等村，并帮助做了些其他工作。5月初，中共南下部队党委派遣的余明、翟民、马毅民等南下干部来到休宁，与陶钢、鲁枫、左克南会合，组成了中共休宁县委和休宁县人民政府领导班子，方士珍、朱命树、朱敏政、胡文萱、朱世杰等青年，都被安排在新组建的县政府各部门工作。朱懋祉于5月下旬回到月潭，志立小学开始复课。

第二节　民间传说

颜公山上奇宝

颜公山，高500仞，周38华里，属五岭山脉，与婺源县接壤。山麓原属月潭管辖的岩溪村，上山往返20华里。传说，唐代有称颜公者，选胜到此，结庵作为修真之所，成了山祖，遂名"颜公山"。宋光宗绍熙庚戌年（1190年），有僧人入山，建"全真庵"。宋末，月潭始祖的曾孙朱汝贤，官至提举，宋亡后守节不仕，隐居此山，取名"全真"以明志，还捐田舍身佛门,居于山中,做了不少善事,使得山上香火更旺。

从山麓岩溪而上,是一条石阶路。五里一亭,越过第二亭,上行不远,便是一片平地,建有大殿,正殿中供奉一尊胸腹袒露、面带笑容的弥勒佛,左右两厢是十八罗汉。全真庵在殿右,龙王祠在殿左。周围山上,森林茂密,云雾缥缈,景色十分优美,又不乏珍稀树木三尖杉、鹅掌楸、红豆树、罗汉松……并且多古树,殿前的一棵老樟树,直径竟达1米多。

山中的洼地有"三奇":一处外耸中凹的洼地,虽遇连月雨,洼中积水却能下注自消,不知所去,是奇一;三五载间,会遇洼地突然自涌出水,白浪翻动,高一二尺,少顷即干,俗传是"洗殿水",是奇二;内有两小池水,一清一浊,清者名圣池,浊者名龙池,两池水连色异,四季不枯不漫,是奇三。

殿里还有"三宝":一宝是殿庭中有棵五谷树,不同的季节,树上生长稻、黍、稷、麦、豆等五种不同的谷物,能让人视其生长丰歉看当年作物年景;二宝是殿顶上有口镇风的风波铜钟,说是不论何处遇狂风大作,挂起此钟风即能止;三宝是殿堂里有尊大圣金佛塑像,高不盈尺,神明灵验,百姓的水旱疾疠,有祷即应,所以周围数十里的山村,遇上大旱灾害求雨,均要派人到山上拜菩萨取龙池水,回去洒入田间,能求得行雨拯旱的灵验。

此山一直被视为佛地,山居者皆不食荤酒,四方来游者、访道者、肄业者、采药者、祈雨者,也都不入荤腥,虔诚的人必有所得。据说邑士吴师礼、朱权、朱况、朱申,相继入山苦读肄业后,皆登进士。

月潭㳇中传说

俗称的"月潭㳇"("㳇"为本地方言),处于率水河的中段,是一道流水由南转东的大河湾。此湾的河水入口较窄,两岸巉崖壁立,高达数丈,如石门,如石笕,前人称其为石门、笕口。每年梅雨季节,山洪暴发,湍急的河水自高而下直泄冲流,长年累月遂成深潭,又因潭形圆如满月,故名月潭。古时,好事者欲究其深度,曾以丝线测之,未达其底。

自古以来,"石门"与"深潭",皆被前贤选为"月潭八景"中相连的两处佳景。不同季节、不同时间,有不同的迷人景观,如:"石门开飞泉"、"云气起中宵"、"奔腾翻白浪"、"水色与烟光"、"夜静鱼吞月"、"鸟语夕阳中"……吸引了族中的文雅之士以及外地的文人墨客,观景后题咏了数以百计的诗篇广传于世。

"月潭沤"还流传着几个神话故事:

一是说深潭里有金凤冠和金水牛两件宝物。说的是一向行善积德的人,总有一天会见到一顶金光灿灿的凤冠,徐徐地托出水面。一个人如有虔诚、坚贞之心,把一根根稻草连接成千尺长放进水底,则能把一头金光闪闪的水牛牵出深潭。可是,经越千百年,谁也没有见过这两样宝贝。20世纪末,一些村人为挖沙淘金,在潭中挖筛出一批批沙石,每年可淘出沙金约一市斤左右。这可能是当时的先知者,知潭底有金属矿石,编造这个故事,寄托一种良好的愿望。

二是说深潭里的鱼神会显灵。传说古时候有个人对深潭自然繁育的鱼类爱护有加。鱼的种类甚多,常见的有鲤、鲢、鳗、鲫、鳜、乌、鳊、草等,最大的身长超过1米;还有一种珍稀的鳊鲅鱼,长不过2寸,头尾很小,身躯扁,比鲫宽,无细刺骨,肚中只一根直肠。潭中的鱼群,只有在涨洪时游出潭外,下游沿河村民才能扳罾捕到。民国中期,深潭开禁,鹭鸶入潭捕鱼,常可见到两三只鹭鸶咬抬着一条大鱼出水。有一年,近边的伦堂村,有个年轻人,偷偷用炸药在潭中放了一炮,结果炸残了自己的一只手。"鱼神显灵"之说,就这样在村内外传开。从此,除尽杀绝的放炮炸鱼之举也就不禁自灭。直到抗日战争之后,内外失治,潭中之鱼才遭到滥炸乱捕之灾。如今连稀有的鳊鲅小鱼也已绝迹。

三是说每逢黄梅季节,河水暴涨,白浪滔滔,汹涌澎湃,常出现深潭"漩涡"。过去,上游的木材乘桃花水出山,全靠扎簰放运,经常要遇上潭中"漩涡"。传说古时有个簰工,独放一条木簰途经潭中,恰好碰上"漩涡",此人紧握的簰头桨,被洪流漩得直打转转,越转越快,竟把人与簰都漩得沉进水里,无影无踪。还有一个传说:月潭的沤底有一个地下通道,沉入潭底之物,还能从此水道流向10里之遥的"浮潭"浮出水面,但从未见有事实佐证。

怎么对待"漩涡"?后来人们逐渐摸清了深潭水路,木簰运行到近石门笕口处的大商水碓拦河坝闸口时,将簰头桨摇往靠近溪北岸边的水路运行,便可避"漩涡"之危。可有时洪流湍急,也难以避免。一次,一条有四五节的长簰,被卷进"漩涡"之中,簰工看到后面也有一条两节相连的木簰下来,便大声呼喊求救,抛去缆绳让来簰拴住他们的簰往"漩涡"外拖。未料,却把来簰一起拖进"漩涡",两簰上的人无计可施,急得号哭。溪北船民闻讯,放了两条船前来营救,同时丢去缆绳拴住两簰往"漩涡"外拼力背拉,都无能为力,最后只好砍断缆绳,救人上船,任木簰随洪流而去。

朱元璋帝封神

朱元璋当上皇帝后,经常想到在徽州一带同陈友谅争夺天下时,对徽州老百姓的伤害,心中郁郁不乐。朱升得知,遂启奏道,亡魂未得到皇上的封号,故不愿离去,从而东游西荡,吵闹得皇上心烦意乱。皇上何不筑坛祈祷,一告苍天,保大明国泰民安;二告亡魂,封赠为神,亡魂们有了留宿之处,自然安居。朱元璋点头称是,准奏施行。

然而在战乱中死去的百姓太多,一时无法查清。朱升又奏:徽州虽有千万臣民,却以汪、吴、朱、夏、何五姓为大,封此五姓,即封百姓。朱元璋听后大喜,随即诏命徽州百姓每村建造"尺五小庙",供奉以汪、吴、朱、夏、何为首的"五人为伍"的阵亡士卒和其他百姓,曰"五猖神"。猖者,猖狂之神也,不符合徽州儒雅风气,后来,徽州人便改"猖"为"昌",成了"五昌神"。昌者,昌盛之神也,故明清时期,徽州商人崛起,称雄天下,繁荣昌盛起来。五昌神、五昌庙、五昌庙会遍及徽州各地。月潭在村之东西两头曾建造三个庙,每年农历五月初一,五昌神庆典日,都在事前整修神庙,给五昌神开光粉饰金身,举行祭祀,供村人点烛焚香祭拜。

伦堂亭里见闻

伦堂亭,背山面水,介于月潭至龙湾的大路之间,是一座建在横跨大沟渠的石拱桥上的古亭,谁人建造,建于何时,已无从稽考。咸丰年间,在清军与太平军的战乱中遭毁,直到民国十六年(1927年),月潭的同仁会和村中的慈善人士醵资修葺,才恢复了旧貌。

该亭是木瓦结构,四边没有墙体,只在左右各做一排简易美人靠,供来往行人憩劳息役,避风遮雨,咸以为便。亭的周围风景也引人入胜:其东南向是耸立的寨山,古木参天,翁郁葱茏;低处满眼的绿色灌木丛,还有满山红黄相间的杜鹃花;深山穷谷里冒出的一泓泓山泉,从四处潺潺流向西北横阻大道的沟渠里。其西北向是率水大河,有远山苍崖与错落有致的白墙黛瓦民居倒映水中;河边的田垄阡陌,漠漠数里,田塍上间植的一棵棵乌桕树,秋季红叶满枝、白果累累,春季田里盛开油菜花,十分迷人。

行人憩息亭中,远眺寨山之巅,绿树丛中点缀着一座红墙古寺,每日还可闻听传来的钟鼓声。寺里僧人主持擅武术,还肯向人施教,所以常有人进山入寺观光或求教武艺。月潭的朱承龙在赴上海工作之前,也曾到过此寺求僧学拳。身在此亭,可俯视沟渠清澈的流水,聆听潺潺的水声,又可见到成群小鱼追蹿戏游,引人驻足观赏。伦堂亭的柱子上挂有一副木雕抱柱楹联:"云密雨骤,乌满天地有几时/雪虐风暴,白占田园能多久",是有直砭恶行,鼓励崇德行善之意,让行人深受教益。

亭前沟渠北岸,有棵巍峨挺拔的古樟树,民国时树龄已达300余年,身粗五六人合抱,枝叶茂盛,伸出的树冠如巨伞,遮着大半个亭顶,堪称奇观。这棵古树,还流传着一段神话:清乾隆年间,休宁上溪口的进士、官至太子太傅、军机大臣、吏部尚书汪由敦,到月潭探亲访友,夜里梦见一白须老人,因被人加害而求救。次日,他乘轿前往龙湾,路过伦堂亭樟树旁,见有数人手持刀斧,准备砍了此树炼樟油,让他想起了夜间的梦,怀疑是樟树神托梦,即下轿劝阻众人,为保持沟岸水土,也为行人歇息遮阴避暑,千万手下留情,终于制止了大家砍树。这事一传十,十传百,都说是樟树神显灵。因而事后许多善男信女解囊捐资,在树前做了一座石质香案供人祭拜。从此,这里香火不断,连树叶、香灰都被看成是治病的药物,枝干上也挂满了祭拜者送的书写有"有求必应"、"果然灵"等字样的牌匾和旗幡。

第三节 古诗 民谣 乡谚

古　诗

清代与民国两部族谱的《旧文翰》与《新文翰》中,载有古诗词作品多达512首,主要是朱氏族人颂祖、赞像、咏志、遣情、叙事、写景、状物、感事及应酬唱和之作。其中族人与外地人士吟咏月潭"新老八景"的诗作就有176首,已在第二篇"环村八景"一节中摘录32首。族人所赋其他方面的诗作336首,再在这一节中选录29首如下:

朱镕诗一首

东林小止重补旧额(五律)

不尽村原意,行行一径东。亭虚楼晏静,岁暮迈征丛。历乱搜题失,经新搆字工。偶然追杖履,渐觉对春风。

朱士骐诗一首

题抗峰叔为树百侄画竹图(五言)

抗峰老画师,经营渺一切。聪明迈等伦,矩矱遵前哲。胸中有成竹,落纸成寒碧。潇洒抹晴烟,扶疏映泉石。临风弄斜影,解箨穿苔裂。展卷十二幅,幅幅叫奇绝。清新多雅致,丘壑亦殊别。琅玕盈几上,心目俱可阅。借问爱者谁,树百玩不辍。

朱齐忠诗一首

赠朱景高倡修族谱（七律）

英名卓行著休阳，笃叙天伦重典常。云谷枝连桑梓远，月潭庆衍桂兰香。思亲怀本情偏切，疏委寻源意竟长。谱牒修成同寿梓，流传百世播遗芳。

朱履端诗两首

哭三妹（五律）

年俱周甲外，最念是存亡。何意先泉路，况兼隔故乡。生儿幸成立，老我独悲伤。欲写哀辞寄，临风泪万行。

湖楼卧病示大孙为弼（七绝）

钟余僧点佛前香，屋角微微透月光。怕唤拓纱舒望眼，小荷风动夜添凉。

朱鸿猷诗四首

敬怀家大人（七律）

起居欲问恨无缘，迢递关河路八千。惟有梦魂无阻隔，昨宵随月到西川。
年来几度泪沾裳，独掩穷庐暗自伤。莫道儿思阿爷苦，异乡思子更凄凉。

元旦敬怀家大人（五律）

望远八千里，思亲十二年。又逢新岁月，犹隔旧山川。春信重番至，天涯何日旋？恐伤慈母意，强笑庆堂前。

除夕侍母宴（五律）

还客逢令节，设宴侍高堂。愧乏兼珍膳，聊倾旨酒香。梅花迟腊日，爆竹饯流光。但祝亲常健，年年举寿觞。

得家信母患疾（七律）

一纸书来泪不干，慈闱思念减眠餐。殊方作客忧疑并，两地教儿去住难。白帝城头吹暮角，黄陵庙口急惊湍。人无兄弟真茕独，东望家山感万端。

朱为弼诗两首

书架（七律）

白木何须胶漆黏，制成方格象森严；嗤他贮腹橱双脚，引我游心架万签。食具无多同坫庋，文场有例觉书添；列城坐拥期他日，消受香芸绕画帘。

内子感时疫猝然而逝诗以志痛（七律）

连宵底事屡魂惊，谁料鳏鱼兆已成。骇绝风飙催顷刻，怪他疠鬼太横行。佛香有愿期来世，医药无灵断此身。三十二年浑一梦，可怜永诀已无声。

朱为霖诗一首

寄季弟理堂（五律）

饥寒缘识字,兄弟各依人;桃李芳园夜,风霜客路春。蹉跎悲我志,漂泊忆而身;莫吐如虹气,和光好守真。

朱为燮诗一首

扫墓归舟中作此（七律）

依旧青衫拜墓门,可儿谁说是王敦;碑迟有道千秋计,集重无功一品尊。祖德能延君子泽,兄贤渥荷圣人恩;楹书留读滋培固,看到几家旧子孙。

朱善张诗一首

从军行（七言古）

夏雨肆恶吹长鲸,海天连夕烽火明。羽檄交驰惊我耳,将军煊赫来奇兵。闾阎久享恬熙乐,何意突来鼙鼓声！不才畴昔怀壮志,横腰宝剑中宵鸣。愿领一旅作偏将,楼船横海事远征。缚取长缨除边患,万里开拓受降城;宵旰冀得纾宸虑,丹青不计书姓名。君不见世上男儿正及春,慷慨驰驱能几人？请君先唱铙歌曲,奏捷归来日未曛。

朱善宝诗一首

绝命词（七律）

群公撒手弃金汤，我强登陴暗自伤。力竭岂堪酬圣主，魂归何忍见高堂。狂风已断悲笳曲，落日空挥宝剑光。惟有丹心终不改，犹能杀贼死戎行。

朱鹏翼诗三首

溥孙龙尾云水石子砚铭（七言古）

水为气势云为文，龙掉尾兮交氤氲，傍九天兮吐珠玉，作霖雨兮泽八垠。

予曾司铎义安卸篆时感事书怀（七律）

红尘懒现宰官身，廉吏家风惯食贫。敢谓文章堪报国，或凭儒道得亲民。无才倍感君恩重，更化都缘士习纯。此日抽簪劳惜别，难忘香火是前因。

鹊江洪水警怀襄，奉檄何堪守拙藏。白骨茔成封马鬣，黔黎邑罕叹羊牂。薄征公帑忧饥荐，防护江田望岁康。多谢士民崇祀意，生祠窃愧比桐乡。

柳线（七律）

剪出东风二月天，柳枝垂线画桥边。缠绵弱缕三分雨，组织春情一抹烟。客里添愁牵别绪，闺中引恨惜流年。旗亭红板王孙路，不唱青青也黯然。

朱承清诗两首

庚申避乱归来举家无恙承诸友赠诗慰藉爰赋句俚奉酬（七律）

家住南潭八百秋,躬耕北岸二三丘;村罹劫毁多无屋,室赖恩勤尚有楼。①幸庆生还余虎口,未遭家难荷鸿庥;赧颜无语酬佳句,慰我新诗感旧游。

课督孙曾数卷书,闲游山水玩堪舆;质愚不谢为难事,才拙深惭尚索居。睦族本宜通患难,②敬宗孰可别亲疏;饔飧避乱唯餐粥,快睹同文一统书。

注：①曾祖遗屋百余间未毁；②逃乱相依百零五口。

朱燮诗一首

都城新年杂咏·汤婆（七律）

脚婆尊岂阿婆行,汤媪原非旧姓汤;同被漫思亲手足,依人最感热心肠。真如得偶惟寒士,暂不能容为煖床;一榻共眠还共起,问谁争宠妒专房。

注：汤婆即取暖用的"汤婆子"

朱士铨诗两首

义田（七绝）

人生孝行重承先,欲瞻四穷置义田;仿范遗规虽较小,扩充犹望子孙贤。

医（七绝）

《内经》《金鉴》费研寻，误世应由学未深；欲识医家勤慎意，常怀剑胆与琴心。

朱恩栋诗两首

莅任后书怀（五律）

木有溪山癖，称心得此官；政闲无世累，署冷觉身安。美酒团圞酌，奇书卓荦观；时当春雨过，听罢有余欢。

课子图（五言）

《序》：亡室程宜人，略知诗书，望子情笃，病革时顾语予曰："两儿幼小，无问贤愚，异日均令业儒，上承家学云云。"语毕长逝，痛悼不已，追赋此诗，并留示后焉。

母教亦人情，蓄志在诗书。感卿易箦时，谆谆意何如！但云两遗儿，豢养当业儒。岂望纡紫绶，岂望佩金符！相期明性理，气质化偏愚。余任夫子教，侬愿只区区。欧母勤画荻，孟母择邻居，不为禽犊爱，意与古人俱。矧我家声旧，四叶砚未芜。旨哉卿遗训，令我赞且吁。上可承先泽，下为裕后谟。欲慰九泉望，践言我弗渝。明经督日课，同味道之腴。作诗铭座右，当卿课子图。

朱承经诗四首

敬题王父义田诗（五言）

定名各有由，人生难自主。子立何茕茕，惨甚四穷苦。惟周首施仁,恩光蔼和煦。距今数千年,惜此风已古。富者吝且悭,贫者嗟失所。薄哉桑梓情,缺憾俟谁补？首善溯先曾,睦族敦古处。哀矜无告民,解推恩须普。郁郁赍志终,力薄憾莫举。我祖善承先,达孝思缵绪。起家勤与俭,广生事求土。门祚日浸昌,福备财斯聚。输产百亩余,仿范采遗矩。揣分逊宋贤,为数虽未钜,休养急其尤,於义各有取。果报匪所期,善名讵欲贾！类读我祖心,民物皆胞与。出或任封疆,入或居宰辅。嗷嗷待泽人,利导周寰宇。盛德藉权行,不仕势多阻。反本仁一乡,余润沾贫窭。丰俭酌所宜,乡众腹齐鼓。刊章示远猷,世守永无忤！俗敝众何愚,放利实怨府。谁克挽浇风,好善如我祖！济美勖后昆,尤当绳祖武。重义贵轻财,增益善量溥。能奠丕丕基,庶几我心许。

五十五岁自述（三言）

潭之水,清且涟,状形似,皓月圆。有一士,家潭边,儒而释,俗而仙。身晚近,心古先,笔为耒,砚为田。课小诗,日一篇,泼墨法,参画禅。古碑碣,费精研,草逸少,楷诚悬。篆填石,把印镌,求自适,不期传。学孜孜,久弥专；老忘老,五五年。俺生感,世变迁；民荡析,田成渊（时水灾及七省）。恸于心,杞忧人,煎同劫,德保全。陆沈久,利名捐,寄浮生,屋如船。风不覆,浪不颠,邀月友,抱云眠。门以外,千万缘,门以内,壶中天。

论诗（七绝）

（诗源）

即空即色理堪求,会向诗源溯尽头。佳句包含天地内,不曾着字也风流。

（诗料）

本自无题即景成,人生到处畅吟情。随时领略饶佳趣,诗料何容与古争。

(诗兴)

不费吟哦不剪裁,我生敢自负诗才!鬼神急赐天然句,陡觉乘机滚滚来。

(诗义)

巧妙原由笔有神,不妨牙慧拾前人。古来剩义知多少,旧案重翻句更新。

(诗境)

百样人才句百殊,由来韵事共争趋。从知诗境宽于海,终古滔滔说不枯。

(诗名)

骚坛养我等闲身,句太求精便损神。随意自吟还自赏,诗名合让慧根人。

甲午中日战争(七律)

无端何事背前盟?却笑强邻计未精!杀气东来天地暗,军威北指鬼神惊。命轻但悯虫沙劫,国小堪嗤蛮触争。黩武终非民社福,须知恶贯有时盈。

民　谣

婚礼上的吉祥话

月潭古时的嫁娶婚礼,也有古徽州相同的礼俗,在"拜堂"之后,从进"洞房"路上到洞房中"撒帐",都唱起吉祥歌,每讲几句,即有众人齐声喝彩:"好啊!"

入洞房

由伴娘手捧装有糖果、花生、红枣、莲子和五谷之类的果盒引领一对新人在前,众人随其后,一路上唱着吉祥歌,跟随的众人也齐声喝彩"好啊!"

"手捧果盒喜洋洋,八仙聚会贺新郎。(好啊!)少时鸾凤来入红罗帐,必定生下状元郎;(好啊!)一步二行到金街,三步四行到花台,五行六步花开放,七行八步花满台,九行十步到洞房。(好啊!)"

"走进洞房观四方,四根金柱顶金梁,上面盖着琉璃瓦,下面安的象牙床;(好啊!)象牙床上铺锦被,锦被里面睡鸳鸯;鸳鸯成对,凤凰成双,早生贵子状元郎;(好啊!)恭喜新郎,贺喜新娘,荣华富贵万年长。(好啊!)"

撒　帐

新郎新娘进了洞房,站在新婚床前,开始闹洞房。先由一位长辈从果盒里抓出一把一把花生、瓜子、红枣、莲子、糖果等物撒到床上,口里念念有词唱着撒帐歌,撒一把,唱几句,略一停顿,也是众人齐声喝彩"好啊!"

"五色云开,天差麒麟送子来,(好啊!)麒麟送在善门外,善人一见把门开,香火蜡烛照金台,铺毡结彩踏金鞋。(好啊!)一送你,金银财宝;(好啊!)二送你,福寿双全;(好啊!)三送你,五男二女;(好啊!)四送你,七子团圆。(好啊!)大孩儿当朝一品,二孩儿二榜独堂,三孩儿云南部正,四孩儿兵部侍郎,五孩儿年纪尚小,还在上学堂,将来必是状元郎;(好啊!)还有二位千金小姐,做皇宫娘娘,早生太子,端坐高堂。(好啊!　好啊!)"

哭嫁女

古徽州各地嫁囡都要"哭嫁",并非是单纯地哭,而是哭中有唱,以哭伴歌,形成"哭唱"。当时有种说法是"哭发!哭发!"暗喻哭嫁能发家致富。所以男方组队抬上花轿到女方迎亲之时,丈母娘都要唱起哭歌。迎亲队伍听到哭声,即放鞭炮、奏乐催新娘上轿,隔一时,催一次,总要催过三次才止哭。嫁女哭中之歌,表达了母亲对女儿的依依不舍之情,有叮咛、嘱咐;有期望、祝愿。例如:

"囡啦,你进了人家门,就是人家人啦!囡啦,你好相带过去,失相要丢在家啦！因啦,孝敬公婆天样大,尊敬丈夫路样长啦！因啦,妯娌之间多谦让,大姑小叔如姐弟啦！因啦,东家长,西家短,别家闲事切莫管啦！因啦,左邻右舍好相处,人人夸你好媳妇啦！"

"因啦,脚踏楼梯步步高,手拿莲花朵朵红啦！因啦,送你一把尺,你家有得穿来有得吃啦！因啦,送你一把箟,你家有山管来也有地种啦！因啦,送你一把梳,你家买田又收租啦！因啦,送你一把剪,冬剪绫罗夏剪纱啦！因啦,送你一对灯,你家添财、添福,又添丁啦！"

"因啦,坐下一八仙,行来一大阵啦！因啦,儿婿能有高官做,你能当上贵夫人啦！……"

接外甥

一只羊,叫"咩咩",叫到伦堂接外甥。外甥堂前坐,舅母走马灯。一碗茶,冷冰冰;一碗面,二三根;一碗肉,飞脱精;一碗鱼,没眼睛;一碗青菜没油星。不怪外公外婆事,只怪舅母这个小妖精。

中个状元郎

牵着哥,马着郎,打发团,上学堂。读得三年书,中个状元郎。门前竖旗杆,门内做厅堂。奉请爹,奉请娘,奉请朝笏(爷爷、奶奶。婺源人叫祖母阿笏,徽州话叫祖父老朝)坐上堂。堂堂风一转,转到老婆房。老婆房里金屋柱、银屋梁、珍珠壁、象牙床,象牙床上铺锦被,鸳鸯一对结成双。好男生五个,好女生一双。大公子当朝一品,二公子一品当朝,三公子三保太监,四公子文武双全,五公子天下十三省。大姑娘千金小姐,二姑娘皇后娘娘;俩姑娘个个生了状元郎。

教儿趣说手与脸

夸人好(大拇指),点胭脂(二拇指),中间郎(三拇指),赵不义(无名指),点点小儿不识字(小拇指)。手板心,手脉筋,手臂弯,蛤蟆酸(上臂鼓出的肌肉像青蛙,一捏发酸),挑水上肩膀。大饭盆(嘴),烟囱筒(鼻孔),油灯盏(眼睛),狗毛器(眉毛),蜈蚣爬上壁(额头),鸡公鸡母啄啄吃(头顶)。

反唱歌

裙系头,姐姐房里菜吃牛。听见外面人咬狗,捡起狗来打石头。罗汉鸡公拖着麻狗吠,老鼠咬着猫的头。日头起山天又阴,小鸡出来打老鹰,尼姑梳头要汗巾。一个胖子三斤半,二个矮子三丈长,三个秀才不识字,四个瞎子读文章,五个姑娘出胡子,六个癞痢来梳妆,七个疯子(指疯瘫)来跑马,八个驼子跳过墙,九个哑子来唱戏,十个聋子听昆腔。

小小脚　摇呀摇

小小脚,摇呀摇,摇到田,摘羊角。羊角不曾生,上山摘黄樱。黄樱不曾红,回家扎灯笼。灯笼红彤彤,照我嫁老公。嫁个洋学生,讲我有眼不识丁。一双小脚得人憎,公婆不喜欢,丈夫要离婚。我怨娘亲心肠狠,娘讲裹脚祖先定。我想读书识个字,娘亲说我因儿精。娘亲同样有此苦,怎么舍得因也苦一生。

有因怕嫁月潭郎

有因怕嫁月潭郎,月潭媳妇苦难当:三寸金莲种菜地,挑着粪桶摇晃晃;扑在畦上除小草,跪在畦边栽菜秧。

老天难做四月天

四月天,实在难;秧要暖,麦要寒;蚕脱壳,茶冒芽;种田哥哥盼落雨,采茶养蚕盼朝阳;顾得秧来茶苗老,顾得蚕来麦要残。

写封信啊上徽州

青竹叶,青纠纠,写封信啊上徽州。叫爷不要急,叫娘不要愁,儿在苏州做伙头,一日三顿锅巴饭,一餐两个咸鱼头,儿的双手像乌鸡爪,儿的双脚像黑炭头。天啊,地啊,老子娘啊,儿虽吃苦头,从不叫声苦。

青竹叶,青纠纠,写封信啊上徽州。叫爷不要急,叫娘不要愁,儿在苏州做伙头,儿今在外学生意,心中记住爹娘话:"茴香豆腐干,你儿绝不端,吃得苦中苦,方为人上人。"学会做生意,我再上徽州。天啊,地啊,老子娘啊,儿如没出息,一定不回头。

先拜爹娘后拜哥

三十夜,初一朝,先拜爹娘后拜哥。拜得爹娘千百岁,拜得哥哥福寿多。出行爆竹噼啪响,一碗甜汤滚乐乐。

乡 谚

两春夹一冬,无被暖烘烘。
颜公山顶戴白帽,午时月潭大雨到。
早晚烟罩村(指月潭洹边的小村),老天有雨意。
乌云接落日,不落今日落明日。
五月南风涨大水,六月南风井底干。
重阳无雨春十三,十三无雨一冬干。
吃了端午粽,棉衣方可送。
干净冬至邋遢年。
春雾一朝天,夏雾晴半年,秋雾雨来淋,冬雾雪封门。
地边四角不要丢,种瓜种豆都有收。
扫帚响,粪堆长,今年秋种多上肥,明年麦收多打粮。

上山带镰刀,下山杂草挑;沤得肥满窖,增产有牢靠。

八月种葱绿葱葱,九月种葱一场空。

冬耕深一寸,抵上一交粪。

冬耕一犁土,秋收万斛粮。

若要种好田,农具拾掇全。

麦苗把头抬,追肥莫拖迟。

水缸泛潮,天要落雨。

泥鳅缸里上下蹿,能见老天把雨下。

屋柱础上冒水珠,今天不落明天落。

蚂蚁往高处搬家,近期必涨大水。

冬冻树木春冻人。

扇子扇凉风,扇夏不扇冬。冬天能扇火,夏天可扇风。何人问我借,等到八月中。

一九、二九不出手,三九、四九冰上溜,五九和六九河边看柳,七九冻河开,八九雁归来,九九加一九耕牛遍地走。

有钱亲戚常来往,无钱骨肉是闲人;穷在街头无人问,富在深山有远亲。

走到门前一口塘,放下竹篮洗衣裳。手举棒槌心盼郎,棒槌敲在手指上。睡到半夜痛煞人,醒来怨棒不怨郎。

后 记

《徽州月潭朱氏》史书,分有人、事、物史实与世系表两册,主册也可以说是一部村落史。今年全书终于完稿待梓了,尘埃落定,如释重负。

这部史书的面世,真乃历经坎坷。早在 2004 年,有两位宗亲为维系月潭朱氏族脉,传承宗族文化,倡议纂修族谱,并希望我为修谱执笔。当时我感到胆怯,自恃难以担此重任,一是自己才疏学浅,又从未编写过此类史书;二是如今的月潭朱氏后裔,多分散在全国各地乃至境外,收集族人的家庭成员资料等,定有相当大的困难。后来,由于修谱经费迟迟未有着落,编纂班子也未组成,因而搁浅了两三年,修谱工程还未启动,也就不了了之。

在那些年中,我翻阅了民国期间纂修的《新安月潭朱氏族谱》,又聆听族人讲述月潭朱氏历史上的人、事、物、景等情况,对朱氏聚居的这个古村,有了几点概括感受:一是营建的人居环境,山林幽美、建筑雄宏、徽韵浓郁,自然风光旖旎;二是繁衍的子孙后代,力倡文风、崇德尚礼、贤达人众,文化底蕴深厚;三是主姓与诸多客姓,以德为本,友善友爱,和谐共建,具有宗族社会的一大特色,因而思想有了触动,感到月潭朱氏宗族也有很多普世价值的文化,是徽州学研究中一笔不可遗漏的财富,也是朱氏子孙后代承继传统、维系宗族和弘扬徽州文化的社会需要,值得挖掘、整理留存。可是,如今月潭村的现实是人居环境遭到了严重破坏,宗族文化中的文字史料极少见到,知情的老宗亲又大多故去,这使得抢救宗族史料不仅迫在眉睫,而且极为艰难。但想着我们这一代人如不抓紧时间多方挖掘,广泛搜集,尽早编撰成书,下一代也就更为艰难,甚至无法有所作为,月潭朱氏宗族文化中的优良精华,则要在社会上永远消失。

我想着这些,既无比痛心,又不忍心!那时,我已是黄山市朱子理学思想研究会成员,又重读了定居四川的朱懋襐公几年前给我的一封信,里面讲到见了我曾撰写的一篇《月潭村居记》,无限感慨地说:"如今月潭村居中的祠堂、楼亭、寺庙等都已片瓦无存,只有村居记一篇令读者神往而已!"这些因素也激发了我编撰这部史书的决心。所以反复构思如何把宗族历史上的人、事、物、景等方方面面内容,尽可能详尽又具体地撰写出来,既为族人崇敬祖先、热爱家乡、维系族脉、传承徽文化起到推动作用,也为社会上的徽文化研究专家、学者和对此有兴趣者,提供一些有"存史鉴今"、"鉴古知今"价值的宗族文化研究史料。

于是,我在2007年春,邀集居住屯溪的一些宗亲开了个座谈会,讲了编撰月潭朱氏史书的设想。得到大家赞同后,即以10位宗亲为发起人的名义,写了一封附有初拟此书篇目的《致宗亲的信》,广泛征求散居全国各地宗亲的意见,并发动知情宗亲提供有关宗族的史料。随后,又旋即由8位自愿为编撰此书出力的宗亲组成编撰班子,并就搜集整理资料、编写文稿、抄录世系表、打印文稿等作了初步分工。同时,有一位原来倡议续谱的宗亲得知此讯,捐出了一笔撰编史书的启动资金。有了这些基础工作,当年冬天史书的编撰工程就正式启动了。

这部史书的时间跨度近900年,历时久远,参与搜集资料和编写文稿者,人既不多,年事又高,大都已七老八十,身体还多有疾病相扰。为了抓紧时间抢救史料,开始大家都生气勃勃地投入这项工作,室内查阅文字资料者,专心致志地抄录;外出搜集资料者,还不顾寒冬酷暑,或冒炎炎烈日,或踏皑皑白雪,四处奔波,不避辛劳,因而在不长的时间里查阅摘录了一部《徽州府志》,四部明清期间的《休宁县志》,随后是抄录民国二十年(1931年)的《新安月潭朱氏族谱》、赵华富教授著述的《月潭朱氏宗族调查研究报告》中的一些资料。并且还不断地收集和查考一些朱氏原姓与新安朱氏渊源的文章,以及祖先留下的一些文书残页;并拍摄了一些与史料有关的照片等。

挖掘口头资料,要贯穿于编撰工作的全过程,工作量更大,困难更多。因为在不断发现新的史料基础上,还得一而再、再而三地调整完善这部史书的篇目,所以曾先后四次写了《致宗亲的信》,提示和期望族人

后 记

用书面或口语形式提供有关资料和资讯。但光靠一纸信函难以如愿,还得三番五次奔月潭、赴休城、在屯溪以及赴省内城市登门访问宗亲,反反复复往北京、上海、湖北、湖南、广东、河南、河北、江苏、浙江、四川、陕西、江西、云南等省市的不少城市,以及本省合肥、芜湖、宣城、宁国、歙县等市、县以及台湾挂长途电话向宗亲们探问、询问、催问、追问,有的史料还邀请了知情人座谈。而且访问的对象也从年迈的宗亲族友,扩大到村中的农、工、商乃至尼姑等客姓老人。有疑点的又经多方比对考证以求其真。在进行这些繁复艰难的工作中,搜集整理资料和编写文稿的人员,由于年迈多病或其他原因,有的早已退出编撰班子,有的也难以继续担当此任,最后二三年,竟只年高八十有七的典仁和八十有四的我,坚持着寻访资料和写、编、初校书稿的工作,勉力地干到了底。几年中,我在访谈中所用的百页笔记本,就记下了4本多,并用录音笔录下一些访谈,用相机拍了数十幅照片。典仁与典智搜集整理宗亲的文字和口头资料也较多,典郊、典试与世荣,也或多或少抄录了族谱世系表和人物简介等一些文字资料。与此同时,还有宗亲朱采芬、朱健骅、朱言钰、朱敏树、朱启熙、朱莹、朱雨芬、朱懋祉、朱锡开、朱日虹、朱志忠、朱当时、朱豪丽、朱典铭、朱典森、朱志坚、朱志勇、朱元珍、朱兆基,以及客姓村人李鹤鸣、吴谦华、范飞鸣、俞廷芳、陈其善、刘宝仙、汪灿华、汪功勋、胡月仙等30多人提供了口头或文字资料,因而其中不乏鲜为人知的珍贵史料。

书中的文与画:远祖像是转载于江西的《修水朱氏族谱》与浙江的《江山县志》。现代人物的"传记"、"传略"、"简介"、"名录",都由入编的宗亲自己撰写或其家人提供资料;其他章节的栏目,有典森、典仁和王顺意为自己的家居和祖上开的恒元店撰文,有胡守志写的上梁拜神祈福,也有典智、雨芬、顺意、石梁等人收集整理的民谣乡谚;还有一宗亲绘了速写插图。书中每章首页背面的篆刻印章均为先祖朱承经所刻。民国期间续修族谱中的月潭村居图系朱梦耻绘制。

月潭朱氏宗族历来修谱所需的各项经费,都由宗族的民会以及族中个人出资。这次编撰宗族史书内容繁富,篇幅巨大,现在宗族虽然已无民会,又不聚族而居,而需要投入相当大的一笔搜集资料与编撰文稿等经费,也先后得到8位宗亲的热心解囊相助,他们是:一位不留名的宗亲5万元,朱锡杰1万元,朱命栖1万元,朱力行1万元,朱季霞5千元、朱文华3330元、朱世忠3330元、朱恬恬3330元。

在编撰这部史书的过程中,我请教了黄山市社科联主席陈平民与黄山市地志办副主任翟屯建两位专家。在文稿编撰等工作中,黄山市政协文史办主任金立民给予极多帮助,老新闻、老作家余百川带病几乎阅校全书文稿,黄山市文化局创研室主任陈长文、老摄影家汪扬也曾协助阅稿或拍照,还有休宁县地志办主任汪顺生提供和帮助查阅历史资料,姚光华老师提供了多幅素描插图。他们的热心支持,让我深受感动,在此致以衷心谢意。

限于编撰水平,也限于经费不能亲赴远途挖掘资料,必有遗漏和谬误,恳请方家、宗亲,不吝赐教。宗亲阅完这部史书,如发现人、事、物等方面遗漏的史事,还可再尽快提供文字或口头资料。根据需要和可能,在不长的时间内再出"增补本",为此书补遗添彩。

朱世良
2012年2月于倦还轩

挖掘史料 致函登门

编撰宗族史过程中先后发出的四封"致宗亲的信"

典仁与典智在朱当时家中交谈编写宗族史

世良在月潭登门访问刘宝仙

世良、典智与迁居建德县的朱命栖交谈初拟编撰宗族史的篇目

世良与族中老人敏树在交谈